栀子花

徐国芳 徐焱冰 著

北京联合出版公司
Beijing United Publishing Co.,Ltd.

目　录

引子

　　藤原清志回到日本后，时常做一个关于南京的梦，他原以为在经历了1937年的一切之后，关于南京和那个中国女人的梦会像他在战场上看过的那些残肢断臂一样，残缺、腐烂、面目全非，可并不是。那个梦里的一切都异常旖旎绮丽，整个南京城笼罩在一片梦幻的纯白之中，栀子花清雅的香气萦绕在一呼一吸之间，少男少女的清脆笑声满街流转。

　　在梦里，他拼命地循声而逐，试图追上前方那个衣袂翻飞的少女。

　　这毫无疑问是一个美梦，但是这么多年一直让他痛苦。

　　1972年，中日双方签署了《中华人民共和国政府和日本国政府联合声明》，实现了邦交正常化。藤原清志觉得时机终于来了，自己无法再等下去，他决定回中国，并开始不动声色地为此做准备。

这不是一个很被理解的决定，特别是对于他这种曾直接参与过那场战争的人来说，他甚至能感受到帮他办理证件的相关人员那种"希望您知道自己在做什么"的眼神。

可他必须回去。无论是记忆里的南京，还是梦里的南京，他都必须回去再亲眼看一看。随着年纪的增长，他越来越感到时日无多，因此一切都显得尤为迫切。

1973年夏天，他终于再一次踏上了中国的土地，这距他上次离开已有三十六年，距他第一次来中国更是已超过了半个世纪。他和这座名叫南京的城市，以及那个名叫徐文雨的女人，纠缠了足足半生，再一次靠近时，他居然真的感到了一种"近乡情更怯"的畏缩，这个念头冒出来的时候，他觉得有些难以置信，他居然真的在心里把南京当作了"故乡"。

他有些忐忑，不知道自己能否真正面对它，面对过去。

徐文雨。

想起这个名字的时候，藤原清志脑子里首先冒出来的是一张仍然美丽年轻、淑婉娴静的脸，因为她死在了二十五岁，也永远活在了二十五岁。而老态龙钟的自己在残喘半世之后，仍然背负着过去的一切，就像是对他的无尽惩罚。

她曾是他的爱人，他们有过一段流着光的岁月，在开满栀子花的南京城里，他们是心神合一的眷侣。那时的他们，如何能想到后来的种种变故？如何能知道命运早已把一切都标好了价格？

他的身上留下了大大小小的战争创伤，但和那场战争里其他被伤害和毁灭的东西相比，他的伤微不足道。因此，踏上南京的土地之后，当旁人要对他施加照顾时，他凛然地拒绝了。他隐隐地感到自己不配，特别是在这座曾被彻底夷平的城市，以及那些埋葬在土地之中的魂灵面前。

车子载着他往徐家老宅驶去。他戴着墨镜，一路观察着街道的景象，试图还原他印象里的南京。想着想着他便混乱了，那些自己曾无比熟稔的街头巷尾，已经全然不是旧日模样。

车辆拐弯驶进一条窄街时，他在街口看见了一个卖花的妇人，妇人高声叫卖的，是这个季节南京最盛的栀子花，一扎一扎的，放在阔口编织篮子里。这景象终于唤起了他的一点记忆，他想起自己曾在这个街口买过花给徐文雨，当时雀跃的心情依旧清晰。

至此，关于南京和徐文雨的点滴才开始浮现出来，仿佛打开了记忆的闸口，各种往事全都向外渗出，形成一道清晰的水痕，一路蜿蜒到徐家老宅门前。

在经过了摧毁和重建之后，徐宅的模样已和往日大不相同，门口立着一块石碑，上面刻的字刷着红漆："南京大屠杀日军谍报机构参观点"。

可是，总有一些东西是没变的，比如夏初的炽热阳光，开了满墙满院的白色栀子花，以及从门口走到正厅要穿过的那个园子……藤原清志清楚地记得这些，他第一次来徐家见到徐文雨的时候，就是这个时节，就是这番光景。时光仿佛倒流了五十年。

第一章

第一次见到徐文雨的时候，藤原清志只有十一岁。那是1922年的初夏，南京的天气已经开始闷热，他却穿上了拘谨的三件套西装，头发用发油抹过，梳到一边；父亲也同样西装革履，还郑重地戴上了平时难得一见的链条怀表，正式到让他有些紧张。

彼时，藤原清志刚随父亲藤原一郎来到南京，至于为何要来南京，父亲并未多加解释，只是在离开日本前，语重心长地对他说："到中国之后，我希望你多看多观察，学习他们的一切。"

从藤原清志记事起，父亲就表现出了对中国文化的特殊喜爱，这一点也渗透到了对他的教育之中。他在父亲的引导下从小学中文，念唐诗，看《论语》，潜移默化地受到了中国的许多影响，如今终于踏上了这方土地，他的好奇和拘谨一样多。

载着他们的黑色轿车在绕过几条宽阔肃静的街道后，上了一个缓坡，而后停靠在一座典型的中国庭院式建筑前。太阳从东方升起，照着这座被青砖斗子墙围绕的宅第。门楣廊檐无不精巧非凡，透出主人不俗的品位。这便是他们今天的造访之地——徐宅。

待通报之后，他们由仆人引着，从大门进入，这才发现，这门并不直通前厅，而是连接着一个开阔的院子。正值夏日，院子里的花草树木长得茂盛，在阳光下油嫩脆亮，其中最抓人眼球的，是一簇簇清雅素白的栀子花，即使天气晴朗无风，幽香也阵阵袭来。

藤原清志和父亲的闯入惊动了几个正在草地上玩耍的孩子，原本躺着的他们此刻都坐起身来，用滴溜溜的眼睛好奇地打量着这个跟他们一般大的男孩，惊诧于他和自己完全不同的穿着与打扮。

大一点的孩子叫唐礼，刚满十二岁，是徐家主人徐天庸故交的孙子，在家道中落亲人逝去之后，被徐天庸带回来收养，早与徐家人无异。另外两个女孩是徐天庸的两个孙女，姐姐唤作徐文雨，妹妹唤作徐文澜，都是十岁出头。两个女孩虽气质迥异，却各有各的俊俏，徐文雨秀婉清丽，徐文澜明艳招摇。

藤原清志也很快注意到了草地上的这几个"同类"，他们个个眼眸清澈，闪着聪慧的光，但当这些慧黠的眼神齐齐看向他的时候，他感到了一种不安，好像他们都在嗤笑自己却不明说一样。他有些懊恼，觉得自己不该顺从父亲，穿成这般小大人的模样，与他们如此格格不入。

他慌乱又飞快地朝他们看了一眼，眼睛突然对上徐文雨的目光，不知道为什么，他觉得她那双乌亮的、含着笑意的眼睛好像镇静剂一样，一下子让他安下心来。她那样和善又略带鼓励地看着他，让他感到无比平静，瞬间便生出了信心。

对方似乎也感到了这一点，他们以一种不可思议的惊奇凝视着彼此，陷入另一个人的眼神里。那时的他们感到了某种吸引，却毫不知道这场宿命般的相遇，会怎样撬动他们的一生。

穿过院子，方来到徐家的正厅，一踏进去，他们便知道，比起堂皇壮丽的大门，里面精美更甚，不仅坚固、雅致，而且格局极好，处处能看出主人的身份和学识，毫无世俗之气，更无矫揉造作的装饰之感。不仅墙上处处可见各个朝代的字画条幅，古玩陈设架子上也琳琅满目，既有青瓷瓶罐等大物件，各种精巧的小什物也招人喜爱。此外，屋子的木造、花架，还有窗户帷帐，无不透着品位。放眼望去，处处清幽雅致、古香古色，让人感到，这样一个家庭的成员，必然卓尔不群、风雅自成。

徐天庸已经坐在厅堂之上。他穿一身考究的长衫，戴着金丝边眼镜，身姿卓立，虽已须发灰白，但仍精神矍铄。待他一张口，旁征博引间，更是流露出不凡的气度和修养。他早年曾短暂留学东洋，在那里认识了石田裕和，这藤原一郎便是石田的学生。在给他的信里，石田说自己的这个学生"天资优异，对中国文化兴趣尤深"，希望徐天庸可以指导一二。

在徐天庸招待这位老同学的学生时，唐礼几人也摸进了厅堂里，悄悄躲在梁柱后，继续打量着这两个奇怪的来访者，特别是那个小的。这也许是孩子的天性。当自己的领地里突然出现一个与自己一般大的陌生人时，对方身上的"异域性"会让他们不自觉地投射出更多注意力，既是好奇，也是戒备。

徐文雨看着跟在父亲身边的藤原清志，觉得他的眼睛很亮，是那种属于少年的纯澈的明亮，但姿势却很拘谨，颀长的身体微微蜷缩，显出一点畏惧的姿态。她心想，这人如此矛盾，可真怪。

这个贸然的闯入者似乎是感受到了来自他们的集体注视，猛地回过头来，寻找那注视的来源，因此再次撞上了徐文雨的目光。这一次，他没有回避，而是朝她、朝他们微微地鞠了一躬，带着那种日本人特有的谦恭和刻板，似乎是在对他们说："以后请多多指教。"

后来他们四人每日厮混疯玩，完全融为一体的时候，再说起这次初见，印象里的记忆居然全不相同。唐礼大概是因为年龄略长，心思稳重些，记住的是爷爷和藤原一郎一本正经的生涩对话，知道了藤原一郎对中国的书画颇有研究，这让徐天庸惊叹不已。他说自己这次来中国是做文化交流相关的工作，还谦恭地表示要趁这个机会向徐天庸学习。徐文澜正值母亲日日要她背诵唐诗宋词，因而只记得在徐天庸问藤原清志平时读些什么书，可会背什么诗的时候，他用磕磕绊绊、不甚流畅的中文背了一首张继的《枫桥夜泊》，引得爷爷好一番夸奖。这种自己甚少受到的礼遇，让她对这个初来乍到的男孩很是有些嫉妒。而徐文雨大概过分专注于和那双黑亮的眼睛对视，居然什么也想不起来，只能说出"我记得那天太阳很大"这样毫无意义的话，遭到了几人的一致嘲笑。最后是藤原清志，和徐文雨完全相反，他惊人地记下了当天所有的对话、场景和细节，并在此后的日子里不时地复原和回忆。

再到后来，当几个人的命运脉络更加清晰的时候，徐文雨和藤原清志才肯在心里承认，自己最初的说辞是有所掩饰的。徐文雨并非什么都不记得，只是所有关键的记忆都和藤原清志有关，她担心自己会说漏了什么，索性选择绝口不提。而藤原清志也无意事无巨细全部收录脑中，只是关于徐文雨的部分过分清晰，他担心自己如果不能将其他细节全盘复刻，便会招致大家的怀疑。小孩子对"界线"这件事的执着程度比大人更高，对于"被误会"的不接受程度也比大人更甚。

他们的熟络似乎是一件极其自然的事情。藤原一郎自上门拜访之后，往徐家跑得极勤，来了便和徐天庸躲进书房，鉴赏书画或畅谈文史，常常一待便是一个下午。徐天庸会将这个邻国的年轻人视为隔代知己，大概是因为自己的两个孩子都在书画方面无甚兴趣、无所建树。大儿子徐明朝和二儿子徐明阳都在生意上展现了更多的天分和热忱，家里的丝绸生意被他们经营得风生水起，徐家也因此成了南京的大户；而唐礼、徐文雨一辈虽天资聪颖，也被蓄意栽培，无奈年龄太小，与他的交流仍是不畅。这样的家庭里注定无人能和他畅谈"吴带当风，曹衣出水"和"阳明心学"，因此藤原一郎的出现才让他感到欣慰。藤原一郎对书画和王阳明的兴趣与徐天庸不谋而合，其好学和谦卑也深得徐天庸的喜爱。

　　大人有大人的世界，孩子也有孩子的玩乐。频繁的造访之下，藤原清志和唐礼、徐文雨和徐文澜飞快地熟悉了起来。徐文雨还有两个哥哥，徐文海和徐文江，都在大学堂里念书。徐文海身体不好，哮喘严重，自然无力与他们闹腾；徐文江也因为年龄比他们大了不少，不屑和自己口中的"孩子"玩闹，因此和他们十分疏远，见了他们只是逗弄一番，然后便不再理会。

　　整个徐家都是他们的乐园。

藤原清志作为藤原一郎口中从小受自己影响的"中学爱好者",也被徐天庸格外重视,每次来,总要先去书房向徐天庸请教功课,才能得到放行。

不知是藤原清志来中国的第几年,唐礼几人再一次在书房外听到了那首《枫桥夜泊》,这一次,藤原清志已是出口成章,如悬河流水,他的发音也因长期和中国人待在一起而得到了极大的矫正,几乎与母语无异,日常对谈中,甚至能蹦出几句南京话来。

除去语言,他在饮食和穿着上都开始向中国人靠近,可见地一点点褪去了日本人的许多特性,将自己越来越活成了一个中国人的样子。所有人都欣喜而又平和地接受了这一点。

徐文雨记得,藤原清志那天背完《枫桥夜泊》之后,爷爷爽朗的笑声响彻了整个书房,大抵是感到了小小的骄傲。一个日本孩子,把中国的诗背得这样好,因此他心里升腾起了莫名的文化自尊和自信,当然是可以理解的。

背完诗后,徐天庸才放他去和唐礼几人玩耍。在院子里的草坪上,四个人躺成一排,从《枫桥夜泊》说起,又聊到了各自最近读的书。

藤原清志说:"在日本,几乎所有小孩都会背《枫桥夜泊》。"

徐文雨和徐文澜感到了些微的惊讶,毕竟在诗人和文章都灿若星河的唐朝,张继只能算是一个无名之辈,和诗篇万古传的李杜相比，名声实在差得太远。

唐礼也说起自己曾经看过清代国学大师俞樾的《新修寒山寺记》，里面确实说到了，"凡日本文墨之士咸造庐来见，见则往往言及寒山寺，且言其国三尺之童，无不能诵是诗者"。

唐礼向来是几个人里学问最好的一个，有此引证自然不出奇，但这仍然没有解释这首诗在日本如此盛行的原因。几个尚小的孩子也无意真的追踪，便又把话题往其他方向延展而去。

藤原清志说自己最近开始读《红楼梦》，略觉困难，可是曹公文采斐然，让他欲罢不能。其他几人也一一说着自己所念的书：唐礼按照徐天庸的指引，开始读《文心雕龙》和《世说新语》一类的古著；徐文雨和徐文澜则开始学画，前者学国画，后者学西洋画，大概既是爷爷的意思，也是各自的选择。

那时的时光于他们是漫漫的，仿佛被延长了一般。他们对过去、当下和未来都不曾有过思考和想象，周围的一切都安定而祥和，外部世界与他们毫无关系。他们喜欢凑在一起，他们喜欢彼此，这种喜欢是纯然和明澈的，存在于孩子之间；即使不是，那时的他们也小到未曾察觉。

如果岁月可以回头，便能清楚地看到藤原清志和唐礼的目光是怎样随着徐文雨而流转，徐文雨是怎样在藤原清志的直视下红了脸，而时刻追随着唐礼的徐文澜又是何等失落。是的，在那些天真无邪的岁月里，所有情感就已经埋好了线索。

十五岁的时候，徐文雨已经出落得明眸皓齿，异常标致，穿一身素净的短褂褶裙，皮肤白皙，身材纤长，水灵灵的，又因着安静温柔的性子，更显得贤淑古典。她遵照对大家闺秀的要求长了起来，受了一套良好的中国女子教育，成了"德、言、容、工"都无可挑剔的少女，将来也会成为无可挑剔的人妇。

徐文澜则大不相同。大约是在教会学校上学的关系，她被西化得厉害，长成了一抹风风火火的亮色，爱穿繁复华丽的洋裙，头发特意烫过，一说话声音清脆爽朗，整个人熠熠夺目。徐文雨感到奇怪，叔叔的这个女儿自小和自己性格迥异，按说两人不该合拍，却不知道为什么一直异常投契。徐文雨后来想，这大概是因为对方身上有着太多自己所向往的东西，那么热烈和明亮，而自己却只是循着三纲五常，长成了众人眼里温柔娴静的大家闺秀，甚是无趣。可她并不知道，在徐文澜看来，徐文雨的秀美温婉亦有别样的魅力，那柔柔弱弱的风中之姿，让人心折不已。

有这种感觉的显然不止徐文澜一人，当徐文雨穿着她那身白色褂裙，长身玉立，站在他面前的时候，藤原清志觉得她仿佛一夜之间盛开了一般，摄走了他的魂魄。他像第一次见她时一样，久久地凝视着她，心中升起一股热切的涌动。这种冲动激励着他要立刻做些什么。他四下张望，忽然起身跑向院子里的花丛边，二话没说，折下一朵开得正好的栀子花，又小跑回来，郑重地将它别在徐文雨一侧的头发上，几乎像傻了似的怔怔说道："你真好看。"

他的手不可避免地触碰到了徐文雨的耳朵，她当下一怔，半边身体微微地僵了起来，一时不知如何是好。虽然民国以来风气开化，但徐家向来家风严谨，尤重德律，她又向来恪守女德，这样和异性的直接接触自然是被视为不得体的。

徐文雨瞬间惊慌起来，心跳加快，脸颊也发起热来："你做什么？"

询问之下，藤原清志似乎立刻感受到了这一点，迅疾把手放了下来，面有歉色。

这样的羞怯和慌乱在青春期的少男少女身上反倒成了催化剂，明确地提醒着他们不能再以从前的心情去看待对方，一些新的、更为浩大的变化正在发生。他们将不再视对方为友伴，而是以一个异性的目光去打量这个熟悉的人，带着更多暧昧的意味。

同样的震荡也发生在唐礼身上，可他的敏感、害羞、讷言都成了表达的障碍。他无法像藤原清志一样直白地说出喜爱，更不知道该如何把这个长久以来的"妹妹"转换成另一个身份和角色，只能任由这种难言的烦恼和痛感啮噬自己。

甚至连徐文澜都比他直接得多。她大大方方地说"我喜欢唐礼哥哥"，好像个孩子一般，目光炽热，语气坚定，并不把它当成负担，也不为没有回应而难过。

一切都显得混乱。

然而，更大的混乱来自外部。

这一年春天，大革命北伐军兵临南京城下，北洋军阀部队眼看守城无望，准备渡江撤退。这时，南京城里的一些兵痞和流氓趁乱对外国人进行抢劫。同时，美、英、法、意、日等国增兵上海并调集军舰去南京江面进行威胁，企图阻止革命的发展。

3月24日，南京城内和下关的外国领事馆、教堂、学校、商社、医院、外侨住宅均遭到侵犯。金陵大学副校长和震旦大学预科校长因为身为外国人而遇害，另有数名外国侨民死亡。下午3时40分，停泊在下关江面的英国、美国、日本、法国、意大利等国的军舰借口保护侨民和领事馆，向南京城内进行猛烈炮击，炸死炸伤中国军民两千多人，毁坏房屋无数。

这场风波持续了一年之久，直到1928年2月，南京国民政府方才着手与美国协商解决南京事件。次月末，双方正式签订了《宁案中美协定》。在这个充满屈辱和退让的协定里，国民政府不仅"深表歉意"，答应"惩办肇事兵卒及其他人"，还答应赔偿美方损失，并保证今后"对于美侨生命及其正当事业，不致再有同样之暴行及鼓动"。

对于几个孩子来说，这些外部的纷乱似乎与他们毫无关系，他们偶尔从大人口中听来一些边角信息，然后很快便忘了。真正叫他们难以忍受的是分别。身为日本人的藤原清志受到波及，在那段时间被父亲勒令闭门不出。在徐家的三人热切地期盼着藤原清志的回归，尤其是徐文雨。

因此当一切平息，几人能够再次自在地玩耍时，他们感到异常欢欣。

在徐文雨十六岁生日之前，南京下了一场毫无预警的暴雨。雨水瓢泼而下的时候，几个人正和往常一样趴在草地上看书。在电闪雷鸣的催促中，他们奋力从草地上爬起，朝屋内飞奔。到了檐下，几个人都被淋得好似落汤鸡。徐文雨仍开心地大笑，仿佛刚刚经历了一场酣畅的游戏。她并未注意到自己的白裙在泥水的浸染下已经一片污浊，更未注意到她身旁的两个同伴已将一切悉数收入眼底，并默默在心里做好了决定。这个决定指向她不久之后的十六岁生日，指向一个蠢蠢欲动的表白，或者更具体地说，指向两个少年彼此并不知情的一次较量——为同一个心爱的女孩准备一件生日礼物。

藤原清志求助了远在日本的母亲。这并不是一件难事，他和母亲固定地保持着联络，她会定时按照他和父亲列好的清单给他们寄来需要的物品。在这一次的回信里，他要求的物件除了一本《源氏物语》，便是一条白色的长裙。母亲那样聪敏的女人，一定不难猜测儿子的意图，也一定会更加精心地准备。

说到母亲，他有时会困惑，向来娇弱的母亲为何可以忍受与丈夫的长久分别，他甚至问过她为什么不和他们一起来南京。母亲的意志出乎意料地坚决，她说："你们有你们要做的事，我会在日本好好地支持你们。"直到现在，藤原清志也不清楚这句话究竟是什么意思。事实上，他对父亲具体在做什么也有些困惑。父亲似乎每天都以"文化交流"之名拜访和结交南京的各种人士，回来后便把自己关在书房里。藤原清志不禁猜测，也许有一天，父亲会出一本关于中国文化的著作。

他安慰自己没有必要想太多。

唐礼则秉持了他不张扬的性格，一个人暗自筹备着。他先是去了光华门的成衣店，选中心仪的裙子后，用仅有的一点积蓄交了定金，承诺一定在生日前凑足余款把它取走。

唐礼的境况实际上并不真的这样糟糕，事实上，徐天庸和徐明朝都对他疼爱有加。然而，自从来到徐家，虽然也感觉到徐家人对他视如己出，但不知道为什么，越是这样，他反而越发小心，不敢放肆。他怕自己太过得意，越了雷池，时刻用"自己毕竟不是真的徐家人"提醒自己。对于徐家内部的事情，他向来不发表意见，对于大人慷慨的给予，他也总是拒绝。况且，这一次涉及徐文雨，他更不可能以实相告。

初到徐家的时候，因为刚刚经历重大家庭变故，他很是阴郁和敏感。由于年纪相仿，徐文雨和徐文澜自然被大人们叮嘱要好好陪伴这位"新来的哥哥"。唐礼俊秀文雅，徐文澜第一时间就对这个大自己两岁的哥哥产生了好感，加上她性格活泼，便时时围着他转，什么都想着他，令他几乎没有自己的时间。闹腾当然是好的，可他那样小，有些淤积在心里的伤痛便因此未能释放出来。寄人篱下，人家如此努力安慰他，陪伴他，他若是再表现出伤心之态，就显得不懂事了。

徐文雨则安静得多，虽然也总待在一起，却很少刻意表现出照顾的样子。但有一次，唐礼记得很清楚，是他到徐家的第一年，临近年关，南京下了雪，家家户户都装点得异常喜庆，徐家人聚集在前院，忙着置办和打点过年的物品，他一个人坐在后院，呆呆地看着院中那棵枯枇杷树。周围一片萧索，他感到心中压抑几月的痛楚一点点溢了出来，终于第一次哭了。呜咽之间，他突然感到一只温热的小手轻轻地覆在他的手上，他慌忙抬起头，见是徐文雨，瞬间有一丝被撞破的尴尬，然而徐文雨并没有看他，只是抬头看向那棵完全枯掉的枇杷树。许久之后，她说："你看这棵树，开春之后又会长起来，我们就又有枇杷吃了。"

接下来，徐文雨不徐不疾地跟他说了说这棵树去年结果的盛况，以及枇杷的甘甜，仿佛只是一次极日常的聊天，其间一直牵着他的手。唐礼到现在都觉得惊诧，徐文雨居然在不动声色之中，在那个当下给了他最好的安慰。

大概从那时开始，唐礼的心便拴在了徐文雨身上。

在四个人越来越亲密的交往中，这些稀稀落落的前传偶尔会被拿出来交流，但都经过了当事人的淡化，一切都显得漫不经心，好像是孩童的玩闹。

但这一次，藤原清志和唐礼都显得十分庄重，几乎把它成了一个成为大人的仪式。

生日那天，徐文雨先是早起去给爷爷磕了头，领了彩头之后又吃了一碗李嫂煮的长寿面。一家人都高高兴兴的。徐明朝在早饭时特意嘱咐大家一会儿必须聚齐，他从照相馆请了师傅，要给一家人在前院的草地上拍全家福。

他的夫人梁淑娴听了这话，放下碗筷道："上次爹做寿不是才照过，后来文海结婚也照了，怎么又照？文雨不过过个小生辰，倒不必这么张罗。"

徐明朝正要解释，徐天庸接过话头，似乎在宣告这是他的决定："全家福就是全家都要在，我生辰那次凤霞还没有进门，文海结婚明阳又没有赶回来。"

徐文海去年和王凤霞成了婚，儿媳妇的人选是梁淑娴亲自定的，不是本地人，十几年前从上海那边过来的。一切都发生得很迅速，几乎到了仓促的地步，因此婚礼也有些简略，甚至没来得及等当时在北方谈生意的徐明阳，因此落了他好一番埋怨，直到徐文海婚后亲自带王凤霞去给叔叔婶婶请罪才算缓和。

即使这样，徐文雨也不止一次听到下人说起："徐家就没办过这么寒碜的喜事，不过，配这个少奶奶倒是足够了。"听得出来，这位大嫂出身不高。

徐文雨对这个嫂子没有任何看法，毕竟她一夜之间进了徐家，她完全不熟悉，只是疑惑原来那个和大哥在一起的女学生怎么了。婚礼前夕，她悄悄问了徐文海，说："我曾在街上见过的，你牵着她的手。"

徐文海没有回答，只是眼眶微红，挥手要徐文雨走开："小孩子管这些做什么。"

"这个新嫂子，你喜欢她吗？"徐文雨仍然不死心地问了一句。

让她没想到的是，听了这话的徐文海突然悲愤起来，情绪激动，又开始喘，将徐文雨吓得不轻，自觉闯了大祸。梁淑娴来了之后，要将他扶到床上，他拼命地挣扎着，一边推搡一边叫喊道："我绝不爱她！绝不爱她！"

那之后，徐文雨被勒令再也不许提及此事，她虽无从得知内情，却也知道一定是大哥和那女学生发生了什么，母亲才会这样匆忙地定下一切。

此时，王凤霞听了徐天庸的话，大受感动。自进门后，她就一直感受到这个家庭对她若有若无的轻视，即便下人也是如此，仿佛她是机缘巧合占了便宜，才成为这个家的一分子似的。可徐天庸的这番话，相当于是当着所有人的面承认了她这个孙媳妇，从此以后她便可以在徐家光明正大地抬起头来了。她局促地站了起来，慌张又感激地说："多谢爷爷，这倒真是沾了妹妹的光了。"

王凤霞笑眯眯地看了一眼徐文雨，带点讨好的意味。徐文雨瞥了一眼徐文海，他仍冷着脸。

坐他身旁的二哥徐文江许是见场面有些尴尬，笑着打圆场："这样看，这全家福隔段时间就得更新一次，明年我结婚，之后大哥大嫂有孩子，唐礼文雨文澜也要婚配，可都要一视同仁啊。"

大家哈哈大笑，气氛才又融洽起来。

徐文雨见自己竟也被拿来调侃，一时尴尬不已。徐文澜倒是大大方方，说："我结婚可要去教堂穿婚纱，要神父主持，要三层的蛋糕，不坐红轿子。"

大家只当是孩子的玩笑话，依旧哈哈笑着。她母亲陈妍在一旁却急了，上前一把将她拉过，低声斥责道："你一个年纪轻轻的女孩子，说的是什么话，也不怕害臊。"

父亲徐明阳也一脸严肃地教训："没有一点大家闺秀的样子，你看看文雨。当初就不该送你去教会学校，性子都学野了。"

徐文江凑过来帮她解围："文澜，别听你爸妈的，多学些西方的知识没坏处，到时候和二哥一起去银行上班。"

徐明阳便又转过头来训徐文江："你自己胡闹就算了，还敢拉上文澜？不像话。你知不知道家里生意多需要人帮忙？你倒好，去什么银行！"

徐文江狡黠地回道："这不是还有我爹和大哥吗？"

说起生意，几个男人便围在一起，七嘴八舌地交谈起来，方才的话题终于放下了。

徐文澜趁机从父母那边逃脱，跳到徐文雨身边，问道："你见到唐礼哥哥没有？"徐文雨这才惊觉，确实一个早上都没见到唐礼。

可她还未及多想，思绪又被其他事冲淡了。先是徐天庸把她叫到书房，交给她一个锦盒，打开一看，是幅字。徐文雨认出是《诗经》里的一句："终温且惠，淑慎其身。"大约也是爷爷对她的寄愿。

徐文雨谢过爷爷，又从徐文澜和两个哥哥那里收了些胭脂珠玉之类的礼物，这时听见外面传来李叔的声音，说是藤原先生来了。徐文雨听了，赶紧迎了出去。

藤原清志抱着个硕大的盒子，穿着三件套西装，头发梳到一边，由父亲领着进门，倒和第一次造访时极像，只是这次不再拘谨，而是显得意气风发。

两人分别和大人打过招呼，便一起飞奔上楼。藤原清志迫不及待要将礼物交给徐文雨。

"你猜里面是什么？"藤原清志捧起盒子，自己倒比徐文雨还要激动。

"书。"之前几个人之间也常送东西，大多是书，所以徐文雨第一时间想到的便只有这个。

"不是。"

"果脯。"徐文雨爱吃果脯蜜饯，几人也都清楚。

"再猜。"藤原清志见她屡猜不中，更是得意。

徐文雨不愿再被戏弄，趁他不注意，一下夺过礼盒，迅速打开。一条纯白的连衣裙折叠得平平整整躺在其中，徐文雨将它托出，平铺展开，才发现是条窄腰宽袖的洋裙，袖口和裙摆都绣有白色的花蕾，虽然素淡，却异常精巧雅致。

徐文雨目光灼灼地盯着它，惊讶道："你怎么……"

藤原清志这才一吐心声："上次暴雨，你的裙子脏了。我就想无论如何要送你一条新的，赶上你生日，便准备了，你向来喜欢白色的。"

徐文雨轻轻抚摸着裙子顺滑的质地，略略有些激动，说不出话来。

"换上吧，今天可是你生日。"藤原清志鼓励道。

当徐文雨换好衣服在镜前坐下整理时，不知为何，她感到镜中那个一身素白的自己，两颊突然微微地烧了起来，她不禁用手抚了抚，发现确实烫得不似往常。她顿时感到一阵不安，手忙脚乱地打开了一旁文澜送的胭脂，轻轻在双颊上拍了拍，想着若是有人问起，也可有说辞。

看到换上新裙的徐文雨时，藤原清志眼里原本闪烁的光忽然定了一下，可很快那光便以一种更加剧烈、更加浩荡的态势闪动了起来，带着原先不曾有的惊叹。

太美了。

她在这一刻完全褪去了稚气，浑身散发出少女的娇俏和光彩，她摇曳着走出来的时候，仿佛一道流动的光，晃得藤原清志几乎睁不开眼来。他好像失神了一样，久久无法把灼热的目光从她身上抽离。

徐文雨被他看得不好意思，心里再次庆幸自己擦了胭脂。

大家聚拢在前院的草坪上准备照相，徐文澜闯进来通知，终于解救了她。徐文澜见了容光焕发的徐文雨，先是一惊，随后便啧啧称赞起来："文雨，你可真是太美了。这裙子可是藤原送的？"

藤原清志只是笑，自觉道："放心，等到文澜小姐生日，我自然也会好生准备。"

"这还差不多。"徐文澜笑嘻嘻钩上徐文雨的手臂，顺势和她一起往外走。还没走两步，徐文澜恍然想起什么似的，又叫了起来："唐礼呢？还没回来吗？"

徐文雨一愣，瞬间觉得有些自责，唐礼不见了一整个早上，她居然还未察觉，即使方才文澜提醒过，转头又给忘得一干二净。

藤原清志也回过神来："我来之后便没有见到他。他可曾跟你们说过要去哪儿？"

徐文雨和徐文澜都摇头。

外面的徐明朝也急了，在他印象里，唐礼一直是最知礼数懂进退的，去哪里从来都知道打招呼，像今天这种场合更是不会任性。

大家按照照相师傅的安排，一个个站到或坐到自己的位置，徐天庸坐在第一排的中间，旁边的是他的两个儿子和儿媳，徐文雨因为是寿星，站在他身后，第二排的中间，其余人大体以她为中心左右站着。

唐礼不在，徐天庸很是不悦，再三说要等一等，迟迟不肯照相。这么僵持了一会儿，唐礼的身影终于出现在大门外。只见他从外面飞奔进来，脸上因为剧烈的奔跑生出一抹绯红，他的手里拿着一个包好的物件，神情欢欣又雀跃。

众人见他，齐齐招手要他赶紧入队，笑道就等他了。

此时，徐天庸忽然站了起来，朝藤原一郎和藤原清志招手，示意他们一起加入。藤原一郎大吃一惊，连连摆手，表示这是家庭合影，自己参与万万不合适。藤原清志倒是异常兴奋，看见招呼便冲了过去，和唐礼一起挤到了徐文雨身边。

徐天庸见状只是哈哈一笑，说："你倒见外了。你不愿便罢了，让孩子留下。"

唐礼仍气息未平，目光灼灼地看着徐文雨，将她从上到下打量一番，轻声道："文雨，你今天真好看。"

徐文澜半埋怨半打趣道："唐礼哥哥，今天文雨生日，藤原可是一早就来了，还给文雨准备了生日礼物，而你居然迟到这么久。若是你的礼物比不上藤原这条裙子，我们可是要罚你的。"

她话音刚落，唐礼的脸色便倏地难看了起来，加上方才奔跑的红晕后遗症，此时脸上青一阵白一阵红一阵，简直要叫人怀疑他是病了。他再次打量了一番徐文雨，似乎想张嘴说什么，但最终什么声音也没发出来。

徐文雨叫徐文澜不要闹，徐文澜哪里肯听，继续打趣："唐礼哥哥你手里拿的什么，可是给文雨的礼物？给我瞧瞧。"说罢便伸手要去夺。

唐礼这才感到危险，立刻紧紧地攥住手上的东西，藏到身后，定了定神："不是不是，文雨的礼物我忘了，很抱歉，一定补上。"

徐文澜不客气地嗤笑了一声，徐文雨打了打她的手臂，示意她不要胡说，又转身对唐礼道："不要理她，天天在一块儿，要什么礼物。我们照相。"

唐礼不再应声，微微扭过头去，好像在极力忍着不让自己哭出来一样。

照相师傅在前面招呼大家站定，快门响起的那一刻，藤原清志突然毫无征兆地飞快牵住了徐文雨的手，然后脸上露出了一丝得逞的笑意。倒是本该笑靥如花的徐文雨，被他这么一使坏，惊吓的表情被永远定格了下来。

惊吓虽是惊吓，但当天晚上徐文雨躺在床上，回想起白天那次迅疾的、不为人察的牵手时，还是陷入了一种纯然的快乐，这种快乐抵消了她作为一个大家闺秀的羞怯和害怕，她感到一种心悸，过往读过的那些书里关于情窦初开的描绘，好像一瞬间全都贴合上了，却又似乎都不如此刻的十分之一。她感到一种洪流般的情感在她体内蹿动，裹住了她，攫住了她。

这时候，窗外忽然响起了一声口哨，轻轻的，时断时续。

徐文雨听出了熟悉的旋律，那是一首日本民间小调，藤原清志曾给他们吹过的。

她一个翻身，跃到窗前。她房间的高窗对着前院的花园，藤原清志正站在那里。见了她，他先是笑了，然后使劲朝她招手，要她下来。

徐文雨犹豫着，有些挣扎，可她感到自己的心跳得很快，就要从胸口跳出来，从窗口飞出去，飞到藤原清志的身边。她终于再也按捺不住，脱了鞋，蹑手蹑脚地飞奔下楼。

藤原清志站在花园的角落里，他身边是盛开得异常旺盛的栀子和玫瑰。徐文雨不知道是什么给了自己勇气，也许是夜，也许是今天发生的一切，她就那样横冲直撞地扑进了他的怀里。他们紧紧拥抱在一起，都感受到了对方炽烈的心跳。徐文雨觉得，南京这一年的夏天，好像比过往十六年的都要炫目。突如其来的强烈爱意，仿佛弥漫在城市中让人迷醉的栀子花香，彻底包裹住了这个日本少年和这个中国少女的心。

月光皎皎地照着他们，藤原清志放开徐文雨，轻轻地捧起她的脸，认真地看了好一会儿，才好像终于决定了一样，在她的唇上小心翼翼又庄重地落下了一个吻。这是徐文雨的初吻，她既激动又害怕，浑身颤抖不止。

他灼热的眼，他似有若无的触碰，他欲言又止的神情。她不确定那代表着什么，只是慌乱着。

如果这个夜晚对他们两人来说是星月的交辉，对唐礼来说，它就是剔除了星月之后的无尽黑幕。晚饭之后，他便一声不吭地躲进了房间，直到夜幕深垂也没有开灯。他把自己沉浸在黑暗里，好像这样就不用面对那片白色笼在徐文雨身上的光，那光是藤原清志照在她身上的。

　　他把那条自己在最后一刻从成衣店里买下的白色连衣裙铺在床上，看了一会儿之后，感到一阵猝然的心痛。他想象过那么多次它穿在她身上的样子，可最后这种想象却让藤原清志实现了。

　　藤原清志牵住徐文雨的那只手，徐文雨脸上不易察觉的欢欣，笼罩在他们之间的微妙情愫……所有这些一遍遍在他脑海里闪过，终于，他再也忍不住了，俯下身来，把那条裙子大力地揉成一团，喉咙里发出一声压抑而痛苦的呜咽。

　　可是，他是如此善良且隐忍，他喜欢徐文雨，甚至也喜欢藤原清志。他欣赏他，他还记得他们某次就《红楼梦》进行了一场"文学的论战"，在那次交锋里，他们在彼此身上感受到了睿智和激情，双方你来我往指点着文学江山的样子，让彼此都沉浸到了狂风暴雨般飞扬的思绪里，从而使灵魂受到了前所未有的震颤。

　　这是文学的魔力，它像黏合剂一样修补了他们之间的裂痕，以一种柔和的方式让他们达成了某种彼此都不想承认但又必须承认的和解。

但是，如果这一次的裂痕是徐文雨呢？

唐礼觉得，自己无法因为他们的相爱而不去爱他们，即使这种爱里带着极大的忍耐和苦痛。

第二章

1928年的整个夏天，他们四人全然醉心在文学的世界里。藤原清志给其他三个人讲《源氏物语》《枕草子》和《徒然草》，徐文雨和唐礼则给藤原清志介绍《红楼梦》《浮生六记》和唐宋诗词，除此以外，他们聊得最多的是莎士比亚。

在戏剧上，徐文澜的趣味和他们相去甚远。唐礼、徐文雨和藤原清志都偏爱悲剧，如《哈姆雷特》，认为它是悲剧的典范；徐文澜却醉心于绮丽浪漫的《仲夏夜之梦》等喜剧，她说，世间已经够苦了，文学该是瑰梦，而不是悲惨世界。

那真是一段无关国界、只关风月的时光。

而所有风月里，不可避免的，总有某种情愫的生发。

徐文澜的爱是炽热的，这几乎是她天性的一部分，对于唐礼，她大方地表达，不加掩饰地喜欢，但并不贸然，因为她明显地感觉到了唐礼对这份热烈的不适。这种感觉在他们每一次单独相处的时候都非常强烈，唐礼那副局促而安静的样子，在她看来，好像每时每刻都在心里叹着气。

她不气馁，仍然热烈地燃烧着，兀自发着火光，往他的心里照去。

对徐文雨来说，一切都发生得很隐性，也许她自己都不清楚，她对藤原清志的感觉，是如何从文学的相契转移到更私人的层面的。也许是那次牵手和亲吻之后？她无法确定，只是当她发现的时候，文学已经由最初的媒介变成了某种绝佳的幌子，她借助着它的壳，让积攒在心中的爱意在一次次对谈和辩论中蔓延。

许多时刻，她也从藤原清志那里感受到了同样的心意，因为这种双向的感受，她几乎时刻都能感到爱意的爆发。可她没有徐文澜的勇气，她惯有的矜持让她不敢也不能当着他的面问一声："自君之出矣，宝镜为谁明？"

藤原清志并不像她，他是无法忍耐这种表面的平静的，他一定会投下巨石，他一定会叫涟漪晕荡开来。

他的第一次试探很快便来了。

仍是在夏季。南京的夏季是最好的时节，三白竞放，香气盈城。最受人喜爱的是栀子，在巷子里走一圈，周身都笼上了清新的花香。

那天不知为何，只有徐文雨和藤原清志。两人漫步幽巷，相顾无言，自上次月夜拥吻之后，他们不知怎么又陷入了某种难以言说的尴尬之中。

道旁的栀子花开得茂盛，徐文雨偶尔伸手轻轻拂过。似乎是为了打破僵局，她问藤原清志："听说日本春天樱花开得很好，男男女女都出行赏樱，是吗？"

藤原清志轻轻颔首说："樱花是日本国花，很受民众喜爱。你知道纪贯之吗？他有一首著名的短歌就是写樱花的。夜深酣睡眠，梦中繁花犹再现，樱瓣飘飘然。日本一到春天，各大赏樱地都很热闹。"

一番话听得徐文雨很是神往，藤原清志却不知道为什么一下伤感起来，说："你知道日本人为什么喜欢樱花吗？因为'樱花七日'，太易逝了，我想我们日本是个骨子里很悲观的民族，讲究物哀，文学里也常有表现。"

徐文雨听了一愣："你渴望永恒的东西吗？"

"当然。"藤原清志笃定地回答。

"比如？"

"比如爱，永恒不变的爱。"

徐文雨觉得自己脸上有些发烫。

"我喜欢中国文学的表达，一样是说花，中国和日本却很不一样，我很喜欢你们宋代的词人赵彦端《清平乐》里的一句：'与我同心栀子，报君百结丁香。' 我觉得很美，我希望自己也能拥有那样的爱情。"藤原清志看着徐文雨，目光灼灼。

而身边的栀子花同样热烈地绽放着。

徐文雨不知如何应对，避开了他的目光，轻声说："那我给你起个中文名吧。你喜欢栀子花，就叫你子稚如何？寓意永远如孩童一样天真明澈。"

藤原清志听完，口中默念了几遍，说："我很喜欢这个名字。"

那天回去后，藤原清志托人送来一大捧栀子花，随花还附了一张短笺。徐文雨拿着那张纸，觉得心跳得极快，好像纸被点着了一样，可又怎么都舍不得扔。好不容易定下神来，她打开字条，只见上面写着："不敢登门谒樽酒，且教山仆送花来。"

徐文雨再一次方寸大乱。而此时的藤原清志，则陷入了懊丧之中。这一次的尝试，似乎除了从徐文雨那里讨来一个中文名字，并未将他的心迹说明。他后悔自己没有更加直白。

他的懊丧并未持续太久，很快，他便开始了自己的第二次"攻势"。

那一天，原本只有唐礼、徐文雨、徐文澜三人，他们坐在院子里的草地上，挤在一起看《罗密欧与朱丽叶》，谁也没有说话。其中徐文澜最为沉浸，她的情感向来丰富，总容易被这样浓烈壮阔的故事所打动。果然，翻完最后一页，她便重重地把书合上，不无遗憾地说："有情人不能终成眷属，真叫人难过。"

徐文雨笑着摸摸她的脑袋，说她入戏太深。唐礼却意想不到地和她讨论起来，往常他总说徐文澜对文学的想法过于表面，不想同她论证。唐礼说："两个人在一起，本就不是只有爱情，还有家人、世俗、门第，这些都要考虑。"

他这话引起了徐文雨轻微的抗拒，因此未等徐文澜回复，她便忍不住加入了"战局"："但把这些都考虑进去，还能算是纯粹的爱情吗？"

徐文澜立刻仿佛搬得了救星一般，大声声援："正是！真正的爱情只是两个人的事，不该掺杂任何世俗偏见。"

唐礼见她情绪激动，笑着摇头："文澜你就是外国书读得太多，连思维也变得西方了。我们中国人，自然有我们的一套思想行为准则，不可一味套用西方的。"

徐文澜仍旧争辩："西方思维有什么不好。提到这个，我还真要说了，我认为我们国人就是太过含蓄了，不擅说爱，情满了也不说，而是拐弯抹角说什么月亮啊风景啊。西人就直接得多，你看罗密欧第一次见朱丽叶，当晚就爬了窗户，就要她嫁给他。我要是有喜欢的人，一定大大方方告诉他。"

唐礼知道，徐文澜说这话的时候，是看着他的，她就是这样，连暗示都是赤裸裸的。

他没有说话，他已经习惯躲闪徐文澜的热烈和直接。他像所有传统的中国人一样，把含蓄当成美，在对待爱情的态度上，总是更倾向于中国传统举案齐眉式的爱情。他不喜欢太闹腾太张扬的另一半，因此徐文澜定不是他的选择，甚至，她的热烈叫他有些抵触。对于徐文澜过分热情和直接的表白，他虽已习惯，却从未接受。她到底是太大胆了，一个女子，如何能将爱意这样随便诉之于口。他对此介怀，也许骨子里他便是传统的，接受不了这样明媚活泼的明艳女子。

又也许，在喜欢上徐文雨之后，他的标准便已确定了下来。

此刻，他的"标准"轻轻悠悠地叹了口气道："都在说爱，可我们怎么能确定自己爱一个人呢？"

徐文澜这时却装起小大人，颇为深刻地说："遇到的时候，你就知道了。"

几个人正说着，藤原清志不知从何处突然冲了出来。他面色潮红，看上去有些激动，径直跑到徐文雨身边，不等她有所反应，二话没说拉起她就跑，留下一脸错乱的唐礼和徐文澜在原处发呆。

藤原清志牵着气喘吁吁的徐文雨一路跑到近郊。一路上，徐文雨感到不安甚至惊恐，可同时也感到一种放肆的快感和越界的惊喜。事实上，她在某种程度上也期待着藤原清志会把她带去什么地方，哪里都没关系，她总会跟他走的。

在到达目的地之前，藤原清志要她先转过身去。在按照他的指令转回来后，她顿时被眼前的景象惊呆了。

面前是一大片密集的栀子花，排山倒海而来，几乎看不到边际，整个场景恢宏而浪漫。她站在这片花海面前，心潮澎湃，久久地说不出话来。

藤原清志说："你知道吗？南京街头卖的栀子花，一小半都是从这里来的。"

说完，藤原清志再次牵起她的手。她跟着他走进花海，起先只是走着，从某个时刻开始，他们跑了起来。他们在花海里穿梭，任由花枝擦蹭他们的衣服和皮肤，又从某个时刻开始，藤原清志突然高声叫了起来：我爱你！我爱你！我爱你……

不绝的表白响彻整个花田，好像回声一般，他们在那片花海中间紧紧拥抱。

徐文雨感到自己被无边的巨大幸福所包裹，她想起了一句不知道从哪里看来的诗：你会因为太过幸福而死去吗？

如果答案是会，于她，就是在这一刻。

等她体验过这世上最宏大的激荡，回到家时已经入夜，徐家人正在吃饭。她蹑手蹑脚地进来，本想先偷偷溜回自己房间，换掉身上被沾污的衣服，却被徐明朝叫住。见她这番模样，徐明朝自然数落了一番，说她最近老往外跑，没有一点女孩子的样子，而后勒令她坐下吃饭。

徐文雨求救似的看了一眼徐文澜和唐礼，徐文澜轻轻摇头，示意她赶紧坐下，唐礼却意外地始终冷着脸一言不发。

桌上安静了一会儿，正在徐文雨以为这场风波就要过去时，王凤霞忽然扯起一桩闲事。她给徐文雨夹了块鱼，一边督促她快吃，一边好似漫不经心地说道："现在这世道，真是什么人都有，确实要小心。你们听说了没有？王探长家的小女儿，就是那个叫玉枝的，多乖的一个孩子，前些日子在外面认识了个闹革命的穷大学生，哦哟不得了，居然要跟人家私奔呀，人都到了车站，硬生生给王家截下来了。"

她说得有鼻子有眼，偶尔还压低声音，仿佛怕泄露了什么一般，更增加了传闻的可信度。梁淑娴最是听不得这样的事，面色嫌恶地说："真有这事？没听说呀。"

王凤霞仿佛受到了鼓励，立刻接上话头："嗨，王家怎么说也是有头有脸的人家，这样的丑事谁还主动张扬啊？听说现在王探长把玉枝关在家里不让出门，那闺女在闹绝食呢。"

女人八卦的天性让梁淑娴还想追问些什么，一旁的徐文海不耐烦起来，因为不好对母亲发作，便冲王凤霞厉声道："你乱嚼别人家的舌根干什么？可是没学过'妇言'，不知道恭谦和顺，不传是非？"

这时的王凤霞大约还不知道她嫁来之前徐文海和女学生那段往事，只觉得徐文海的态度很是针对自己，便仗着长辈都在，为自己叫起屈来："我们家里女娃娃多，又都是花一样的年纪，总要提个醒的呀。"说完又转向梁淑娴和陈妍寻求支援："是吧，妈？是吧，二婶？"

梁淑娴点点头。陈妍没有吱声，只微微扭头看了一眼徐文澜，算是警告，徐文澜却不以为意地吐了吐舌头。

说者无心听者有意，徐文雨坐立难安起来。她埋头默默吃饭，不敢抬头和任何人对视；她觉得只要自己和家里任何一个人对上眼神，对方就能从她的慌张里察觉出她火烧火燎的秘密。

唐礼看着一派慌乱的徐文雨，心先是一点点地刺痛，而后又一点点地凉了下来。在徐文雨和藤原清志沉醉在花海中时，他就站在不远的地方，看着那对紧紧相拥的恋人，极力压抑着自己的痛苦。他也许寡言，但并不愚钝，长久地和徐文雨和藤原清志待在一起，他早已感受到他们之间的种种"暗流"。他从来没有确切地问过徐文雨，大概是因为他不敢，害怕得到确定的答案。当这一幕切切实实出现在他面前的时候，他感到一股排山倒海般的窒息，几乎要让他趔趄着往后倒去。他终于无法忍耐，扭过头去，汹涌地流下泪来。

他的爱意深藏了这么多年，也许再也没有流露的机会。

可是，晚餐桌上这个关于私奔的话题提醒了他，即使王凤霞无意指向任何人，可也看得出整个徐家对这类事件的态度，这样一个书香门第，绝不可能接受任何有损家族清誉的事情，从徐文海的事情就看得出。而现在，徐文雨就在危险的边缘。任由她和藤原清志肆意发展下去，到头来她终要受伤，而他即使爱不到她，也不愿见此情形。

思忖再三，他决定找徐文雨聊一聊。

徐文雨习惯在晚上看一个时辰的书，唐礼挑了这个时间敲门进来。他们有一搭没一搭地聊了几句功课和日常，唐礼突然走到窗前，沉默了下来。皎皎的月光照在他身上，他站在那里，凝神朝下看去，不知道在想什么。

徐文雨忽然想起藤原清志来找她的那个晚上，也是这番光景，霎时怀疑唐礼是否窥破了她的秘密，一下又羞怯起来。

但唐礼并没有将话题导向她担心的方向，只是抬头认真观望着天宇，幽幽地道："今晚月色真好，不知道当日罗密欧爬上朱丽叶的窗前时，是否也有这样的月色。"

徐文雨放下书本，也走到窗前，倚在窗框上，望了一眼皎月，轻声说："想来是有的吧。"

言至于此，唐礼突然没头没脑地来了一句："虽然是夜晚，但有了这月光，一切都很清明，什么也掩盖不了。"

徐文雨吃惊地看着唐礼，大概是因为自己心里有愧，对于他人似是而非、似有所指的话，她总是分外留心，而唐礼又并非阴阳怪气之人，说出这样的话，大概确有言外之意。她挣扎再三，还是问了出来："你是不是想说什么？"

唐礼回头看她，又似乎不忍心地移开了目光，犹豫一番后，终于小声道出了自己的顾虑："文雨，你和藤原还是注意些吧，人言可畏……"

他神色复杂地看着徐文雨，心里无限挣扎，面对这个深爱多年的女孩，他好像什么话都说不出来，从前的爱放在心里，这一刻的确认和提醒，同样隐而不发。他到底不忍心对她有一丝一毫的苛责。

徐文雨却瞬间有些羞恼，唐礼虽已极尽委婉，几乎什么都没说，可她还是听出了其中的意味。她的恼是因为他对她这份爱恋的戳破；她的羞是中国传统和家风严教对她潜移默化的影响，也许她到底也觉得自己与藤原清志之间发生的一切有违礼教。

她觉得自己无力反驳什么，只忍着满腔的委屈，应了一声"哦"。待唐礼一走，她便再也忍耐不住，一下趴在桌上，委屈地哭了。她身旁那本方才翻阅过的《红楼梦》，正展开在无限伤感的一章：诉肺腑心迷活宝玉，含耻辱情烈死金钏。

唐礼担心的事果然很快便发生了。

　　那一日，徐文雨刚进家门，便见徐天庸坐在客厅里，手上拿着一张打开的信纸，一脸盛怒。其他人围坐在他身边，噤若寒蝉，气氛明眼可见的紧张。徐文雨立刻感到了惧怕，不知所措地踱步到徐天庸面前，有些瑟瑟发抖。不知为何，明明唐礼和徐文澜是和自己一起进来的，可她偏觉得即将到来的这场风暴是因自己而起，而不是他们两个。

　　见她走近，徐天庸生气地将手上的信纸拍在桌上，信的内容展露出了一部分，那字迹徐文雨非常熟悉，正是藤原清志。他是个表达欲强烈的人，在那些对徐文雨想念得紧的时刻，他总会记下自己的情绪，寄信给她。不知为何，这次信件落到了徐天庸的手里。

　　徐文雨只扫了一行，便满面通红，再无法读下去。那显然是一封热烈露骨的情书，第一句便是"此刻刚刚入夜，我喜欢夜，在夜色的遮掩下，我可以把你紧紧拥入怀中，吸吮你的每一处芬芳"。

　　这样大胆而赤裸的表达，对最重清誉的徐家来说，完全不合公序良俗，有辱斯文，难怪徐天庸会大发雷霆。他见徐文雨嗫嚅的羞愧情态，心中已经了然，气急地拄起拐杖，猛地戳了几下地面，几乎是怒吼道："你说，这封信到底是谁写给你的？"

徐天庸向来儒雅，对什么都是一副冷静从容的样子，极少显露怒气，因此这番模样不仅徐文雨不曾见过，连徐明朝、徐明阳也觉得陌生，因此一众人等什么也不敢说。

徐文雨自然又惊又怕，双眼噙满了泪水却不敢落下。她只瞟了一眼，便确定是藤原清志，但此番情景，她无论如何也不敢声张，只能一言不发，若有任何惩罚，她决意完全接受。

见徐文雨不肯出声，徐明朝的脸色也沉了下来，这桩丑闻事关自己的女儿，他必须当着全家人的面，树立必要的威严。他径直起身朝徐文雨走去，几乎就要动手，几个女眷瞬间清醒过来，一旁的徐文澜和王凤霞赶紧及时拦下，另一边的梁淑娴一颗心吊到嗓子眼，却不敢阻止，只抹泪不语。

徐文澜拦在徐文雨身前护住她，急声道："大伯，有话问清楚就行，别动手呀。"

王凤霞也赶忙搭腔："是啊，爹，打不得啊。"说罢她又转向徐文雨："文雨，你到底知不知道呀？知道的话赶紧说，别惹你爹你爷爷生气了。"

这情景，徐文雨几乎已经被逼入绝境，她看着满厅里的脸，眼泪终于啪嗒啪嗒落了下来，但仍然倔强地不肯张口，若是说了，一切就都完了。

就在这时，一个颀长清瘦的身影倏地在她身旁跪下，徐文雨垂着头，只见到一截铺在地上的素色长衫，她不用抬头也看得出，那是唐礼。

唐礼朝一脸盛怒的徐明朝跪下，神色肃穆而又平静，隐忍而又决然。他和徐文雨一样低着头，没有任何言语，似乎也并不打算有任何言语，但两人这样如出一辙的"服罪"姿势反而叫人一下产生"共谋"的想象。

果然，众人都震惊地朝唐礼投去诧异的目光，那目光里隐藏着"竟然是你"的慨叹。徐天庸和徐明朝质问的话一时不知道如何出口，只是既生气又尴尬，但同时又带着点"还好没有牵扯到外人"的庆幸。

而徐文雨的讶异一点不少于他们，她扭过头看着这位含蓄内敛的兄长，表情几乎凝固了。他选择在这样的风口浪尖站出来，可知道会有怎样的后果？而自己以后又将如何与他相处呢？

唐礼的心中却并无杂念，长久以来，保护徐文雨好像已经成为他的本能，会在每一个她被诘难的时刻自动弹跳出来。他讨厌成为众矢之的，可是为了徐文雨，他一次又一次地选择成为风暴的中心，只为把她护在身后。

徐明朝愣了几秒才放下挥在半空的手，神色复杂地看着唐礼，微张着嘴，似乎想要找到合适的说辞。在他心里，徐文雨本就是要许给唐礼的，只是时间早晚的问题，谁知道会在这时候上演这样一出闹剧。

他重新跌坐进椅子里，嗫嚅半天终于重重叹了口气道："礼儿你怎么这么糊涂，你和文雨从小青梅竹马，何必用这样让人误会的方式……"

对这位故人之子，徐明朝欣赏和疼惜一样多。唐礼知书达理学问好，懂礼数知进退，对长辈也敬重有加，人品才学都无可挑剔，是他心中的良婿，这一点，他曾不止一次暗示过对方，每每都以"你和文雨从小一起长大"开头。

唐礼并不愚钝，只是如果放在以前，他还算天之骄子，徐唐两家还算是门当户对，可如今唐家已经败落，自己的父母也双双亡故，原本的傲气和勇气都折损了大半，即使心中怀有爱意，也不敢再应承什么了，因此次次都用"文雨还小，先把书念好"来搪塞。

所以他从未想过会有今天这样一幕的发生。

唐礼没有多说。从站出来的那一刻，他就决定咽下所有苦果。他神色平静地道歉："对不起，是我考虑不周……"

半天没有出声的徐天庸这时站了起来，冷着脸看了一眼徐文雨，又看了一眼唐礼，严肃地说："今天的事，谁也不准出去说半个字，其他人都回屋，礼儿你跟我来书房。"

唐礼什么也没说，径直跟上徐天庸，往书房的方向而去。路过徐文雨身侧的时候，她神色愀然地看了他一眼，似乎既感激又羞愧。唐礼只轻轻地冲她点了点头，似乎是要她宽心。

那天晚上，徐文雨在紧闭的书房门口站了许久，不停地绞着双手，神情紧张。

　　终于，书房的门吱呀一声打开，唐礼从里面走了出来，手里捏着那封信，神色正常，看不出徐天庸和他说了什么。见到徐文雨，他只是微微笑了一下。徐文雨张口要问什么，唐礼朝房内看了一眼，示意她不要出声，然后拉着她往后院天台的方向走去。

　　他们相对而立，空气中似乎流动着一丝尴尬。唐礼把手上那封信交还给徐文雨，没再多说其他，没有询问，也没有解释。

　　徐文雨瞬间有些想哭，她知道唐礼心知肚明，他只是不忍心看她成为众矢之的，才挺身而出为她牺牲。可她现在全身心地爱着藤原清志，是注定要辜负他的，一个人注定无法回馈另一个人的好，也叫人感到痛苦。

　　"爷爷跟你说了什么？"

　　唐礼轻声道："没有什么，你不必担心。"唐礼的回避让徐天庸和唐礼的这次谈话成了永久的秘密，他此后再未提起。他也许被严厉地斥责了，但除了他没有人知道。每每想到这一点，徐文雨都觉得难受，一直以来，他因为自己的身份总是小心翼翼，在徐家人眼里特别是爷爷眼里总是乖巧懂事，如今这样的情况，本不应由他承受。

徐文雨嗫嚅着还想说些什么："唐礼，我……"还未说完，便被唐礼打断了。他挥挥手，用细不可闻的声音说道："我明白……文雨，你先回屋吧，信看完最好处理了。我再待一会儿。"

徐文雨看着唐礼的眼睛，突然感到他好像有些疲惫，这疲惫也许来自爷爷的责怪，但更多的一定是来自她带给他的失望，而她对此做不了任何补偿。她决定不再多说什么，只轻轻"嗯"了一声，便离开了。也许在发生了这一切之后，唐礼需要一点自己的清净时间。

对于唐礼来说，他确实需要一个人想清楚许多事情，可是仍然混乱，他感到了某种矛盾的、冲撞的痛苦。他原本想当一个装睡的人，可如今的局面，他连装也装不成，这场三人行，他注定是多余的一个。

他想起那封信，那封炽热到烫手的信，那些让人脸红的辞藻，让他莫名觉得烦躁，或者不是烦躁，而是嫉妒。他也曾给徐文雨写过充满爱意的信，多半是诗，为此几乎把泰戈尔的《生如夏花》都翻烂了，其中有一句他一直记得，觉得几乎就是自己对她感情的完美铭证：她的热切的脸，如夜雨似的，搅扰着我的梦魂。

许多个夜晚，他伏在桌上提起笔，感到胸中情感的热涌，可落下笔来，却总是隐忍和含蓄，就像徐文澜所说，爱不写爱，却写月亮和风景。但即便如此含蓄，他也不敢将这些诗给徐文雨看，而是全部封存了一个上锁的木盒里，从未向任何人展露过。

而今天，他竟在阴差阳错中以另一种方式承认了这一点，他简直不知道这是可悲还是可怜。

徐文澜不知道什么时候来了。她先静悄悄地在唐礼身后站了一会儿，而后走上前来，打趣了一句："大英雄，一个人在这儿想什么呢？"

唐礼回身看了一眼，表情松弛下来："是文澜啊。"

徐文澜劈头便戳穿了他："你可真行，为了文雨，不惜把自己都搭进去。"

唐礼吃惊地看了她一眼。徐文澜不以为意地嗤笑了一声："你以为就你聪明啊？那封信是藤原写的，对吧？"

唐礼把惊讶的目光收了回来，重新看向夜空，没有再回话。这个话题，在今天实在是叫他有些厌烦了，他不想再被提醒。徐文澜也识相地不再往下延展，和他一起倚在栏杆上，专注地看着夜空。

"今晚月色真好。"她说。

唐礼抬头看了一眼夜空，轻笑一声道："净胡说，今天没有月亮。"

徐文澜叹了一大口气："唉，你还说喜欢含蓄之美，真含蓄你倒不懂了。"

　　唐礼看向她，有些不知所云。

　　"一个日本作家说的，今晚月色真好的意思是我喜欢你。"
徐文澜仍然表情明朗，可这明朗此时让唐礼感到分外局促。徐
文澜仍是不顾，故作不以为意地继续说道："文雨你是追不到
了，不如考虑考虑我啊。"

　　唐礼说："文澜，你不要闹。"心里也明白，她并不是真的
在闹。对于这一点，徐文澜自然也是懂的，她说："没关系，只
要你一日不婚，我总是有机会的。"

　　唐礼重重地叹了口气，徐文澜也重重地叹了口气，他们的
叹气好像都消融进了夜色里，再无所踪。

第三章

　　对于这场发生在徐家内部的剧烈风暴，藤原清志自然一无所知。在那样的情烈之后，他本以为一切自将顺利发展下去。他满心欢喜地准备展开自己人生中的第一场恋爱，它是纯洁而浓烈的，就像栀子花一样，可不知为何徐文雨又瑟缩了回去，仿佛那枚微绽的花蕾，在开了一个小口后又紧紧地闭合了起来。徐文雨对他的回避几乎到了刻意的地步，最初只是借口不与他单独会面，到后来，四人惯常的文学讨论会她也鲜少参加了。

　　他兀自纳闷，唐礼和徐文澜也缄默不言，只说她一心在忙功课。按照原先两家会面拜访的频率，见面总是不难的，可谁也没想到，许多事情的转向只在一夕间。

　　父亲藤原一郎似乎是一夜之间就忙了起来，鲜少再有时间去徐家，对他的管束也越发严格起来，将他半封闭在家里不说，更不知从何处找来一堆与密码学相关的书，要他日日研读。对于藤原清志和唐礼几人一起上大学的打算，父亲一口否决，态度也和原先大相径庭，说毕竟是中国的学堂，你去上必会不适。

一些变化在悄悄发生，可那时的藤原清志并不知道究竟是什么。

大约有一年多时间，他只见过徐文雨两三次，其中一次是在徐文江的婚礼上。徐文雨的这位二哥娶了个从欧洲归国的女子，大约是受了西式教育的关系，这位新媳妇的观念与徐家绝不相容，刚结婚不久便说要搬出去独住，虽然最后未能达到目的，但这离经叛道之举还是把徐家闹得鸡飞狗跳；加之徐家的丝绸生意出了些问题，一时间，内外事务各种夹击，许多事情都在不经意间被冲淡了，无人注意到原本总黏在一起的四个人已经许久没有碰面。

在那次婚礼上，藤原清志好不容易才在人群里找到徐文雨，忍耐许久的他不顾她的反抗，将她拉到一边，质问她为何态度大变。徐文雨仍是不愿与他多说，只说自己在忙，功课很多。

她看得出来，藤原清志是真的伤心，对他来说，自己似乎是一夜之间就疏离了。他一定感到困惑，可她不能解释，她无法再冒一次险，无法成为另一个"玉枝"，她必须做回那个规规矩矩、庄重贤淑的徐家小姐，为此，她必须克制自己的感情。

藤原清志几乎是悲伤地看着她，他感到最近发生在自己身上的一切都稀里糊涂的，父亲也是，徐文雨也是。他最后几乎是哀求地问道："文雨，为什么？为什么你变得这样快？是我做错了什么吗？"

徐文雨的难过亦不亚于他，可这如何能跟他说，即使内心已经翻江倒海，她也必须平静和缓地告诉他："我并没有变，只是意识到我们之前的行为并不成熟。我已经和唐礼说好，也已经得到爷爷的准允，很快便要去金陵大学上学，功课绝不能落下。"

她说的确是实话，但叫藤原清志十分泄气，他说："我原本也要去的……"

婚礼人多，事又繁杂，他们没能聊太久，徐文雨便被喊走了。藤原清志回想起来，那天的婚宴似乎很是热闹，比先前大哥徐文海的要郑重许多，处处喜庆红火，可他完全无法融入其中，即使身在热闹的人群之中，也感到阵阵荒凉。

无法与徐文雨相见的日子叫藤原清志感到痛苦，而痛苦的人最容易在文学里找到共鸣，仿佛书里那些关于苦痛的描写都是自己的心境。与痛苦一样盛大的，还有他的爱意，他疯狂地读书，试图在文字里找到救赎。

他记下来许多诗，读到"山樱若是多情种，今岁应开墨色花"或是"情似孤舟甫离岸，渐行渐远渐生疏"这样的感伤之句，常常感到五内俱焚，生出一种无限的悲哀。偶尔行至路上听见蝉鸣，也会想起"蝉衣一袭余香在，睹物怀人亦可怜，蝉衣凝露重，树密少人知，似我衫常湿，愁思可告谁？"这样的物哀之诗。

他这样低落了一阵，日日在家读书，慢慢地和徐家一点点疏离了起来。以前两家的讯息几乎总是同步，而如今，他要隔一阵子才会从这里那里听到一点徐家的消息，且往往是已经滞后的消息。徐文江继续和家里闹着不愉快，唐礼和徐文雨都已经去金陵大学上课……这些消息间或传到他耳里。

他尽量忍耐着对徐文雨的想念，可她的影子挥之不去，时常让他感到恍惚。有一天下午，她突然毫无征兆地跑进他的梦里来，醒来之后，他觉得这是一个暗示，暗示自己必须去找她。在这样说服自己之后，他感到一种急不可待的迫切。他急匆匆写了一封信，揣上之后，便夺门而出，守在了徐文雨下课回家的必经之路上。

到她出现在视野里的那一刻，他仍然是混乱的，这些时日的疏离让他一下子不知道该说什么是好，可满腔的思念和爱意已经浓烈和饱满得随时要溢出来了。这种矛盾让他在她面前一时显得笨拙了起来，仿佛一个涨红了脸却始终没有勇气将心里话道出的初恋少年。

徐文雨见了他，几乎一瞬间就红了眼，那是一种什么感觉呢？大概就是日思夜想的人突然出现，满腹的委屈终于得到释放一般。她定在那里看着他，仿佛他是从天上掉下来的一样，不太真实，叫她怀疑，因而迟迟不敢走近。

本来，这该是一个飞扑进他怀里的时刻，可是等到藤原清志真的走到她面前，她却一下子冷漠了起来。这漠然当然是伪装，但这伪装起码能在这一刻让她不至于当众崩溃，也许这也是成长的一种。

她无法看他的眼睛，因为对视之下必然会暴露本心，因而只能避开他投来的目光，压制住狂烈的心跳，冷冷地说道："藤原先生有什么事？"

这个称呼仿佛当头给藤原清志浇了一盆冷水，认识以来，她从来没有这样叫过他。在日本，这样的尊称是正常的，然而在中国待了许久，他早已对称谓反映的亲疏有所感知，徐文雨这样称呼他，显然是要向他表明自己的立场，仿佛他只是一位"先生"，和其他她认识的、她父母所认识的先生一样。

他无法忍受这一点。

他热切地抓住她的手，急迫地表达着自己这段时间的心意："文雨，你为什么要故意把我推开？我不相信这段时间你不想念我，因为我已经想你想到快要发疯了。"

徐文雨被他贸然的举动惊得慌乱失措，下意识地环顾了一下四周，同时试图甩开他的手，藤原清志却攥得死死的。挣扎一番后，她终于放弃，用慌张中的最后一丝冷静说道："藤原，你不要这样，也不要再来找我了。"

藤原清志眼里的烈火仿佛一下子熄灭了，他黯然又不敢置信地看了她一会儿，终于轻轻放开了她的手，眼里一下子涌现出悲凉的神色。徐文雨自然察觉了，可她不敢看他。

藤原清志平静下来，语气中不知为何有了些哽咽："文雨，我有许多话想同你说。"

徐文雨扭过头去。他放弃了方才的强势，开始用柔软的，甚至有些示弱的声音这样对她说的时候，她一下就受不了了，因为这直白地袒露了他的痛苦，而他的痛苦会直接击中她，让她崩溃。

她不知道该如何是好，简直想就这样扭头落荒而逃。她能感到他在她身后一点点地靠近，然后，他轻轻地再次牵过她的手，丝毫没有方才的粗暴，把一封白色的信笺塞进了她手里，而后又握了握，似乎有些难舍一般，最后才放开来。

"如果你不想听，就看看这封信。你放心，我近来在看书，已经会写简单的密信，就算落到他人手里也无碍，你回去用报文倒置的方式拆解，便可知道我要对你说的话。"

徐文雨感到他的声音伴随着双手的温热一起慢慢抽离，直到最后完全消失。她站在那里，仍是不敢回头，手上的信仿佛灼烧起来了一样，叫她感到烫手。上一次的危机便是因信而起，至今还未完全消弭，但她知道，这样的风险，无论是过去、此刻或是未来，她都必然奔之赴之。

她将藤原清志的信夹在书页之中，回家之后并未急着打开，而是如常吃过晚饭和爷爷请过安，然后才回到房里将门反锁，小心翼翼地在灯下打开了那封信。

信的内容果然如藤原清志所说，做过密文处理，乍看之下是一行不知所云的乱码，只看得出是西洋字母。

Lleh sine vaeh uoyt uoht iw

徐文雨按照藤原清志所说，按照报文倒置的方式一一拆解，很快便掌握了技巧，将这一团乱码归顺了起来：wi thou tyou heav enis hell。

她也是学过英文的，知道这句话重新组合后是：Without you，heaven is hell.

没有你，天堂也成地狱。

·徐文雨的眼泪瞬间涌出，她看着信上那句短诗，完全可以体会藤原清志的痛苦，因为这同样也是她的感受：没有你，天堂也成地狱。

如果爱情里的两个人不能同时快乐，那么同时忍耐，同时痛苦，是不是也算另一种陪伴？

她只能这样安慰自己。

可惜藤原清志并不能感知到这种安慰，他仍陷在想念的池沼里无法自拔。藤原一郎似乎注意到了这一点，认真地与他谈过一次，大意是叫他不要在感情上费太多神，还有更重要的事等着他去完成，一些比私人感情更伟大的事。

他觉得这话很是蹊跷，似乎父亲已经为他安排好一切，可又什么都不肯告诉他。他烦闷起来，觉得自己陷入了一个陷阱，可他不敢怀疑，因为布下陷阱的那个人是自己的父亲。

1930年春天，母亲的来信频繁了许多，她说起盛放的樱花，并取了花瓣夹在信笺之中。藤原清志不由得想起曾经和徐文雨关于樱花的讨论，不免伤感非常。可母亲的信里又说，"听你父亲说你最近状态低迷"，再三鼓励他要"心志坚决，勿被外物所扰"。

南京的春天，虽无樱花的艳丽，却也景致非凡，大有王千秋所说的"二分浓绿一分红，春事若为穷"的姿色。唐礼和徐文雨都进了金陵大学。春天的校园里，男女学生都换上了轻便的春装，疾疾然或迤迤然行在小路上，自成一景。

在爷爷徐天庸看来，这是所"洋鬼子办的洋学堂"，他也承认这所由美国人规划和设计的学校"宏伟壮丽，气势雄浑"，但仍批判其"西化过甚，缺了点中国古典建筑的神韵"。后来学校的盛名享誉海内外，徐天庸这才答应把徐文雨和唐礼一起送了进去，要求他们必须学中国文化研究。对两人来说，这本就是他们所爱，因此并不觉得受到了强迫。

他们已经很久未见藤原清志，几人也都默契地不再提及，那个名字就好像是他们之间的一个禁词，既是怕惹徐文雨伤心，也是担心再生出什么事端来。

谁也没想到，第一个打破这禁忌的，竟然是唐礼。

那日，他们正上一堂关于《红楼梦》的课，大体是讨论宝玉的人物形象。对于这个又奇又俗的经典纨绔子，大家各执一词，有的说他是时代狂人，快意洒然；有的说他软绵妄为，不可类之。课堂上唇枪舌剑，沸反盈天。

其中一个男学生高声道："不知道你们为何如此追捧这样一个昏人，曹公自己都说了，他是'纵然生得好皮囊，原来腹内草莽'，我在他身上，只看到非责任非使命非献身的自我中心和个人主义，家国情仇，他哪一样承担得起？"

他话音刚落，另一名女学生便起身据理力争地反驳道："宝玉说得果然不错，你们男子真真是浊臭逼人，只会以功名和利害论事。这样一个快意洒然的叛逆者和时代狂人，竟被你们说得这样不堪，你们要是有他十分之一率真，便不会在这里和我争辩。"

课堂里瞬间爆发出大笑，这时唐礼突然冲徐文雨说道："我记得藤原最喜欢宝玉了，要是他在这里，一定会同意那位女同学的看法。"

徐文雨心里一惊，不知唐礼为何突然提起此事，只浅笑一声，未作回复。

窗外的栀子花静悄悄地开放着。

课后，两人漫步在校园里，都没有说话。徐文雨蔫蔫的，兴致不高。途中，徐文澜突然不知从哪里钻了出来，玩笑地吓了徐文雨一大跳。徐文雨有些惊喜，问她："你怎么会来？"

徐文澜被这么一问，也愣了一下，但她很快回身过来，怀疑地看向唐礼道："你还没有同文雨说？"

唐礼心虚地看了徐文雨一眼，低下头。徐文雨询问地看向他："说什么？"

见唐礼仍是愁肠百结的样子，徐文澜已然明白，叹了口气便决然道："我来说。昨天唐礼说我们四人许久没有一起读书了，该是聚一次的时候。我最近正读《哈姆雷特》，便选了一段，今天要一起念的。"

她说四人，那就是有藤原清志了，难怪唐礼会在课堂上突然提起他来。

徐文雨看着唐礼，他的目光好像充满了理解和鼓励，又好像是一种试探，试探她能否经住诱惑，能否真的放下那个人。她无法分辨那目光的真正含义，因此完全不敢贸然表现出欣喜，相反，她像要证明自己的"清白"一般，努力定了定神，用尽量平静的声音说道："抱歉，你们去吧，我今天要早些回家。"说完便谁也没有看，扭身一个人飞快地跑远了，眼泪在她回身的一刹那落了下来。

她害怕藤原清志也像徐文澜一样突然跑出来，那她该如何是好呢？她是一定会失态的，即使隔了这么久，这个人仍然能轻易挑动她的情绪，让她方寸大乱。

她失落地一个人走在路上，强行让自己远离藤原清志，减少与他的交集，试图重新成为那个贤良淑德的徐家大小姐。可是这样的牺牲让她痛苦，疏远藤原清志的每一天，她都好像身在炼狱。

在她胡乱想着这些的时候，什么人突然在她毫无防备之下，从后面牵起她的手，什么也不说就拉着她狂奔起来。徐文雨定睛一看，正是心中那个所念所想之人。此情此景叫她想起他带她去看花海那一次，他也是这样把她拖走，疯狂而大胆。

徐文雨跟在他身后，本能地被他带着走。夏天的风灌进他的白色衬衫里，他的衣服鼓了起来。徐文雨看着他的背影，满腔的委屈好像终于有了释放的出口。她觉得自己下一秒就要哭出来。

她忽然想起王凤霞在餐桌上说的玉枝私奔的事，她在这个瞬间完全理解了玉枝，因为在这一刻，她觉得自己就是她，她也愿意为爱私奔，无论藤原清志要把她带去哪里，她都什么也不问，只管跟随。

他们在南京城熙熙攘攘的人群里披荆斩棘地不停奔跑穿梭，无所谓要到哪里去，那个样子勇敢又无畏。

不知跑了多久，藤原清志和徐文雨终于气喘吁吁地停了下来，徐文雨还来不及喘气，只说了半句"藤原……"，便一把被藤原清志紧紧拥在怀里，力气大到好像要把她揉碎。

藤原清志气喘吁吁，发狂一样在她耳边将这段时间压抑在心里的话倾倒了出来："文雨，我快要疯了，我受不了你和我疏远，我受不了你不同我讲话。"

徐文雨瞬间落下泪来，过去这段时间，她又何尝不是如此？感情的生发自然到无从追迹，但对感情的刻意压制每一次都如同凌迟，叫人刻骨铭心。

她什么也没有说，这个时刻也不需要他们说什么，因为他们的心靠得这样近，近得好像是同一颗心一样。她同样紧紧地、紧紧地回抱住了他。她已经忍耐得够久了，无论别人怎么说，无论未来怎么样，她只想紧紧抓住这一刻。

如果说这一次的裂痕最终输给了爱意，他们得以在此后拥有了一段静好的时光，那么接下来的这一次裂痕，则巨大到任何东西都无法弥补。

这个裂痕最初极其细微，细微到他们刚开始都不曾察觉。

徐文雨向来是个专注于"小我"的人，不问政事，亦对时局未有太多感知，加上从小被保护得极好，也没有太多机会接触和参与外部的纷乱。

她第一次隐隐对自己生活的环境感到不安是在1931年3月底。

那天下学后，她和唐礼一回到家中，便感到气氛凝重。徐家的几个男人坐在一起正商量着什么，似乎和家里的丝绸生意有关，样子颇为严肃。徐文雨站在一旁听了好一会儿，才大略明白。财政部和实业部月中时发行了八百万元的"民国二十年江浙丝业公债"，用于挽救衰退中的江浙缫丝业，报纸上说"江浙两省蚕丝业之盛衰会直接影响国家经济"，所以国家才出面扶持。

徐家做的是丝绸生意，此项举措与他们密切相关。此时距离政令颁发已有一段时间，他们一直未有明显的应对举措，大家此刻坐在一起，正是要商量下一步的决策。

徐家的生意向来是徐明朝在操持，大约是受了儒雅的父亲的影响，徐明朝的生意做得清白，少了些商人的精明，多了些儒士的刻板，又常心软，因此虽然家业壮大，却也招致了许多不满。首当其冲的，就是弟弟徐明阳，他总说这位哥哥"不善钻研，没有生意人的样子"。

此时，他又抱怨了起来："报纸上说了，财政部后续还有改造设备、降低蚕丝业运价等各种举措。这正是我们的机会。依我看，我们该趁机扩大规模、买进设备，谋求进一步发展。"

徐明朝接过话头："如今形势这么动荡，朝令夕改的，贸然加大投入扩张规模并不明智。"

徐明阳气愤道："大哥你就是太保守了，商机商机，不仅要懂为商之道，更要把握机会，一味清白刻板，实在没有生意人的样子。"

徐明朝听了也气极："什么生意人的样子？难道非得整日钻营才是生意人的样子吗？"

兄弟两人吵得不可开交，徐天庸却始终没有表态。他虽是一家之主，却从不过问生意上的事情。他一辈子都是个文人，对金钱多少有些鄙视，总是极力撇开，尽量不沾染其中。跟生意有关的事，他总说"明朝决定就好"，长此以往，徐明阳也隐隐不满于父亲明目张胆的偏爱。

果然，见两人相持不下，徐天庸又说："明阳，生意上的事，你大哥决定就好。"

徐明阳被噎得无语，却又不敢顶撞父亲，只得恨恨地不出声。

几个小辈自然不敢多言。徐文雨拿过桌上的报纸看起来，注意到背面一条关于日本关东军高级参谋板垣征四郎大佐在日本陆军学校讲话的新闻，板垣征四郎在讲话中鼓吹占领满蒙（中国东北）对于决定"日本国命运"的重大意义，更言之凿凿地表示，"由于帝国掌握着满蒙战略关键的据点，在这里形成了帝国国防的第一线"。

那条新闻旁，配有一张板垣征四郎的半身军装图，徐文雨盯着那张图片，不知为何隐隐感到不安，仿佛那张脸渐渐幻化成了藤原清志的脸，让她的心突兀地跳了一下。

那天晚上，她第一次主动向唐礼问起局势，唐礼重重地叹了口气说，1月底，日本海军驱逐队的三艘驱逐舰已驶至南京江面，以策应对松沪的进犯。如今日本大肆鼓吹占领满蒙，看来是已经决意从东北开始入侵中国，战事怕是不可避免。

他看了徐文雨一眼，似乎在确认她担心的和自己担心的是否是同一件事。

那之后，不知是不是因为刻意关注和了解的关系，徐文雨感到中日之间以一种此前从未有过的速度剑拔弩张起来，"中村上尉事件""万宝山事件"接连发生，日军在东北也滋事不断，战争的爆发仿佛就在下一秒。她抱着最后的希望，每日期待情况好转，然而一切并没有如她所愿，局势终是一天天地坏了下去。东北每天都受到日军不同程度的袭击，整个社会的气氛陷入一种从未有过的紧绷中。

八月份时，他们四人小团体又见了一次，在此之前，他们只隐隐感到某种危机的来临，但一切都不确实，可这一次，他们彻彻底底地清醒着。真正的大裂变开始了，这种裂变，会摧枯拉朽地毁掉一切，他们作为其中最尴尬的一部分，更是无可避免。

　　也许是大家都已事先从各个渠道知道了中日战事的情况，因此见面时，气氛十分沉重，处处透着不知所措。他们第一次没有讨论文学，而是小心翼翼地触及了长久以来他们一直避讳的问题——如果有一天，我们必须在战场上刀兵相见，该如何自处？

　　这个话题并没有延展，大概也是不知道该如何延展，就好像一只手，在黑乎乎的洞口试探了一下就赶紧收回了，因为再往里伸去，可能会被不知道是什么的东西咬住。他们都不想冒险。

　　那天分别时，藤原清志在后面紧紧拉住了徐文雨的手，他什么都没有说，只是用力地攥着不肯放开。也许他心里也隐隐地生出了害怕的情绪，未来如此不定，他想要抓住这一刻。

　　这种不安和尴尬不止发生在他们之间，在大人身上也显而易见地流露了出来。

　　藤原一郎在一个午后突然造访徐家，只有他一人。因为时隔太久，徐家人已经记不起他上一次来是什么时候了，再考虑到其间发生的种种事情，他们甚至都不知道还该不该用从前的态度对待他。

他给徐天庸带来一幅王阳明的字，说是不久前从一个字画商那里收来的，此前在市面上甚少出现。这毫不费解，因为世事动荡之时，就是书画宝器流动最为频繁之时，这也从侧面说明，情况确实坏了起来。

他们在书房里坐着，都没有说话，气氛有些尴尬。收音机里正在播放日本进犯中国东北的新闻，最后播报员呼吁全体中国人民团结起来，一致抗日，语气激昂。

未等那声音播完，徐天庸便走过去把收音机关了。无论如何，在一个日本人面前，这样的新闻总是难堪的。他与藤原一郎之间并不能只用一个中国人和一个日本人这样简单的界限来区分，还有更多，只是这更多的东西，如今都显得不重要了。

他若有所思地说道："不听了，吵得慌。"

藤原一郎自然很快意会到他的意思，笑着说："是，我们看字。"

徐天庸说："好，来开开眼。"

两人专心看着那幅字，默契地都没有再提新闻里说的事情，也默契地知道这是对方刻意的回避。那种感觉很是奇怪，好像崩裂前的平静。

那天晚上，藤原一郎没有留下吃饭，徐天庸也没有挽留。

他送藤原一郎到门口，目送对方的汽车渐行渐远，自己久久不动，重重地叹了口气。徐文雨站在他身边，忧心忡忡地问道："爷爷，你说战争会蔓延到南京吗？"

徐天庸摸了摸她的脑袋，轻声安慰道："希望不会吧。"

他们都明白，这个希望轻飘飘的，毫无力量，因为周围的一切都已经陷入了一种怪异到让人窒息的紧张。

这种膨胀的紧张感终于在 9 月 18 日那天彻底爆破，当天夜里，在日本关东军安排下，铁道"守备队"炸毁沈阳柳条湖附近的南满铁路路轨，并栽赃嫁祸于中国军队。日军以此为借口，炮轰沈阳北大营。第二天，日军占领沈阳，并继续扩张，将长春、四平、公主岭、铁岭、抚顺、安东、凤城、本溪、辽阳、海城、营口等地陆续占领。

仅仅通过报纸和电台的报道，徐文雨就已经知道这一次的事件绝不同往日。国人的愤怒已达到顶点，抗日的情绪在全国高涨，席卷了所有人。但那时的她还不知道的是，从这一天开始，中日之间的战事已经升级到一个完全无法调和的阶段，其持续时间之长绝对会超乎她的想象，并且，这场战争将以浓重的阴影倾泻于她和藤原清志的一生。

第四章

"九·一八事变"的爆发，让中国民众掀起了抗日高潮，走在最前方的就是学生。

学生运动声势高涨，包括金陵大学在内的诸多南京学校开始停课。街上人头攒动，各种抗日游行声势浩大地开展了起来，学生们举旗行进，呼喊着抗日口号。

徐文雨被勒令待在家里，而唐礼每天忙忙碌碌的，不见人影。《金陵大学校刊》开辟"反日专刊"，刊发了全体教职工对全国学术团体的"团体宣言"。宣言里说："全国同胞，今后应噬臂铭心，卧薪尝胆，倭寇不去，誓同俱亡。民族存亡，国家安危，在此一举，电布腹心，愿共勠力。"

徐文雨看着校刊激昂的文辞，也感到一种振奋人心的力量。在振奋之后，她才恍然想起，也许这以后，藤原清志就是

"倭寇"了。她不愿意多想，这个时候，她即使无力可出，也该在意志上和所有同胞站在一起。

徐文雨难得见一次唐礼，问他外面情势如何。唐礼刚从学校的反日救国大集会上回来，说人数众多，金大的许多师生都参加了，接下来，上海复旦大学的几百名学生会来南京，到国民政府请愿，金陵大学已经安排好到下关码头迎接的事宜，届时会和复旦大学联合请愿。

唐礼匆忙说明后，似是有些犹豫，最后才下定决心般说道："我昨天在街上遇见藤原清志了，他被几个学生围殴，几乎丧命。"

徐文雨心里猛地一惊，嘴上却只是"哦"了一声。自战事爆发以来，她便没有再见过藤原清志，一些宏大的东西横亘在他们之间，让他们在面对彼此的时候却步了。他们都清楚地意识到，这是战争，而他们属于两个敌对的阵营。

唐礼又思考了一番，才叹气问道："文雨，你和他之间，究竟有什么打算？"

徐文雨知道，这个问题实实在在就摆在自己面前，可她还未准备好面对，只能慌乱地答道："现在不说这些了吧。"

唐礼觉得，正因为是现在，才更要说这些。他从前不愿意多说多问，可是现在，局面不同往日，战争已经来了，徐文雨和一个日本人纠缠不清，终究要承受许多压力和痛苦，而这是他在这个世上最不愿意看到的事。战争打破了一切，人类的情感在这样浩大的局势面前，也变得渺小了。他从内心里渴望徐文雨将它收起来，这和他的私心无关，只是单纯为了徐文雨好。他想把这些都告诉徐文雨，可他也知道，说这些会让她感到巨大的压力，他对她的爱护已成了长久的习惯，他不愿意让她有一丝为难。

又是一声长长的叹息，唐礼说："好，那就不说了，你自己考虑。"

唐礼的语气并不重，却带着一种从未有过的肃然，这让徐文雨感到一种从未体会过的压迫，那和上次来自家族的压力完全不一样，它更加宏大，更加不容侵犯。

她茫然地点点头，感到一种刚刚开始便已结束的惶然。

事实上，徐文雨何尝不知，按照眼下的状况，恐怕以后她与藤原清志再不能有任何瓜葛了。文学和爱情也许都不分国界，但战争有国界。在战争面前，文学成了薄薄的纸，他们的那点情感过于渺小，也许是该收起来了。

她只是不舍得。

藤原清志自然承受着一样的苦痛。被打的那天晚上，他静静地伫立在窗前，看着远方，脸上瘀伤还很新鲜。他想着白天唐礼碰到他时说的——如果你真的希望徐文雨好，就别再找她了，这种时候，跟一个日本人过往甚密，只会让她人人喊打。

即使不愿意接受，他也必须承认，唐礼说的是对的，再靠近她，只会带给她伤害。

父亲在帮他处理伤口的时候也明确下了禁令，以后好好在家待着，不准再四处走动，尤其是不可瞒着他再去徐家。

他不知道为什么突然哭了，许是觉得绝望，以及对自己目前的状况产生了厌恶。他问父亲："为什么会这样？我们为什么要来中国？"

藤原一郎自然明白他的意思，他在问战争为什么会发生，他们又为何在这场战争中置于如此尴尬的境地。但藤原一郎无法回答他，只说："这是国家之间的事。"

藤原清志问过父亲："我们是否应该回日本？"他很清楚，这只是一个提问，并不是自己真的这样希望或是这样决定，他只是觉得，在这个关口，回国是一个必然会被考虑的选项。

"会回去的，但不是现在。"这是藤原一郎的回答。

不知为何，藤原清志觉得，在战争这件事上，父亲接受起来比自己容易得多。他原本以为父亲会比自己更加痛苦和煎熬，因为最初带自己接触中国走向中国的是父亲，他对中国的情感应该比自己复杂得多。可在战争爆发后，父亲好像并没有经历太多挣扎，而是很快便平静地接受了这一切，他不知道父亲是如何做到的。

日本在东北持续地进行着轰炸，长春等地接连陷落，报纸上每天都在说着战事的情况和死伤的人数，前线传来许多图片，直接将战争的恐怖氛围散布开来。

徐文雨能明显地感到南京的变化，她知道，作为国都，这里的人既抱着侥幸也感到惶恐。她很少出门，待在家里看书或是画画，可即使这样，她还是知道南京的民众正在不断地减少，因为隔三岔五便有爷爷和父亲的朋友来辞别，说要去内地或国外。

一种压抑的气氛在不断蔓延，随时会有更大的爆发。

徐家最早提出离开南京的是徐文江，他在银行做事，最为务实，任何情况下都最先想到自保。在上海"一·二八淞沪抗战"发生之后，南京也处在日军的威胁之下。国民政府惊慌失措，蒋介石慌慌张张通电全国，表示要与全国将士同生死，与破坏和平蔑弃信义之暴日相周旋。但就在第二天，汪精卫就代表国民政府宣布迁都洛阳。更可笑的是，中枢要人蒋介石、汪精卫等人并不在洛阳办公，而是住在一节火车上，沿着陇海、津浦铁路开来开去，来无踪去无影，对外则绝对保密，被讥为"火车上的国民政府"。直至蒋汪完成"政治分赃"，蒋介石重新掌握了军事大权，南京国民政府才开始密谋对日妥协，于5月5日与日本签订了《淞沪停战协定》，靠着这个屈辱的协定，南京得以苟安，国民政府各机关开始由洛阳迁返南京。

徐文江建议在局势尚算稳定时立刻离开南京，去香港或是国外，尽管艰难，但倾力一搏仍然可为。他理性地给徐家人分析："政府已将国都的安危视为儿戏，为了自保，他们随时会牺牲南京，届时南京将成为日本人手上的鱼肉，任其宰割，而我们这些身在南京的百姓，便再无生路了。"

徐天庸几乎没有思考便否决了，甚至因孙子的这个提议感到些许愤怒，他一生都秉持着"正直自持，则外邪不能侵"的信条，因而在面对种种变故时，总是方寸泰然，处变不惊。

"况且，情况还没有很坏。"他态度决绝。

情况没有很坏，但确实是在一点点变坏。外在自不必说，东北已经全境陷落，日本建立了伪满洲国傀儡政权，开始了殖民统治，像《淞沪停战协定》《塘沽停战协定》这样的条约屡出不止，几乎每次都以国民政府做出屈辱性的退让和妥协而告终。内在的变化更为明显，随着各地抗日活动的高涨，徐明朝和徐明阳开始了竭力的支援，加之苛税和天灾等，家里的开支一日更甚一日地缩减，过去的许多日常开销都能免则免了。

王凤霞在1932年生下一对双胞胎儿子，这成了徐家艰难时岁中难得的一件喜事。徐天庸特意给孩子起名徐思国和徐思华，寓意永远不忘家国。这之后，徐家的日常管理便交到了王凤霞手里。这自然不是徐家最好的时候，她对此有不少絮叨，其中最多的便是"除了多了个爱国商人的名头，家里什么都在亏减"。

总之，一切都让他们感到了时局越发艰难。因此对于未来，大家都不敢想太多。

在那段时间里，徐家所有人都自然地再不提藤原父子，徐文雨也一次未见过藤原清志，不是不想，只是不敢想，也不能想。

藤原清志仍坚持给她写信，仍是用隐晦的、不引人注意的方式，表达着他的炽热和想念。徐文雨在海涅、泰戈尔、济慈等一众诗人的甜言蜜语之中心情复杂，读着"我好像曾经无数次，以无数种形式爱过你"这样的诗句，她既感到甜蜜又感到负担，甚至有一丝丝的罪恶感，仿佛乱世之中，自己已经没有资格感受爱情所带来的幸福和愉悦。

因为这种罪恶感，她没有回复过他，只是暗暗默许和期待着他的来信。这似乎也是她的密令，她在用这样的方式告诉他：我同样想念你，可是我必须与我的家国站在一起。

直到1933年的夏天，徐文雨收到了藤原清志的又一封来信，这一次没有做任何加密，坦坦荡荡地由李叔给她送来，信里没有复杂的陈述，只说他要回日本，回去之前，想再和大家见一面。落款用的是她给他起的中文名字：子稚。

这个消息像夏天的雷电一般击中了徐文雨，叫她晕乎乎的。窗外不时飘来栀子的花香，徐文雨觉得有些恍惚。她想起另一个空气类似的夏日，她人生第一次感受到了爱情的震动。而今，那个人要离开了。

她勉强打起精神，将信给徐文澜看了，征询她的意见。徐文澜却反问她："你怎么想？"

"不知道，我不知道能不能见他。"

"能不能不重要，想不想才重要，你要是想见他，就去，别后悔。"

"如果告诉唐礼，他会怎么想？"

"我猜他也会去的，他们曾经那么聊得来。"

"是啊，我们曾经有过那么好的时光。"

徐文雨说完侧过身去，流下一行清泪，泪光朦胧中，往日的场景仿佛幻化在眼前。四人躺在草坪上，一脸天真，凑在一起看书，吵闹，不时发出欢快的笑声。

他们都很清楚，那样的时日是再不可能回去的了。

时隔许久，藤原清志再一次踏进徐家，感觉很是奇怪，好像带着点怯懦和不好意思。四个人再次齐聚在草坪上时，全无往日的亲密。他们分散着坐开，似乎故意制造出了一点距离感，空气也安静得可怕。园里的栀子花都开了，几个人之间的气氛却凝滞着。藤原清志一次次看向远处的徐文雨，徐文雨亦对此有所感知，但她极力躲避着对方的眼神，因为她不知道一旦对上，长久以来的思念会不会彻底溃堤。

徐文澜试图打破僵局："这么久没见，藤原你在忙什么？"

藤原清志回神道："哦，多半都在家里，父亲让我看些书。"

"哪个作家？"

"不是，其他方面的。"

"哦，回国的日期定了吗？"

"还没有，不过大概很快。"

几个回合之后，沉默再一次在他们中间弥漫，这沉默好像一把刀，剜杀着在场的每一个人。所有人都感到一股莫名的压抑，都有点手足无措，毕竟他们中一个人的国家入侵了另外三个人的国家，即使他们之间毫无嫌隙，也实在无法再像先前一样自如了。他们以后也许不会再见，也许还会，但若是再见，又该如何自处呢？

唐礼终于再也无法忍受这种怪异的氛围，开口准备道别："那么，祝你顺利。"

话音刚落，藤原清志却突然开口道："我还有最后一个请求，如果可以，我还想和诸位念一段莎剧的台词，我们几人因文学相知相交，以此方式结束，也算纪念。"

没有人说好，也没有人说不好。这是一个动人的提议，大概也是最后一个。

他们选了《哈姆雷特》里的一段，大约是为了弥补之前的遗憾。藤原清志念哈姆雷特的台词，唐礼是雷欧提斯，徐文澜是教士。徐文雨是奥菲利亚，但这一段并没有她的出场，因为奥菲利亚此时已经死亡。

这样的分配是无意的，但他们要到很久之后才知道，一切都好像是巨大的隐喻。

在藤原清志最终念出"等一等，不要就把泥土盖上去，让我再拥抱她一次"时，一直沉默着的徐文雨突然大哭起来，难以遏止。

他们都没有安慰她，因为他们都知道她为什么而哭。

那日回来之后，徐文雨一直把自己锁在房间，坐在床边发呆，直到暮色深沉。周围的一切都静悄悄的，好像外面的世界什么都没有发生，可徐文雨知道，一切都有了大变故，一些更浩大的东西就要来了，即使她现在还不完全确定那是什么，她也不知道等它真正来的时候，她要如何面对，因此，有些惶然而不知所措。

她在黑暗中坐了许久，而后，没有缘由地，她感到有什么在召唤着她，一种说不清道不明的力量促使她走到窗前。

藤原清志定定地立在窗下，手里捧着一大把栀子花，正抬头遥望着她。他的神情有些憔悴，身上穿着睡衣，不知道在那里站了多久。

在看清他的一瞬间，徐文雨就落下泪来。藤原清志看她流泪，终于也忍不住流了泪。两人就这样隔空泪眼蒙眬地对视着，谁也没有说话，谁也没有向对方走近。他们之间隔着的，仿佛不是一扇窗户，而是山和海的距离。

她再也忍不住，赤脚跑下楼去，飞扑进了藤原清志的怀里。如果这一次的分别是永远，她不能允许自己没有见他最后一面。在分离这把大刀的挥砍下，她的理智好像全线崩溃了，她终于放下矜持，不顾一切地走向她的命运。

在抱住她的一瞬间，藤原清志眼里涌出酸楚的泪，无论他们之间隔着什么，她总归在最后一刻来到了自己身边。那是一个无须多言的时刻，他们紧紧拥抱在一起，第一次也是最后一次感受彼此的心跳，如果过去已经过去，未来亦不可期，唯一能做的，似乎只有用力抓紧现在这一刻。

后来回想起那天晚上，徐文雨印象最深的是月色，温柔而皎洁。在身心交融的情动之时，它铺洒在两人年轻而美好的身体上，好像连情欲也变得圣洁了起来。因为这种圣洁，他们即使颤抖着，也还是战胜了羞怯和恐惧，将自己完整地奉献给彼此。

对他们来说，初试云雨的欢愉中还夹杂着诀别的痛苦，也因着这痛苦，那欢愉好像更深刻了。

藤原清志告诉徐文雨，"今晚月色真好"是一个日本作家对"我爱你"的表达，他觉得再没有比这更浓稠的爱意。

"今晚月色真好。"徐文雨重复了一遍，将天上那轮皎月暗暗印在了心里。

临别前，徐文雨交给藤原清志一方丝帕，丝帕的一角是她亲手绣的栀子花，花的旁边另绣了一句卢照邻的诗："若有人兮天一方，忠为衣兮信为裳。"

徐文雨问他："你知道这是什么意思吗？"

藤原清志紧紧握住丝帕，重重地点头："你放心。"

徐文雨在那一刻终于微微地想哭。《红楼梦》里宝玉挨打之后，黛玉哭着劝他改了，宝玉对她说的那三个字，正是"你放心"。

言语质拙，但此中的深情，大概只有两人可知。

藤原清志说："我一定会回来，你一定要等我。"

徐文雨也坚定地点头："你一定要回来，我一定会等你。"

他们在心里双双决定，此诺必践。

人生的离别就像一场不动声色的雪，雪花一片一片地落下，重量微乎其微，但人们终于被它细密地覆盖，直到被它掩埋，无法动作。人们想着冬天并不绵长，彻骨的寒冷后，总会迎来春天的暖阳，可是人如何能预知命运？如何知道雪堆不会在下一秒崩塌？

分别的恋人们痛苦着，也期待着，而前方的命运已张开了大口，随时准备把他们吞噬。

第五章

藤原清志离开之后，并没有按照约定传来消息，隔着重洋隔着山，徐文雨想过许多可能，疯狂的想念和猜疑的焦躁合力搅扰着她，在无数次的猜测和自证之后，她怀疑自己头顶的这片月光是不是能照到他的头顶。

直到，她发现自己的身体出现了一些异常的症状，那些症状一日日地加深和明显，她越来越感到惊恐。

最早察觉到异样的，是她的母亲，她几乎只是在徐文雨晨吐时看了她一眼，就立刻从她的躲闪里惊觉了什么。

梁淑娴支开所有人，把她叫到自己的房里问道："什么时候发生的？"

这样的质问已经足够含蓄，然而徐文雨仍然羞愧得说不出话来。她初涉男女之事，对一切还有些懵懂，而在她所受的传统教育里，这件事又总是带着遮掩和羞耻。她不知道该如何向母亲说明，未婚先孕已经有辱家风，孩子还是日本人的，说出来徐家绝不可能容她，肚子里的孩子大约也保不住。可是，身体总会一日日地显出形状来，不可能瞒过去。

前后左右，似乎都是绝境。

她终于还是把事情一五一十地告诉了母亲，带着无尽的羞赧、无措和委屈。但无论如何，这种时刻，只有最亲的人可以倚仗。

梁淑娴的身体一直不好，在徐文雨的印象中，几乎一直靠药吊着。这时候听了徐文雨的话，她几乎要昏厥过去，等回过神来，抬手便给了徐文雨一巴掌，徐文雨顿时趔趄着往后退了一小步。

梁淑娴自己浑身发抖，震惊、愤怒、慌乱、心疼，各种情绪在她心里翻搅，这是她从小到大都温柔贤良、极有分寸的女儿，也是她自小放在心尖上疼爱的女儿，打在她的身上，痛的是自己。只是发生了这样的事，她到底无法原谅，因为这不仅关乎徐文雨，更关乎整个徐家。她痛斥道："你怎么能做出这样的事情？你知不知道你会毁了徐家？"

徐文雨羞愧地扑在梁淑娴脚边，久久没有抬起头。她泣不成声地哀求母亲："娘，您帮帮我，我想要这个孩子……"

梁淑娴感到自己浑身的力气都像被抽走了一样，她颤颤巍巍地后退了两步，一下子倒进椅子里。外面的天色沉了下来，她的眼神涣散，眼里的光好像也随着暮色一起暗了下去。她在光线昏暗的房子里默然坐了许久，不知在想些什么。

这时候，她突然想起一个陌生人，一个女学生，和徐文雨一般大，几年前，她找到正怀着孕的对方，让她再也不要出现在徐文海面前。在处理那件事的过程中，她冷绝而果断，心绪没有任何波动。

如今，命运的荒唐再一次降临，而这一次，剧情发生在自己的女儿身上。直到这一刻，她才感到良心难安，开始想象那个女学生的结局。

直到外面的用人喊她用餐，她才回过神，抽离回忆，撑着椅子的扶手站起来。她看着跪坐在地上的徐文雨，眼里的火再次烧了起来，她的表情平复了，好像终于下定了决心。

她把徐文雨扶起来，给她拭了拭泪，声音里带着不可抗拒的果决："文雨，你相信娘吗？"

徐文雨抬头，泪眼婆娑地看着她，不知所措地轻轻点了点头。

梁淑娴又轻抚了一下她的脸，平静却又略带命令地说道："好，这件事你不准跟任何人声张，娘会想办法。最重要的是，任何人都不能知道，明白了吗？"

作为母亲，她太清楚这是决定一个女人命运的时刻，她必须处理得谨小慎微，有任何差池，徐文雨的一生以及整个徐家的颜面都会被毁。

这次谈话后的第二天，梁淑娴出去了一趟。因为身体的关系，她已经许久都不出门，偶尔外出，也必有张妈陪同。可这一次，她谁也没有通知，一大早便独自出了门。

她的目的地是城外的一家药铺，她要去那里讨一服药，一服既杀人又救人的药，杀的是徐文雨肚子里那个还没有长成形的孩子，救的是徐家几辈子的清誉和徐文雨尚未开始的人生。

她是典型的中国妇人，在高墙大院里深居简出，对外面好像一无所知，但面对这些难以启齿的棘手问题，却又似乎总有办法打听到门道，并予以解决，也许这是专属于女人的生存之道。

她在正午之前带着那包药悄悄回到徐家，将它交给厨房，只说是自己新开的方子，让小心煎煮后送到她房里。

在做这一切的时候，她显示出与她羸弱身躯不相匹配的毅力和决绝，这是一个母亲的本能驱动。可是当那碗冒着热气的汤药端到她面前时，她终于开始战栗。她看着它泛射出来的微微波光，仿佛那是一池深不见底的潭水，随时要把她淹没。

她定了定神，把徐文雨叫来，将药轻轻推到她面前。她已经尽量平静，手指却还是止不住地颤抖。汤药的表面轻轻地晃动起来，映照着徐文雨惊恐的脸。

徐文雨虽不谙世事，却也聪慧异常，在看到那碗药的那一刻，她就知道了母亲昨天说的"办法"是什么。在知道自己怀孕之后，她虽然方寸大乱，虽然惊惧不已，却一刻都没有过不要这个孩子的念头，他是她和藤原清志的孩子，是她这一生最浩大的爱情的果实，她即便是死，也不会放弃他。

徐文雨的眼泪唰的一下喷涌而出，她从凳子上滑跪在地，双手紧紧拽住梁淑娴的衣襟，疯狂地摇头，泣不成声，只能含糊地不断重复着："不要，不要……"

梁淑娴同样难过，她并非不知道这个举动会对女人的一生产生怎样的影响，可是她没有办法，如果这样的牺牲可以换来一些更重要的东西，那这牺牲便不叫牺牲，而是代价。

她蹲下来，将已经哭得近乎崩溃的徐文雨轻轻揽在怀里，哽咽着道："长痛不如短痛，你还这么年轻，总要为自己的将来打算。他可是日本人的孩子啊，南京城里的百姓，一人一口唾沫就能把你们淹死，你不想自己的孩子死，难道我就能看着我的孩子死吗，你到底明不明白？"

徐文雨一味呜呜地哭着，几乎要因为缺氧而咳起来，却仍紧紧地拽住母亲，断断续续地恳求道："他是……我的孩子，我要生下他，即使……要我死，我也要生下他……"

梁淑娴重重地叹着气，她从来也不是强硬的人，面对他人的眼泪更常常柔软下来，此刻徐文雨哭得这样心碎，几乎就要叫她动摇了。她用残存的最后一点理智端过桌上那碗药，送到徐文雨嘴边，劝道："你相信娘，喝过之后睡一觉，一切就会像没有发生过一样……"

徐文雨的哭声倏地停了下来，她抬起头，泪眼婆娑地看着梁淑娴，突然不知道从哪里生出的勇气，挥手将那碗药往一边大力拨去。药连汤带碗一下子被打翻在地，瓷碗碎裂的噼啪声和热汤触地的喷溅声瞬间传来，将母女两人都吓了一大跳。

空气凝滞了一会儿，她们谁也没有说话，仿佛这响动给她们都敲了一记警钟，也叫她们都冷静了下来。徐文雨看着地上那一摊水渍，仿佛也被自己吓到了，不知如何是好，她感到自己的人生正像眼前这幕场景，一地狼藉，覆水难收。

可对梁淑娴来说，这碗药的洒落就好像泄掉了她的最后一口气，像是一个终结的暗号，让她决定对女儿妥协。她看着徐文雨，眼神里全是不忍，走到这一步，她并不愿意过多苛责她，更多的是心疼和担心，心疼她将要承受的非议，担心她将来的路。

"你带着他，以后谁还会娶你呢？你的一辈子都会毁在这个孩子的手里。"梁淑娴觉得自己这句话已经不是规劝，而更像是一种告知和提醒，将未来的苦提前告知于她，提醒她做好准备。

徐文雨始终不敢提及藤原清志的名字，更不敢提及那个临别前的承诺，事实上，现在的她都不知道那些过往到底是真实存在过的，或者只是一场云烟。

梁淑娴沉默了一会儿，眼睛忽然亮了起来，她好像想到了什么一样，脸上一下子透出点欢欣，可她看了看徐文雨，脸色复又沉了下来。

她想到了一个人，一个可能会娶徐文雨的人。

那天晚上，梁淑娴将唐礼叫到自己房间，门关上之后，她突然直直地朝他跪了下去，疲倦的脸上全是哀求："我求你娶文雨。你不娶她，她就完了，徐家也完了。"

唐礼顿时方寸大乱，完全不知道发生了什么事。等听完梁淑娴的说明，他也被彻底惊骇了。他没有想到，已经离开的藤原清志会以这样的方式再一次给他们的生活投下浓重的阴影。

一切都发生得太快了，面对眼前跪着的长辈，他不知如何是好，只能一遍遍说让她先起来，至于起来之后要怎么办，则根本毫无章法。

梁淑娴仍是不肯，她甚至跪着朝他走了两步，紧紧抓住他的手说："我知道，你从小就喜欢她的。"

她很清楚，自己这是在用长辈的身份威胁他、逼迫他、绑架他，可面对眼下的状况，她除了赌上自己这张脸，赌上徐家对他的那点恩情，以及他对徐文雨人尽皆知的喜欢，没有任何其他的办法。虽然，她并不确定唐礼会不会买她这张老脸的账，并不确定徐家对他的那点恩情够不够让他这样牺牲，也不确定不再"冰清玉洁"的徐文雨还能不能成为唐礼的心上人。

这些考虑和思量全都准确地传达给了唐礼，他感到自己脖子上被架了一把刀，让他不敢擅动。他向来不是干脆利落的人，自从来到徐家，处处自由也处处受限，他受了莫大的恩情，任有万般的心思，也不会说，不能说。况且，他是如此迷恋徐文雨，这个和他从小一起长大的女孩是他自始至终的梦想。

如果要报恩，现在是时候；如果要得到梦中人，现在也是时候。

可是，为什么是以这样的方式？

他看着梁淑娴，沉默地纠结了一刻钟，才艰难地说："您让我考虑考虑。"

那个晚上，唐礼没有丝毫睡意。他躺在床上辗转反侧，对一切感到迷茫。这种迷茫在他父母双亡来到徐家时不曾有过，在时局乱到所有学生都举手抗日时也不曾有过。

他想自己大概只是个表面的新青年，写着振奋人心的稿子，议论着民主科学的思潮，参与着火热的学生斗争，可真正要他接受一个婚前失贞的女子，他仍然是犹疑和为难的，他骨子里的传统仍然束缚着他。他无法想象自己该如何面对徐文雨，他觉得自己大概无法直视她的眼睛。

可是，他早已发现，徐文雨正以肉眼可见的速度一日日消瘦下去，脸上也似乎完全失去了往日的神采，在这样的时刻，如果他不帮她，她注定一生都要背负污名，被人戳着脊梁骨数落，他不忍心让她陷入这样的境地，他无法眼睁睁看着她痛苦。

这一夜在无边的混沌中过去。

第二天，他一早去找梁淑娴，平静地问："您问过文雨了吗？"

这是一个问题，也是一个纠结良久后的肯定回答，之所以被他如此平静地道出，是因为他确信了自己对徐文雨的感情，这种感情战胜了他的道德洁癖，他爱她，他愿意为了这份爱接受徐文雨和她肚子里的孩子，从此不问过去。

梁淑娴长长地松了一口气，几乎要再一次跪谢唐礼。来找唐礼的事，她并没有和徐文雨商量，可是既然唐礼已经做了决定，那么徐文雨的意思就已不再重要，因为不会再有比这更好的解决方式了，哪怕是绑着她架着她，她也必须让徐文雨嫁给唐礼。

徐文雨的反应比想象中更加激烈，即使知道自己并没有权力责怪母亲，但她仍然无法接受。

即使不考虑自己，这样的安排于唐礼也是莫大的不公，她不能仗着唐礼对自己的感情，就这样把这个烂摊子丢给他；她也不能明知道这是个火坑，还利用唐礼的善良，拉着他往里跳。这样赤裸裸的道德绑架，赔上自己的一生还不算，还要赔上唐礼的一生吗？无论是作为朋友还是妹妹，她都无法心安理得。

梁淑娴苦口婆心地劝她："唐礼已经答应了，这是当下最好的办法。"

"他当然会答应。"徐文雨脱口而出。随后她想到，是啊，他当然会答应，从小到大，只要是自己的事，他即便是违心，也未曾说过半个不字。可越是这样，她越不能害了他。这确实是最好的办法，可她过不了自己心里那一关。

面对徐文雨的抗拒，梁淑娴束手无策，倒是唐礼主动站了出来。他找到徐文雨，一时似乎不知道如何开口，思考再三，才半开玩笑地带出了主题："文雨，听说你不想嫁给我。"

徐文雨顿时落下泪来，这感伤大概既是为唐礼，也是为自己，转念一样，这副哭哭啼啼的模样可能更叫唐礼心软，便抹抹泪道："你不该受这样的委屈。"

唐礼笑了笑，轻轻握住她的手："娶你怎么能是委屈呢？我做梦都想娶你，这是美梦成真。"

徐文雨轻轻甩开他："也许原先还算得上是美梦，现在不过是个噩梦而已，我不值得你这样牺牲。"

唐礼轻轻地叹了口气，那叹息声融进夜色里，很快就消失了，然后他收起方才的玩笑语气，再一次握起徐文雨的手，异常认真地道："文雨，这个决定跟牺牲无关，而是我仔细考虑后的选择，我爱你，爱一个人不会问值不值得，也不会说什么牺牲。"

徐文雨泪光闪闪地看着他，他有一张那么真诚的脸，可她觉得自己似乎配不上这样的真诚。她还要再说什么，唐礼却打断了她，自顾地接着道："这是于我私人。于公来说，这样对徐家最好。于我私人，你或许还可以任性，但牵涉徐家，文雨，你便不可以任性了。"

这也许是唐礼的话术，他是个好的开导者，颇有点软硬兼施的样子。但是徐文雨很清楚，这是唐礼的温柔，他说了自己的私欲，他说了徐家的大局，他唯一没有说的是她，可她就是他做这个决定最重要的原因，他只是不忍看她痛苦。

言尽于此，徐文雨知道，自己已经无路可走。她一直不愿承认的是，她之所以对此这般犹疑，还有一个原因是，她感到自己被绑架了，她还有想念并真正爱着的人，即使到了这样的地步，她的内心深处，仍然对那个不知所终的人保有希望。

想起藤原清志，她心里的爱恨同时翻涌着。他离开后再无音讯，就好像一阵掠过的风，在徐文雨的心湖里轻轻拂过，搅弄起一番涟漪后，便再没留下任何痕迹。

她闭了闭眼睛，决定不再去想。如今的自己，是一颗随时会毁掉徐家的炸弹，她别无选择。而且，她从小在徐家庇佑下长大，也无力拖着一个日本人的孩子，与家庭决裂，独自生活。

她看着眼前沉沉的夜色和夜空里那颗孤星，第一次感到了命运的不可忤逆，以及自己的软弱和无能。

婚礼很快就操办起来。结婚那天，宾客如云，酒席酣畅，人声鼎沸，徐家那么一大片房子，装饰得焕然一新，到处贴着喜字，到处摆放着喜饼、坛酒、绸缎、茶叶、水果等中式婚礼用品。喜堂的檐下挂着一溜大红灯笼，喜气洋洋。屋里到处是三尺高的红蜡烛，烛光照在四周墙上密密扎扎的红丝绸幛子上，满堂红亮，金碧辉煌。

唐礼穿着新郎喜服，在宾客间穿梭，不时敬酒，接受着众人的祝福。

和外头热闹喧天的场景相比，徐文雨的房内一派安静。她穿着一水红色的绣花衣，外面罩着嫁衣，再配上珠饰，美丽得天仙一般。同样是喜庆的大红装扮，可是她浑身却未透出一点喜气，喜字烛火映进她的眼里，她看着那火光，泪流满面，满眼哀愁。

所有人都喜气洋洋，除了两个心知肚明的当事人。

心思愀然的还有徐文澜，任她如何开朗率性，眼看着喜欢的人成婚，总归无法自持。整个婚礼过程中，她都站在人群外围，看着一派热闹欢欣，心里越发酸楚。最后，似乎是觉得这样喜庆的场景实在难以忍受，她悄悄退了出去，在露天酒席之中找了一桌坐下，自顾喝起酒来，等到真正开席，她已经喝得半醉，嘴里叫嚷着一些胡话，要人把新郎叫来。

等到唐礼到这一桌来敬酒，她已经醉得一塌糊涂。见了唐礼，她非要作揖表示祝贺，却踉踉跄跄几乎摔倒，搞得席间乱成一团。唐礼不是不明白，这个性格刚烈的妹妹是在用这样的方式压下心里那些愁思，与他作别。他感到些微心痛，可除此以外，他无法再为她做得更多。

徐明阳看了徐文澜的失态，好一番斥责，勒令妻子带她回房，以免丑态尽出。

回到房里，徐文澜终于掩面痛哭起来，陈妍抱着她好一番安慰，淡然地让她看开，世间男女，尽要随缘，勉强不来。

成人总是智慧的。

一切勉强不来，可时岁还在推移。1934年春，徐文雨生下一个女儿，取名唐思年。

至此，藤原清志成了午夜梦回里一个笼着栀子香气的梦，再无岁月可回头。

虽然岁月不太平，各地动乱不止，中国各地时不时轰隆隆的炮火就像一个个午夜的惊雷，令人惶恐，但对于最普通的中国民众来说，全面的、持久的战争似乎仍是不确实的。如果说战争的情势在之前还像一个隐而不发的暗雷，到了1937年，即使是最不关注时政的人，也感知到了某种一触即发的紧张和骚动。身在南京城里的人都预感到了战争的迫近。

年初的时候，徐文江再一次提出全家离开南京。他是整个徐家最讲究实际、最识时务的一个，在银行上班各方消息也灵通些。他早早地分析和预估了形势，中日战争已箭在弦上，南京紧邻上海，又是首都，必是第一波受到冲击的，固守南京已经是下下策。他劝说全家一起出逃，去国外此时已十分困难，但往内地或是香港仍是可选的。

他的预判并不是没有道理，从年初开始，南京城的常住人口已经以肉眼可见的速度在减少，家里有些钱势的人纷纷做了安排，无处可去的底层民众还在苦苦支撑。

徐天庸仍在犹豫，他关注着各界的局势，了解到各界救国联合会已经成立，位于陕北的中共中央政府也以积极的态度，决定对南京采取和平方针，停止内战一致对外的联合抗日局面已经明显地逐渐形成，他对此抱有信心。

徐文江的关注点则和他全然不同，他说："你们可知日本去年一年通过了多少军事决定？《处理华北纲要》《帝国国防方针》《用兵纲领》《国防国策大纲》《帝国外交方针》……数不胜数，日本对中国的虎狼之心还不够明显吗？各地的军事演练皆是试探，我敢说，它的下一个目标必是上海，接下来就是南京。再不走，便没有人能走了。”

他言辞恳切，有理有据，一大家人里，未必没有和徐文江一样心思的人，但徐天庸仍以几乎是暴怒的坚决否定了这个提议，没有一个人再敢多说什么。他已是耄耋之年，寿数对他来说，远没有落叶归根来得重要，而战事未起便举家出逃，更像是未战先降，显得他一身软骨。

徐文江这一次终于不肯再作妥协，劝阻无果后，他以最快的速度清点好行李，收拾了一些细软，又通过银行的同事弄来三张去香港的船票。待准备好一切，他在某天平静地向全家人宣布了这个决定。

梁淑娴哭得肝肠寸断，世事艰难，她只盼一家人齐齐整整在一起，因此抱住徐文江，试图最后作一次努力。

徐天庸却勒令不准阻拦，说就只当徐家没有这个人。徐文江听罢，热泪盈眶，安抚过母亲，又朝爷爷和父亲跪下，重重磕了三个响头，便再无他话，带着妻子孩子决然离开了南京。

徐文江的离开给徐家带来不小的震动，它好像一个关于战争的确切提醒，在浩渺的大海里翻起了巨波，而徐家这只小船在其中剧烈地飘摇起来。

徐家在南京又苦撑了几个月，在此期间，他们如同惊弓之鸟，一次次地感知着来自外部的震动，这种震动极其密集，由远及近，制造出一种步步紧逼的恐怖感。

7月7日，日军在卢沟桥回龙庙附近进行挑衅性的军事演习，随后炮轰宛平城。中国守军奋起抵抗，全国掀起了轰轰烈烈的抗日战争。次日，中共中央向全国发出《中国共产党为日军进攻卢沟桥通电》。

7月28日，日军在飞机、坦克、大炮的配合下猛攻北平南苑，次日北平失陷。

7月30日，日军从大沽口增兵天津，中国守军奉命撤出战斗，天津沦陷。

8月9日，日本驻上海丰田纱厂海军陆战队中尉大山勇夫率一等水兵斋藤要藏，驾军车沿虹桥路由东向西急驶，直冲虹桥飞机场大门，进行挑衅。

8月13日，日军向上海大举进攻，以租界和黄浦江中的军舰为作战基地，炮击闸北一带，中国军民奋起反击，揭开了"八·一三"淞沪会战的序幕。

8月14日，国民政府发表《自卫抗战声明书》。

……

和所有南京人一样，徐家人真切地感到了恐惧，南京就在上海以西三百公里，日军开拔过来，连一日的时间都不需要。战争的铁蹄就在南京城外响着，随时准备破城而入，而上海的硝烟似乎也飘荡了过来，将南京笼罩在一片灰白之中。

在国民政府发表声明的那一晚，他们终于在时隔许久后再次提起了关于离开南京的话题。自徐文江走后，这件事在徐家一直隐而不发，但所有人都明白，这种避讳只不过是另一种心有戚戚，甚至徐天庸自己，也在不断变幻的恶劣局势中思索着未来的选择。

那天吃晚餐时，一家人都显得心事重重，谁也没有动筷子。最先开口的是徐明阳，也许仍是忌惮徐天庸的态度，他的措辞很是小心，只说："这仗怕是很快就要打进南京了。"言语间的暗示很是明显，这也是摆在徐家人面前的最迫切的问题：南京若是搅入战局，徐家该何去何从？

徐明朝也难得地及时支援了这位向来不投机的弟弟，且言辞直接，全无往日的温暾，看得出这番话已在心中藏了许久："日军要真攻入南京，国民政府不知能否守住，若能守住倒也罢了，若是不能，为了给养军队保证战略物资，日军必然会就地掠夺，霸占民居，徐家必然成为他们强取的对象，到时我们就得任人宰割了。男子还能勉强抵抗，可这一家妇孺该如何是好？依我看，在战事扩大到南京之前离开，是最好的选择。"

这话几乎击中了徐家每个人的心，这样的顾虑已经在他们心中生根许久，如今被这样直白地提出来，多少叫他们有些释放，也更觉得有义务表示必要的声援和支持。其他人倒也罢了，最让徐天庸感到意外的是唐礼，他向来很少参与徐家的内务决断，即使成了徐家的女婿，也时时怀着一点"外人"的界限感，不大发表意见，可这会儿，他却成了态度最鲜明的一个。

徐天庸显然感到了全家人这种无形压迫，但对他来说，更大的压迫来自外在的局势。在过去一年甚至几年里，离开南京虽是大势所趋，但他始终没有点头，完全不打算搬家避难，只是把一些古玩字画收了起来，间或变卖一些，整体上仍是一副安静淡漠的样子。除了落叶归根的执念，这也和他的秉性有关，他崇尚听由天命。可时局到了这一步，任他如何泰然，也开始动摇了起来。他重重地叹了口气，看着一家大大小小和这所自己生活了一辈子的房子，心中撕扯得厉害。他的确是老了，也许马上就要身覆黄土，可徐家还有那么多年轻的后辈，最小的唐思年不过三岁，难道不为他们做些考虑吗？

他心中的天平有所倾斜，可嘴上仍是说道："容我考虑考虑。"

然而，他们并不知道，此时的局势已经完全不容他们考虑，他们也没有想到，徐明阳说的"很快"会这样快，就在他们这场谈话的第二天。

8月15日上午，唐礼出门去银行办事，路过日本驻南京使馆时，心思细敏的他很快发现异常：一大群使馆人员和侨民拎着行李，行色匆匆地往城外撤离，临近中午时，日本使馆已成为一座空楼。他心念一动，日本人如此急迫地撤走使馆人员和侨民，意味着他们即将对南京采取行动，而且他们最有可能采取的行动，便是极有可能造成误伤的无差别空袭。

他心里大惊，再顾不上办事，立刻赶到徐家位于午朝门的丝绸庄，将这一消息告知徐明朝和徐明阳，要他们赶紧回徐家集合；又去了一趟新街口，将外出采办的王凤霞和张妈接了回来。一家人依偎着躲在徐宅里，心里惴惴不安，却又不敢吱声，仿佛屏着呼吸，等待某种想象中的声音爆裂开来。

唐礼的料想一点没错。当天下午，南京城迎来了日军的首次空袭，日本海军所辖的航空队强行飞进了南京市区上空，扫射并轰炸了明故宫机场、大校场机场、八府塘、第一公园、大行宫、新街口等军事设施和人口密集处。飞机俯冲发出的轰鸣，以及落在城里各处的炮弹爆炸声不时传来，徐家人终于感到了战争的真实存在，一种从未有过的恐惧在他们之间弥漫了开来。

等到飞机和炮弹的声音终于消弭，唐礼坚持要出去一趟，他要亲眼看看经历空袭之后的南京境况，这种时局，消息灵通比什么都要紧。

回来之后，他将打听来的情况一一详述：丝绸庄所在的午朝门落了一枚炸弹，但是未炸；城南郊外落了六枚炸弹；马路街一电线杆被炸毁，所幸已经停电，没有造成更大的伤亡；马府街落了一枚炸弹，同样未炸。止马营4号被击中一弹，房屋被炸出了一大窟窿；泰仓街、七里街、火瓦巷、下关宝塔、东石坝街均有人被日机机枪射伤，各地房屋也有不同程度的受损。

大家听完都心慌意乱，日军已将全部侨民撤出南京，意味着它的轰炸将是随机的，徐家这次幸免于难，但终归不能将一家性命交托于运气。总之无论如何，此刻盘旋在徐家人心中的只有一点：走，离开南京。也许已经错过了最好的时机，但到了这一刻，非这么做不可。

在一家人的灼灼目光中，徐天庸仍然没有松口，他始终对政府抱有某种信心，相信他们会以得当的策略守住南京。而更深层的原因自然是，不到万不得已的时刻，他并不想离开南京，他在情感上依附这座城市，这种依附深入他的骨髓，已成为他血脉的一部分，无法轻易剥离。

然而国民政府到底是叫他失望了，他们的抵御几乎没有成效。自8月15日的空袭后，南京便陷入了随时的警报状态之中，空袭好像夏日的急雨一样密集而来。

徐文雨记得8月26日那天的爆炸声，惊雷一般，震动了整个南京城，伴随其后的冲天大火好像要把天空烧掉一样。即使隔得很远，她也仿佛听见了墙塌、屋倒、惨叫等各种各样的声音；即使没有亲眼看见，她也好像在脑海中勾勒出了那幅砖瓦、血肉、泥土交杂飞扬的画面。这次空袭与第一次相隔不到半月，且空袭区是一个没有任何军事设施的贫民住宅区——八府塘，这意味着日军已经完全无视国际公法，要将战争进一步扩大。

然后，是一次接一次的更多的轰炸，有时候每天甚至有四五次。徐文雨听着轰隆隆的炮弹声，关注着报纸，小心地计算着，从8月15日到10月15日，南京遭遇了大大小小的空袭65次，日机共投弹517枚，炸死392人，伤438人。

她在计算的同时，感到一种再也无法忍受的压抑和恶心，不仅是因为残酷的战争本身，更是因为对这个城市的心痛。她无法想象这座自己从小生长的城市在这样一个个冰冷的数字中被摧毁。她感到了自己的懦弱，既然无法为它而战，只希望能一走了之。

她知道，整个徐家除了徐天庸，都跟她抱着同样的希望。她甚至感到了那种弥漫在所有人之间的忍耐，现在，忍耐就快爆炸了，那一天到来的时候，他们会像徐文江一样，再不顾及徐天庸的反对，决然离去。

直到11月20日，国民党政府发表《国民政府移驻重庆宣言》，政府机关、学校纷纷迁往内地，越来越多的南京市民开始逃离，原来的100万人口只剩下40多万，南京已成为一座半空的都城，千疮百孔，一击即破。

这成了压垮徐天庸的最后一根稻草，他终于彻底清醒，他的南京留不住了。

再无他话，他简短地为全家人的命运下了决断："准备吧。"

但即使在这种时候，这对他仍然不是一个容易的决定，他甚至并没有说服自己，而只是基于对家人的考虑。因此，在书房思考了一夜后，他于第二天做了一个令所有人惊诧和为难的决定：他要一个人留下来，与他收藏半生的古玩字画，与这座庭院共存亡。

这个决定自然遭到了所有人的强烈反对，徐天庸虽然年事已高，可一直是徐家声威所在，膝下儿孙又都孝顺恭敬，是万不可能答应这样的要求的。其中徐明朝的反应最为激烈，他是长子，如何能任由耄耋之年的老父孤身留在炮火弥天的南京？

徐天庸有着专属于文人的固执，甚至到了偏执的地步。面对所有人的反对，他用长久以来树立的威严——抵抗，或者说不是抵抗，而是说服。

在众人都不知道该如何规劝的时候，徐明朝说："爹，如果您一定要留下来，那我就留下来陪您。无论如何，我是不可能放您一个人在南京的。"

徐天庸拍拍他的肩，似乎感到安慰，意志上却未有丝毫的松动："明朝，你是我的长子，也向来是徐家最明事理最有担当的男人，徐家要离开南京，有多少事要办，铺子、流水、车马、船票，还有这一大家子人，路上又有多少凶险，明阳或许能帮衬一些，但没有你，这些完全不可能办到。"

没有人说话，徐天庸说的是铁板钉钉一样的事实，这一家男男女女老老少少，没有徐明朝领头，几乎没可能离开南京。

众人几乎就要被说服，徐明朝却仍然不死心："好，我送他们到了重庆，便立刻返回来接你。"

徐天庸未再反对，只是重重地叹了口气。他的儿子还不明白，这座城市可能不会允许他"返回来"；而他既然决定留下，便是要与它共存亡，这次不会走，下次也不会。

但他没有把这些说给大家听，只是点点头，用默认的方式叫他们安心。

这个决定做出之后，他又变得清醒而决断，开始一一给众人做好安排：徐明朝负责尽快将生意上的事收尾，不计代价，能转让的转让，能变卖的变卖；徐明阳则去张罗一家人离开的船票；至于家里的用人，他将他们全部召集起来，按照年限各发了一笔钱，让他们各自散了，只留了李叔和张妈两人；面对其他人的哀求，他只颤颤巍巍地说："徐家感恩你们的付出，但乱世之下都是蜉蝣，逃亡路上更是危险重重，徐家已经不是你们的庇护之所了。"

乱世蜉蝣，大概确是那个时代所有人的宿命，无论阶层和贫贵。

徐文雨有些恍惚，她内心好像有两股力量在彼此撕扯，一方接受离开南京，一方抗拒离开南京，这种抗拒大约既是对未知命运的惶恐，又有些其他什么，是什么呢？她不敢任由自己深想。

唐思年似乎还不太理解全家人声势浩大的行动，战争对她来说是一个全然陌生的东西，她的眼里，满是稚嫩的新奇。

在所有的准备工作中，徐明阳的船票事宜进行得最为不顺。他们定了从水路去重庆的路线，船票很紧张，徐明阳四处碰壁。这时候，唐礼提出，与其到处求票，不如索性自己弄条船来，再找一经验丰富的人驾驶，直接驶往重庆，反倒省事，最多费些钱而已。

徐明阳借此得了新思路，又费了好一番关系和钱财，终于得成。

梁淑娴发愁家里这些物件收拾不完，箱子、各季衣物、褥毯，还有徐天庸的古玩字画等。而徐天庸的态度则泰然得多，只说："带些贴身的衣物和钱财就行了，这是战时逃难，路上各种凶险不可预测，过多的财物反而是负累。况且我们只有一艘船，人却有十几个，多了也运不走。至于这房子，我守着，若是实在守不住，那也是命数。"

他早已在心中做好了打算，若真到了万不得已的时刻，他宁愿将毕生所有付之一炬，也绝不将分毫留给敌寇。

出发那日，徐天庸执意将自己反锁在房中，不肯与众人相见。他一生经历的死别不少，却仍无法在垂暮之年面对这样的生离。

书房外的徐家人全都哽咽着，徐文雨徐文澜这些女眷忍不住开始抽噎，在强悍的命运面前，他们好像什么都说不出来。

沉默了一会儿，徐明朝才第一个站了出来，面向徐家人，脸色肃然地高声大喊道："给老爷磕头！"随后，徐家所有人齐齐跪下，朝书房的方向磕了三个头。

男人们一言不发，女人们泪眼婆娑，只有唐思年、徐思国和徐思华三个孩子，仍在太爷爷的房门前玩闹般地捶着。他们还这样小，根本无法理解这个场面的悲戚。

徐天庸绷着身体站在书桌前，仿佛是靠着一股内在的力量在支撑。他听着外面的动静先是变大，后又渐弱，到最后终于归于沉寂，这才终于疲软下来，好像精气耗尽一般跌坐进了椅子里。

而徐家十几口人在给予这所房子最后的深情一瞥之后，终于无可奈何地加入到浩荡的离乡大潮中，而前路的一切都是如此未知。

在徐家的大部队离开后不久，门外便再一次响起动静。沉思中的徐天庸听着外面的声音，心猝然跳了一下，心中冒出的第一个念头是徐家人又折返了，但很快他就确定，那声音来自某个，准确地说，是某群生蛮的闯入者，他们步伐齐整，身上的装备发出了一种武器特有的撞击声。

徐天庸定了定神，从桌上拿过一只火机揣进兜内，而后镇定地拉开了房门。闯进视野的是两队排列整齐的日本兵，他们以徐家的高堂为界，齐刷刷地站在两旁，长枪一端立在地面，一端握在手上。在队列的末端，站着一个军官模样的年轻人。

徐天庸感到奇怪，自空袭开始之后，南京城内早已没有日本人，他们早就撤离了，如今这样一群来路不明的日本士兵突然闯进徐家，实在叫人疑惑。想到这里，他不禁将兜内的火机攥紧了些，厉声问道："你们是什么人？"

那名青年军官看了他一眼，随后将目光移开，开始打量起徐宅。不久便有几个士兵从徐宅各个角落钻出来，叽里呱啦地向这个军官说着什么。徐天庸凭借他尚有记忆的一点日语，听明白他们是找人未果，不禁暗暗庆幸唐礼等人走得及时。

"你们想干什么？"徐天庸再次喝道，神情已比方才镇定许多。

对方仍旧不语。就在徐天庸怀疑他听不懂中文时，他突然朝徐天庸微微点了点头，用尚算流利的中文张口道："徐老先生，我叫中野，我想通知你，你的房子已经被大日本皇军征用，不过经过恩准，你和你的家人仍然可以继续留在这里，所以还请你叫他们出来。"

对于这蛮横无理的要求，徐天庸选择睥睨而视。他甩甩长袍，风度卓然地坐在高堂的椅子上，纹丝不动，开始闭目养神，再不肯说一个字。

他身边的一个士兵有些恼火，上前要动手。徐天庸仍然毫无反抗之意，只迅速从兜里掏出那只火机，开盖、打火、抛掷，火苗瞬间点燃了桌上的桌布，沿着边角蔓延起来。他遵循自己最初的意志，如若事态紧急，他一定选择同归于尽，自己一手建起来的家，即使毁掉，也不能留给日本人做窝点，宁为玉碎，不为瓦全。

日本兵赶紧扑火，另有两人把徐天庸狠狠按住，动起手来。

徐天庸一把年纪，筋骨都已脆硬，哪里禁得起这番折腾，被两个士兵挥了几拳，便站不住了，摇摇欲坠地倚在那张黑硬木桌子旁边。

那个叫中野的挥手示意他们停下，继续用那种听上去甚是温良的语气说道："徐老先生，我们并不想太为难你，但也请你不要轻举妄动，告诉我们徐家其他人都去了哪里，我自然不会动你。"

徐天庸仍然一言不发，他知道，沉默有时是最好的反抗，是对对方最好的羞辱，更是对亲近之人最好的保护。

中野气定神闲地与他对峙了一会儿，方才缓缓地吐了口气，胸有成竹地吩咐道："把他带下去，先找个地方关起来。"

他们巡视一番，最后把"临时牢房"设在徐宅西翼最角落的位置，那里原是徐家用人的住处，男女两间，都是通铺，只隔着一道墙。

中野略作思索，然后从徐宅里退了出来，快步朝大门外一辆插着日本军旗的汽车走去。来到紧闭的车窗前，他向车窗里的人小声报告："大佐，徐家的人都走了，只剩下一个老头，没有找到徐小姐。我们搜查过，厨房里的锅炉还有热气，应该刚走不远，我已经安排人去追了。"

车窗慢慢摇了下来，是藤原清志。

他的脸和几年前相比，有了一种变化，原来的热切减弱了，多出来许多阴沉之色，眼睛似乎不再发亮，而是积蓄着一种说不清道不明的狠绝和忧愁。

许久，他重重地叹了口气，好像自言自语一般说道："这南京城，大变样了，人也少了不少。"

第六章

就像藤原清志丝毫不知晓中国发生的一切一样，他回到日本后所经历的一切，徐文雨亦一无所知。

四年前，藤原清志带着爱与遗憾回到日本，还来不及知会徐文雨一声，便被藤原一郎送进了日本陆军中野学校。对于这所日本著名的军校，藤原清志此前有所听闻，那里原是一座警察学校，后来被改造成专门培养情报人员的机构。入读的学生会被编进不同的班，每个班都是一个模拟的"国家"，学生进去之后，要像完全在这个国家生活一样，按照它的习俗起居，不许说日本话，忘掉自己日本人的身份，学习关于那个国家的一切。

对于父亲突然的举动，藤原清志感到不解。他忽然想起父亲造访徐家的事，想起父亲一直以来对自己在中国文化上的兴趣都很是鼓励,以及在中日摩擦开始后的某天突然要求自己阅读与编码相关的书籍;加之父亲现在的这个决定,藤原清志生出了一些可怕的猜测。

在陆军中野学校的门前,藤原清志战战兢兢地问道:"这是怎么回事?"他已经预感到答案的恐怖。

藤原一郎的神色里闪过一丝挣扎,但很快便调整了过来。他目光如炬地看着藤原清志,坚决地说:"清志,你会是一个很好的对华情报员,也许会是全日本最好的,没有多少日本人比你更了解中国,了解南京。你将起到巨大的作用。"

藤原清志不敢相信自己的耳朵:"什么情报员,您在说什么?"

事已至此,藤原一郎知道再也无法隐瞒,真相也许会让藤原清志难以接受,可也到了让他知道的时候了,于是便徐徐道:"我们对大陆的攻占计划已经筹备了许多年,也已经在过去十几年往中国渗透了许多人,其中最重要的便是谍报的收集。优秀的谍报员对我们进攻大陆的计划是决定性因素。"

藤原清志似乎仍然迷惑,他的表情一点点变得呆滞,心也似乎一点点冷了下来:"所以教我学中文,带我去中国,都是您培养计划的一部分吗?"

藤原一郎回避了这个问题,只说:"一个男人要有大责任,日本天皇要拯救大东亚,你是大日本帝国的子民,理应为帝国出一份力。"

藤原清志觉得一切都太可笑了，虽然他不是未曾怀疑过父亲以及他们去中国的目的，可这样的真相还是叫他难以接受，他痛彻心扉地问道："父亲，你到底是谁？"

藤原一郎没有再说话，某种程度上，他理解儿子的失望，可即使失望，路也已经走到了这一步，必须继续走下去。

藤原一郎是日本特高课高级情报官，专门负责对华情报业务，这场潜伏从十几年前开始蓄谋和启动。他以文化交流的名义去中国，真正的目的是借交流之名，调查南京的军力、气候、地形、布防等，为发动全面侵华战争做准备。

选择回国，是因为各方的信息以及筹备工作已完成大半，对他来说，更重要的工作是找到更多像藤原清志一样熟悉中国的人，把他们培养成侵华战争的前哨间谍，为帝国效忠。

藤原清志觉得一切都荒唐极了，回想自己过去的人生，似乎是一盘精心安排的棋局，在父亲的隐瞒和欺骗下被安排得明明白白，而他却一无所知。

"母亲也知道吗？"藤原清志隐隐觉得自己会得到一个肯定的答案。

藤原一郎重重地点了点头："你母亲是个伟大的女人，她虽然没有去中国，却用她的方式为帝国尽了忠。"

他想起来，在过去十多年里，母亲确实像个意志坚决的战士。

"那徐家呢？你对爷爷呢？你根本不喜欢字画，也不喜欢王阳明，只是为了利用他，方便你在中国的活动吗？"

"不，我确实喜爱书法，也欣赏阳明心学。对于徐老先生，我是尊重的，只是……"藤原一郎没有把话说完，也许，在某些时刻，他确实付诸了真心。

但一切已经都不重要，即使重要，在即将到来的这场战争面前，也是可以被牺牲的。他斩钉截铁地对藤原清志下了最后的通牒："要赢取胜利，人的心就必须硬起来。你也一样，要成为优秀的谍报员，不可以掺杂任何可能影响大局的私人情感，关于那个女人，你必须要割舍干净。"

反抗是注定无果的，藤原清志几乎在回国的第一时间就被送进了陆军中野学校，他要在这里学习成为一名专业的间谍。这个学校的学生向来要求是现役军人，但他在中国生活了十几年，已经系统地了解过中国，所以被当成特例招收了进去。

也正是在这里，藤原清志感受到衍生于江户时代的武士道精神是怎样再一次蔓延开来，以一种压迫甚至可怖的气氛笼罩着所有人。在它的教条里，最重要的是背负责任和完成责任，死亡不过是尽责的一种手段。如果没有完成责任所规定的事务，那比死还可怕。在义、勇、仁、礼、诚、名誉、忠义、克己这些美好的精神信仰之下，所有人都必须为了集体"毫不留恋地死，毫不顾忌地死，毫不犹豫地死"，死亡甚至成了荣誉的最高点。

如今，这样的要求从武士身上转移到了他们的身上。战争在即，政府一遍遍地向他们强调，他们须得抱着赴死的勇气接受"即使君不君也不可臣不臣"的君臣戒律，这是实现自我价值的唯一出路。

藤原清志第一次感到了痛苦，这痛苦在于，他无法完全接受这样的信念，因为他已经在中国待了太久，长期浸淫儒家文化的他，接受的是"君有过，臣三谏而不听，则逃之"以及"良臣择木而栖"的价值观。他不知道自己是否可以为了一种尚不够认可的信念去死。

然而，在陆军中野学校这个新的环境里，有着太多可以矫正他的因素。思想教育把儒家的仁爱中庸彻底消解，存在于藤原清志心中的那些犹疑和挣扎被诠释为贪生怕死的私心，而真正的勇士，即便是无谓的自我牺牲，也能升华成忠、义、诚。

除了这些与本意相去甚远的观念灌输之外，藤原清志也开始和真正的武士一样接受各种技能的培训，当然早已不是原本的击剑、马术、兵法等，而是与时局更为相关的情报、通信、武器、格斗、暗杀等。

在日本的历史上，武士的培养向来都有残忍的一面。武士从小带刀长大，五岁斩杀狗，十五岁斩杀死罪者，进而练习斩杀人首，日渐练习下来后，便可养成斩杀他人而不在乎的习性。

陆军中野学校的训练自然没有这样的时间去容忍学生的"适应"和"成长"，他们要让学生在短短两三年的时间里，从有着七情六欲的普通人变成麻木不仁的杀人者，就必须加快训练的进程，以近乎残忍的方式摧毁和重建学生的意志。

藤原清志亲自体验了这种残忍。

先是猫狗一类的动物，被悉数放进场地内，限时刺杀。藤原清志在其他课程上的一骑绝尘终于没有延续，他握着刺刀，迟迟下不去手。同学们抱着鲜血淋漓的"战利品"来到教官面前的时候，他几乎吐了出来，但到底没有。因为他太清楚，但凡流露出一丝脆弱，他便会成为整个学校甚至整个军队的笑柄，会成为他们眼中需要切腹以求清誉的人。在时间即将截止之前，他终于闭眼朝那牲畜落了刀。

这样的训练持续了一个月，他渐渐地从闭眼到睁眼，从手抖到稳如泰山，到最后，他看着那些蹿跳吠叫的动物，几乎可以本能地朝它们挥刀了。

然后，训练以令人猝不及防的态势迅速升级——刺杀的对象不再是猫狗，而是活生生的人。

第一次杀人那天，是一个天气异常晴好的冬日，藤原清志和其他人被带到了校练场，面前是一排眼睛蒙着黑色布条、手脚被绑的犯人。根据教官的介绍，他们都是监狱里的死囚，而藤原清志们的任务，是看着这些人的眼睛，将他们一一斩首。

藤原清志能感受到队伍里的不安情绪，即使已经经过一个月的练习，但活生生的人和动物相比，仍然叫他们感到了惊恐；用活生生的人当作练习的对象，仍然叫他们感到某种道德的压力。

人群里迟迟没有动静，直到教官怒吼道，"你们这副样子怎么上战场"，才有人喊了报告出了队列，示意要第一个开始。藤原清志知道他，山崎，在自己之前一个月进的校，是个刺头，因此藤原清志很少与他有交集，但对山崎来说，各项课程都遥遥领先的藤原清志却是他在学校的一大劲敌，今天这样的场面，正是扳回一城的好机会。

只见山崎抽出刺刀，大步流星走到那排第一个囚犯的面前，飞快地挑开蒙在他眼睛上的布条，对方抬头看着他，眼里流露出一丝不屑，这不屑一下便激怒了他，举起刀朝对方的脸上落了下去。那个囚犯立刻发出了响彻操场的恐怖尖叫，脸上瞬间出现了一个汩汩流血的窟窿。山崎转身挑起刺刀，仿佛炫耀一样地朝教官和众人举着，刀刃在阳光下闪闪发光。

他的刀尖上挂着一只血肉模糊的眼球。

藤原清志旁边的一个学生突然瘫软下来，扑通一声跪在了地上，那只血淋淋的眼球把他完全吓傻了，他开始抑制不住地发抖，甚至仿佛要哭出来。

藤原清志看见了教官脸上的鄙夷和山崎脸上的得意。

那天晚上，藤原清志做了梦，梦里出现了白天他杀死的那个死囚犯的眼睛，那是一双充满惊恐和哀求的眼睛。醒来之后，他把头埋在被子里，压抑地呜咽着。他不敢当着所有人的面崩溃，只能把这种崩溃放在夜梦里。除了本能的惊恐，让他真正感到绝望的，是他意识到自己真正迈出了这一步，从今以后，他就不再是原来的他，再也无法回头了。

他不太清楚自己的性情究竟是什么时候发生变化的，可能是在这次杀人之后，也可能是在高强度高压力的非人训练中一点点受到了渗透，可能是在无法和外界进行任何通信的隔绝中，也可能是在一篇又一篇的征兵报道中……所有这些，一方面压制着他，一方面也让他感受到了某种激荡和热血，那就是战争好像真的要来了，他作为帝国的一分子，须得投身其中。

作为国家机器的渺小分子，他还不能体会到这其实是政府有意的引导。在那几年里，日本政府进行了针对全国的洗脑式战争宣传，在他们一遍又一遍的强调中，侵略大陆几乎成了日本的基本国策。在层出不穷的强化和暗示下，男女老少的战争情绪都分外高昂，若是有人流露出哪怕一丝厌战情绪，都会受到所有人的唾弃，社会舆论是一把无形的杀人的刀。

藤原清志便是曾经流露出厌战情绪的人之一，他曾对一切感到厌倦和烦闷。那是刚进陆军中野学校不久，他对徐文雨的想念疯狂地滋生，可他被阻断了一切对外通信，无法收到也无法发出一丁点儿的讯息。他感到煎熬、烦闷，在父母来探望他时将郁结彻底宣泄了一番，提到了"不明白发动战争的意义"这样的话。

这微弱的动摇很快被他母亲察觉，为了激起儿子上阵杀敌的意愿和决心，这个寡言少语的日本家庭妇女选择了一种异常决绝的方式——自杀。

她用这样一种惨烈的方式断绝了儿子对于美好安定生活的幻想，用自己的死亡把儿子想要回头的心再次扭了回去。在藤原清志还未从惊骇中回过神来时，这件事便被日本政府拿来大肆宣传，成了一则用来鼓舞日军参战的正面事例。

作为事件的中心，藤原清志几乎被逼入绝境，无论是国人的舆论，还是同学的眼光，都让他再无转圜的可能。为了父亲、自己和藤原家族的尊严，他对战争的认可、决心和勇气都不能再有丝毫溃散。

总之，在各种主动的、被动的环境加持下，藤原清志彻底变了，他自己也感知到了这一点。他开始和父亲一样，坚信武士道精神，坚信侵略中国是大日本帝国的必行之事，自己有责任为国尽忠。他感到自己失去了某些柔和的、理想的东西，这些东西，他曾在文学里感受，也曾在那个温婉的中国女人身上获得。

徐文雨，他思念她，并且从来没有停止过。在那片他预备进犯的大陆上，她仍是他心底最温柔的怀念。即使身心一点点变得坚硬，他内心深处某个角落，仍然存储着南京夏季的栀子花香，仍然铭刻着两不相忘的诺言。

他渐渐习惯在无人的深夜里摩挲着那方丝帕，在睡梦里再回盛夏的南京。在梦里，他飞一般地来到徐文雨的身边，在梦里，他背弃了自己对帝国的誓言，愿意放下一切，承受国人的唾骂，抛下战争，只为带她远走高飞。

他在煎熬中等待着回到中国的那一天，他的意志是如此坚决，以至于他从未想过远在中国的徐文雨可能遭遇的变数，他有些顽固地相信着他们说的此诺必践。

1937年，他终于等到了。

淞沪会战开始之前，他作为日本情报机构军官和军队一起抵达上海。随着战事的推进，日本开始了对中国国都南京的空袭，每日的捷报让士兵们振奋不已，而他却感到无比紧张。他担忧着那个女人的安危，他害怕他的军队投下的那些炸弹会落在她的身上，这种担心和害怕当然是无法明说的，焦灼许久之后，他终于找到了一个冠冕堂皇的理由。

他向藤原一郎申请先行潜入南京，作为先头部队，调查南京城内的布防和军情，为日军攻打南京做准备。没有人知道他的私心，他已经一刻也等不下去，他要回到那座城市，回到经历了漫长分别的爱人身边。

对于儿子这个突然的提议，藤原一郎很是不解。日军对南京正处于空袭阶段，为了便于轰炸，城内的日本人已经悉数撤离，此时进城，甚是危险不说，也可能打乱日本空军的空袭计划。然而，对于藤原清志"迎难而上"的决心，他又感到十分欣慰，这个自己精心培育多年的"武器"该去最核心的地方发挥他的作用，证明自己的价值。

到最后，军人和家族的荣誉感战胜了一切，他同意了藤原清志的请求，只是要求其在安顿下来之后，务必报告所在地点，以免日军下一次空袭时造成误伤。

藤原清志压抑住自己的欣喜领了命，并很快召集了情报科的队伍，开拔南京。他本以为在进城时会遭遇诸多阻挠，没想到一片混乱的南京和毫不作为的国民政府几乎没有给他们设置任何障碍，他们只用了一点小伎俩，便全部踏进了南京城。

几乎是在进入的第一时间，他就直奔徐宅而去。在去往那座魂牵梦萦的房子的路上，他感到一种近乎疯狂的喜悦，这种喜悦几乎要消解他过去四年里全部的煎熬。

但他在癫疯中仍保持着理智，想想自己的身份，想想自己和徐文雨、唐礼以及徐家的种种，如今已经物不是人也非，他们已由心无嫌隙的密友变成了侵略者和被侵略者的关系，如果再见，他该如何面对，又该如何开口呢？

因此，在到达徐家门口时，他久久不敢靠近。犹豫再三，他才让中野先进去，自己在车里坐着，甚至不敢把车窗摇下。他心绪翻滚，有一种"近乡情更怯"的感觉，即使这并不是他的家乡，但他曾经对这个地方如此熟悉，在历经世事后，他突然不知道自己该如何与它接近。

他的紧张一直持续到中野出来告诉他，徐家已经人去楼空。那一刻，他产生了一种快速的坠落感，不知道要落到哪里去。有瞬间的松弛，也有巨大的失落。

他下车走进徐家，心里百感交集，他还记得第一次随父亲来到这里的情景，那时的他穿西装梳油头的模样，后来成为徐文雨和唐礼他们长期的笑柄。他第一次看到徐文雨，就是在这个院子里，这片草坪上，他还记得她的那个眼神，那么光亮和清澈，治愈了他最初的恐慌。

再次踏入，一切都变了。他仔细观察着屋里的摆设，大部分都还在，他甚至记得第一次拜访时，徐家每个人站的位置。

房子的西翼传来动静，中野告诉他，那里关押着徐天庸。

一张清癯的脸在他脑海里浮现了出来，他记得自己给徐天庸背过《枫桥夜泊》，对方给了他来中国后最初的表扬和善意。

可现在，他甚至不敢去面对对方。

在这所房子里，这些回忆瞬间全都复活了，它们争先恐后地冒了出来，让他有些承受不住。

他又来到东侧徐文雨的房间，还未走进，仿佛便嗅到一股熟悉的香气，似盛夏的栀子花，可现在明明已经入冬。他心有所动，却又隐隐生出一丝痛苦，好像那个梦中人已经飘然而去，只剩下一缕幽香。

他在窗边站了一会儿，往下望去，这里能看见前院的花园，他曾站在那里，热切地召唤过徐文雨。一切好像都是很遥远的事，可又好像很近。

在发现那张唐礼和徐文雨的照片之前，他始终是这种追忆往昔的感慨心情，在看到它之后，一切都变了。

那张照片在书桌的抽屉里，被一堆废纸和杂物压在底下。照片里，唐礼和徐文雨穿着中式的红色婚服，一脸恬静，他们的身后贴着大大的喜字。他一时诧然，胡乱地再翻，又找出一张日常照，两个人抱着个两岁左右的小女孩。

他想起来，徐家人有照相的传统。

瞬间，刚才那种坠落感再次袭来，并且越来越快，越来越失控，最后终于"砰"的一声重重砸在地上，碎裂了一地。

藤原清志脸色骤变，死死地凝视着照片许久，先是出离愤怒，而后痛苦慢慢渗透进来，好像有人用刀在一点点剜他的心脏。他怎么也没想到，再见到自己心心念念的女人时，会是这番光景。

徐文雨为什么会和唐礼结婚？这是他们的孩子吗？为什么她不等他？

那一刻，他感到一种致命的打击，无法思考，失去理智，几乎要靠意念才能强压下把照片撕得粉碎的冲动。

一直以来，她几乎是他在炼狱般的训练生涯中唯一的希望和支撑，如今这希望破灭了，这支撑坍塌了。他感到愤怒、羞恼、背叛、绝望，以及心里最后一丝温情和希望的消失，他无法接受也不相信徐文雨会这样背叛他们的爱情和誓言，他们说过永恒，说过会等待彼此，为什么他遵行了，而她在他离开后就立刻变换了心意？

他紧紧攥着口袋中那方栀子花丝帕，满心的不甘。

在进入陆军中野学校之后，他的心智、反应和情绪都受过训练，已经很久没有失控的感觉和情绪化的行动了，因为他被教育说，失控会带来毁灭，而情绪化则是软弱的表现。

可这一次，他几乎热血冲头，什么都无法考虑，心中只涌动着一个念头：他不相信，他要找到她，彻底问个清楚。

徐家人是在下关码头被拦截下来的。日本兵到达的时候，十几口人已经登上那条他们花大价钱才雇来的船。码头上人山人海，全是想要逃离南京的民众，各种声音交相混杂；船内却异常安静，除了三个小孩偶尔发出点声音，其他人都缄默不语，表情惶然，充满了对未来的担忧。

徐明朝和徐明阳在船外和两个想要搭他们便船的人交涉，为难地表示家里十几口人，行李也不少，实在无法再加人了。

徐文雨抱着唐思年，和唐礼坐在一起，等待开船。这时候船舱外忽然嘈杂了起来，很快，舱门被破开，进来的却不是徐明朝和徐明阳，而是一队持枪的日本宪兵；徐明朝和徐明阳被扣在他们身后，苦苦挣扎却不得脱身。

日本兵先是扫视了一番舱内的人，二话没说就上手抓人。其中一个粗暴地扯过离他最近的唐思年，任徐文雨和唐礼如何阻拦都无果。唐思年许是被扯痛了，又受了惊吓，睁着乌黑的眼睛哭了起来。她一哭，徐思国和徐思华两个小的也绷不住开始哭号，一时间船舱里哭声一片。一众大人因这突如其来的祸事也完全不知所措。

徐文雨和唐礼更加奋力地要从那个日本兵手里把人抢回，这反抗招致了更多士兵的涌入。他们举着刺刀，一一指着众人。无人再敢动弹，徐文雨的心提到了嗓子眼。

这时，从舱外走进一个眉清目秀的年轻日本兵，同样举着刺刀，却透着一股不熟练，大约和许多中国年轻男孩一样，也是因为战事的突发而临时被拉上了战场。他扫视一圈，目光最后落到了唐思年身上。他看了她好一会儿，不知为何脸上显露出一丝温柔的神色。也许是因为这温柔的神色，唐思年不再感到害怕，在他的注视下止住了哭泣，用还噙着泪水的乌亮眼睛回看着他。

突然，那年轻日本兵走到那个扯着唐思年的同伴身边，用日语和他说了几句什么，而后从他手里把唐思年接了过来，动作轻柔许多。

另一个头目模样的日本兵用磕磕巴巴的中文说道："所有人，带回去。"这显然是说给徐家人听的，他是要叫这群不知所措的中国人知道自己此刻的境遇。

就这样，在南京彻底陷落之前，徐家出逃的计划在最后一刻落败，所有人连同行李又被全部押回徐宅。

一切都发生得太快了，好像梦一样。

这个方才离开时还被叫作"家"的地方，此刻已变成了牢笼，被日本兵全部侵占，成了日本谍报机构新的临时据点。徐家人由原先的主人变成了囚徒，按照性别被分别关在西翼的用人房里。唯一的安慰是，方才的生死诀别得到了弥补，徐家所有人又聚到了一起，大约也算是另一种生死与共。

一众女眷惶然不知所措。徐文雨抱着唐思年在通铺上坐着，安慰着不断询问唐礼去向的女儿；徐文澜陪母亲陈妍坐在一起，这个半生吃素一心向佛的女人在这个身陷囹圄的时刻，索性紧闭双眼，专心地数着手上的串珠；梁淑娴身体向来不好，经过这番折腾，旧疾复发咳嗽不止，只能由张妈陪着躺下休息；只有王凤霞趴在墙上，试图听男室那边的动静。

男人那边尚算镇定。唐礼安顿好几位长辈后，开始视察这禁闭之地的状况，加之李叔曾在此居住，很快便得出结论：男女室两个房间相邻，在徐宅西翼走廊尽头的角落，里面均是通铺，各有两个窗户，一扇小的靠近走廊，另一扇大的靠近外面的马路，因为地势的关系，窗户很高，已经从外面被钉上了木条。

最初的惊恐过后，所有人又陷入惶然之中，面面相觑，既不知眼下情况究竟出于何因，也不知接下来他们要面对什么。

直到夜色沉沉，仍然没有任何人对他们有任何告知。大家虽已筋疲力尽，却无人有心入眠，所有人都似乎感到某种凶兆：这个夜晚绝不可能就这样平静地过去。

大约夜里十点钟的时候，外面突然响起巨大的动静，进进出出的脚步声和洪亮的指挥声此起彼伏，好像在搬家一样。随后，东翼隐约传来激烈的争吵声，两个人用日语大声叫嚷着什么。众人还来不及猜测，又传来一阵急促的脚步声，正是朝他们这边过来的。

那声音步步逼近，最后在女室门前停了下来。透过门下的缝隙，可见外面正立着一个黑影。梁淑娴等人早已瑟瑟发抖，徐文雨和徐文澜屏住呼吸，互相鼓励般对视了一眼，勉强镇定，毕竟这种时刻，可以依靠的也就只有彼此了。

女室的门很快"砰"的一声被大力推开，一个身材短小、满脸盛怒的日本军官出现在她们面前。

这是这个名叫山崎的日本人第一次亮相，在此后的时间里，他以一种残忍而暴虐的方式彻底毁灭了徐家人的生命和意志。

此刻，山崎正滴溜着眼珠，神色猥亵地盯着徐文雨看，语气异常轻浮："原来是这位小姐，果然十分漂亮，方才带进来时我就注意到了。"他说的是中文，虽不十分地道，但叫人听懂是没问题的。

山崎说罢，粗暴地伸手抓过徐文雨，开始对她上下其手。面对这突如其来的侵犯，徐文雨惊叫着挣扎起来。剧烈的争执中，她的衣服被撕裂，露出胸前一块白皙的皮肉，若隐若现，更加激起山崎的欲念。徐文雨羞愤交加，只能抽回厮打的手，紧紧护住胸前。

她身后的徐文澜不顾一切要往前冲，却被山崎手下两个日本兵用枪死死摁住；王凤霞等其他几个女人都不敢再妄动，不知如何是好。

这时，原本瑟缩在一旁的唐思年突然从角落跑了出来，她来到徐文雨身边，紧紧拽住山崎的裤脚，摇晃着他的腿，一脸无邪地看着他，奶声奶气地说道："你放开我妈妈。"

她一出声，徐文雨的心立刻吊到嗓子眼，她害怕唐思年成为这群人的新目标，她已经在码头上见识过他们的暴戾。想到这里，她警觉地冲她大叫："思年！不要过来！到文澜阿姨那里去！不要过来！"

唐思年向来乖巧，虽然懵懂，此时却也知道妈妈正在被人欺负，自然不肯退缩，仍然冲她喊着："妈妈！妈妈！"

山崎果然不耐烦起来，重重踢了唐思年一脚，将她甩到一旁。唐思年这才"哇"的一声哭了出来。徐文澜见状，再也无法继续观望，猛地推开架在胸前的枪支，扑过去一把揽过唐思年，然后快速退到角落里，把她紧紧搂在怀中。

山崎瞟了她们一眼，没有理会，继续将注意力放在徐文雨身上，开始把她往外拖拽。徐文雨气力不够，一路被他架持，情急之下，大声冲隔壁呼叫："唐礼，唐礼！"

唐礼本就听到了隔壁动静，心中担忧，却又不知道什么事。这会儿听到徐文雨的惊叫，他再也按捺不住，开始疯狂地踹门。这样的时刻，唯有制造出混乱，才有可能让对方把门打开。

门外的日本兵终于不耐烦地打开男室的门，唐礼几乎像一支离弦的箭一样要往外冲，日本兵赶紧截住他。他困兽般被几个人扯住，拼命挣扎，嘶吼着"文雨，文雨"，却只能眼睁睁地看着徐文雨被山崎拖着，离他越来越远。

徐文雨感到绝望。今天被抓时，她不是没有设想过接下来的境遇，只是无论如何都没有预料到会这样快。

正在这时，外面传来了急促的刹车声，随后中野火急火燎地冲了进来。他远远指着山崎，怒吼道："山崎！你放下她！"

他三步并作两步来到两人身前，几乎是一把就将徐文雨从山崎手里夺了下来。徐文雨趔趄着差点跌倒，好在终于从山崎的手里挣脱了。

场面一时有些混乱。唐礼趁机冲开包围着他的日本兵，跑到徐文雨身边，快速脱下自己的外衣将她裹住，然后把她紧紧揽进怀里。徐文雨几乎愣住，直到确信是唐礼，才发泄般哭出来，将他紧紧抱住。

山崎瞟了一眼地上这对苦命鸳鸯，脸上堆满不快。他傲慢地看着眼前这个搅了他好事的同级，讪讪说道："中野，你我平级，我的事还轮不到你来管吧？不过是个中国女人，犯得着你处处维护吗？以后我们皇军需要她们奉献的时候还多着呢。"

中野冷哼了一声，逼近一步，厉色道："我自然没资格命令你，那大佐呢？你莫非连他的指令也要忤逆？"

山崎一时哑口无言，却仍不甘心地追问道："大佐的意思？他为何要袒护一个中国女人？"

中野不再看他，冷冷说道："等你坐到了大佐的位置，再来评断他的决定。另外，你想要的那个房间，大佐已经定下，其他房间还有很多，你另选吧。"说完，他绕开对方，将整个厅堂里的人都环视了一圈，用告知也是命令的语气说道："徐家的人是我军在南京的重要情报线索，将由大佐亲自负责审问，其他人等，没有大佐的命令，一律不得擅自行动。"

搬出军令之后，山崎才终于不再出声，他看了一眼瑟瑟发抖的徐文雨，愤然离去。

山崎的怨怒由来已久，此后也必将长久地持续下去。他、中野以及藤原清志，三人同为陆军中野学校的同学，在校时，他便多次和藤原清志有过冲突。其中最厉害的一次，是他拿藤原清志母亲自杀的事奚落他，说他毫无效忠天皇、为国献身之意愿，甚至连他母亲这个女人都不及，藤原清志在盛怒之下将他暴打一顿，两人自此将对方视为眼中之钉。来中国前，一众训练精良的谍报人员都被分派，定衔级时山崎低了藤原清志一等，心中郁结更深。

今日冲突的源头，是他们在占据徐家后，各自挑选房间，山崎一眼看中徐文雨的闺房，却意外被拦下，说房间已被藤原清志看中，山崎气极，一番争吵后仍因军衔居人之下无奈退让，这口气顺不下来，他才扭头就奔女室而来，意图很明显：房间是哪个女人的，就把哪个女人带出来，总归要以一种方式享用。

这场闹剧至此看似终于平息，却在另一个人心里掀起了新的风暴，那便是藤原清志。

在中野及时救下徐文雨时，他正静静地伫立在徐家的大门外，探视着庭院内发生的一切。无论中野和山崎的对峙如何激烈，他的目光却始终落在紧紧相拥的徐文雨和唐礼身上。看着那对相互依偎的爱人，他感到夜色突然重了起来，山一样倾压在他身上，让他不得动弹。愤怒和嫉妒在他的体内交火，他觉得痛苦，感到了背叛，可他甚至无法呐喊出声，那种冰冷浸骨的痛是一点点漫延开来的。

眼见为实，还有什么需要问的呢？甚至也不需要再去见她了，徐文雨已经背弃了他，投向了唐礼的怀抱，再见是对自己的羞辱。在这样的现实面前，他觉得她曾经说过的"若有人兮天一方，忠为衣兮信为裳"，不过是一句笑话。

那天晚上，他在办公室里对山崎勃然大怒，不仅当着所有人的面斥责了他，还下令关他三天禁闭。藤原清志明白，山崎的事其实并不至于要到这样的地步，他只是以此为借口给自己的愤怒找了个出处。

等人都散去之后，藤原清志走进徐文雨的房间，和白天进入时不同，此时他感到一种安静的残忍，一点点噬咬着他。他的不信、不甘、不平好像在夜晚全体出动了，他觉得自己无法就这样成为一个被抛弃的人。

他在徐文雨房间的窗边站了一晚又一晚，思绪飘得很远，脸色日益凝重和决绝。

　　直到那一天天光泛白，他终于在心里生出了一个疯狂的念头，疯狂到连他自己都感到有些可怕。他告诉自己，那不是恨，不是报复，而是对背叛者的惩罚，以及对坚守者的慰藉。

　　他已全然崩溃，没有这种慰藉，他不知道自己能否支撑下去。

第七章

徐文雨在女室里担惊受怕地待了几天，跟坐监相比，他们似乎更像是被软禁。只是她想不明白，这群日本人到底要从他们身上得到什么，那个中野那天说的重要情报，也让他们一头雾水。

就在所有人以为这场风暴会暂时平静下来时，徐文雨却突然被带走了。那是一个清晨，外面的天光刚亮，这个时间让徐文雨觉得，带走她的这个决定好像经过了彻夜的思考。

他们带徐文雨去的地方，是徐家原来的书房。徐文雨对这里太熟悉了，她十八岁之前读过的所有书几乎都出自这里。可是此刻，这个她曾经无比熟悉的空间已经面目全非，它经过彻头彻尾的改造，被布置成了一间审讯室的样子，桌上摆满了监听设备，而桌子对面是一张类似警椅的椅子，徐文雨被按下坐在那里，双脚被绑在了椅子上。

桌子后面站着的，正是那天及时赶到，把她从山崎手中救下的日本军官，看上去温良有礼。

对方见了她，开口道："那天情况慌乱，还没有自我介绍，我叫中野，今天把徐小姐叫过来，是想请徐小姐帮个忙。"

徐文雨看了他一眼，低下头，心里觉得可笑，已经把徐家人都关了起来，现在居然又道貌岸然说什么帮忙。她原本的性子是内敛的，习惯软声细语，不与人争，不擅长在言语上与人对峙。看着眼前这个目的不明的日本人，她决定，无论对方说什么，都以沉默应对；这一点，也许是承袭了爷爷徐天庸"从容冷静，处变不惊"的性格。

中野见她长久地不作声，倒也没有和她纠缠，而是绕到桌子后面拿过一份纸笔，然后来到徐文雨面前，轻轻放在椅子前方的案板上，仍是语气温和地说道："请徐小姐把徐家所有人的名字写在这张纸上。"

徐文雨倏地抬头，警觉地看着他。这个日本人，突然问她要一张自己家人的名单，是想要干什么呢？从徐家莫名其妙被抓开始，一切都超乎了想象，在弄清楚到底发生了什么之前，她决定无论如何也不能轻举妄动。

她扭过头去，不看中野，也不看中野递过来的东西，脸色平静，一言不发。她决意以这样的方式反抗到底。

中野看着她，一副胸有成竹的样子，见徐文雨半天没有动静，又把她面前的纸笔抽回来，重新回到桌子旁，沉着地坐下说："徐小姐不想说也没关系，那就帮我对一下吧。"

他说完提起笔，开始一边报名字，一边在纸上做记录："男室里，有你的丈夫唐礼，你的爷爷徐天庸，你的父亲徐明朝，你的大哥徐文海，你的叔叔徐明阳，管家李全，还有你的两个小侄子徐思国和徐思华；女室里，除了徐小姐，还有你的母亲梁淑娴，你的大嫂王凤霞，你的婶婶陈妍，你的堂妹徐文澜，以及你的女儿唐思年和一个下人张妈。我没有漏掉谁吧？"

当中野冷静地坐在那里，用毫无感情的声音一个个报出自己家人的姓名时，徐文雨感到一种说不清道不明的恐惧，好像所有人的生杀大权都掌握在他的手里，只要他轻轻念出谁的名字，谁就是被死神选中的那一个。她看着中野拿着那张名单来到她身边，又看看那张白纸上十几个黑色的名字，感到不明所以的心慌。她终于有些按捺不住了，说出了进审讯室后的第一句话，声音里全是颤抖："你到底想干什么？"

中野仍微微笑着，一切尽在掌握的样子："徐小姐不用紧张，我只是想请徐小姐配合我玩一个游戏，游戏的规则很简单，在这份名单上圈出一个最不重要的人来，要选谁，由徐小姐决定。"

徐文雨感到更巨大的不安，但她仍不知道这背后究竟是怎么回事，在未知的状况下，最好的反应就是什么也不做，因为她不知道做了会有什么后果，那后果会不会让她，让她的家人陷入万劫不复的境地。

她看了中野一眼，郑重地摇了摇头，再一次沉默了下来。

中野终于第一次显露出些微不悦的神色，但仍看得出他在极力克制。他放下手中的纸笔，声音冰冷起来："徐小姐现在不肯说也没关系，我有很多时间，我会一直陪着徐小姐，直到你做出选择为止。"

中野的话并不是玩笑，他竟真的和徐文雨僵持了一天一夜，两个人像熬鹰一样对峙着，似乎在等着看谁先熬不住。

这样的较量，徐文雨自然是要落下风的，她的身体本就孱弱，又经过长时间的审讯，整个人已经憔悴不堪，几乎要支撑不住。加之没有进食，只被灌了些许清水，因此在中野怡然地边喝茶边看报纸时，她已经几乎要透支了。

但她仍然忍耐着，什么也没有说。这让她自己也感到诧异，因为放在之前，这几乎是不可想象的，她虽不至于到含着金汤匙出生的地步，但确实自小无忧，在宠爱中长大，无论是皮肉还是心志，都未受过这样的折磨。在她的想象里，自己定是很快便会屈服的，可居然支撑到了现在，这大约和爷爷从小灌输的忍耐自持的家风大有关系。

可即使精神上尚可支撑，到了第二天清晨，她的身体也已经全然崩溃。晨光从窗外投射到她脸上时，她的脸色已经出奇地难看，惨白到近乎将死之人，仿佛下一秒就要神魂俱散。

这一夜，对关在男室女室里的徐家人，以及睡在徐文雨房中的藤原清志来说，同样煎熬非常。

徐文雨彻夜未回，徐文澜不得不一边安慰惊慌失措的梁淑娴，一边哄骗哭闹着找妈妈的唐思年。王凤霞平日看着厉害，这时候却全无主意，只一遍遍地说着"文雨不会有事吧"，徒增紧张的气氛。陈妍则只顾念经数珠，渴望得到某种虚妄的平静，还以为眼下的困局像往常一样，寄托于神灵便可解决。至于唐礼和其他男眷，则根本无从知晓隔壁所发生的一切。

而藤原清志并不知道，当他真的把自己的疯狂念头诉诸行动的时候，心境会如此复杂。他不确定，自己设置的这个游戏，能否真正测试出徐文雨的真心？而这个游戏本身，又是否过于残忍？

可他很快便否定了自己的疑虑。他只是想用这种方式证明她并不是真的爱唐礼，只要她爱的还是自己而不是唐礼，她的选择就是容易的，如何谈得上残忍呢？

那时的他大概被一些魔化的情感裹挟了，只能这样单线地判断他们之间的爱与恨，陷入他自己后来都无法理解的执拗之中。他也从来没有想到，徐文雨的犹豫会把他推入更加疯狂的境地，以至于这个游戏一发不可收拾。他一直以为自己在经过几年的训练后已经足够冷静自持，可他错了，在面对徐文雨，面对自己此生第一次的爱情时，他身上所有的疯狂因子都被激发了出来，让他不惜用毁灭的方式来获得自己想要的答案。

在中野审讯徐文雨的整个过程中，他像个初陷爱恋的十六岁少年一样，在心中默默祈祷她做出他期望的选择：选唐礼吧，只要你选择唐礼，一切就都可以结束了，我们就能回到往日时光，没有人会受到伤害。

他在办公室里来回踱着步，心神不宁，不时地看着墙上的钟表，几度想要冲出门去，但每次都只走了几步，便又折了回来。在她做出决定之前，他不知道该如何面对她。

而这些，审讯室里的徐文雨一无所知。

过了十点，徐文雨已经陷入极度的混沌之中，她开始觉得周围的一切都在旋转、晃荡，她再也支撑不下去了。那张写满徐家人名字的名单仍然摊在她面前，上面的字一会儿模糊一会儿清晰，她看了几遍也没有看明白，她觉得自己大概已经半疯了。

终于，她颤颤巍巍地伸出手去，几乎毫无意识地胡乱选了一个人，而那个人的名字她甚至都没有看清，好像是叔叔徐明阳。

选完之后她有些心慌，只能安慰自己这并不算违心之选，因为她确实向来和这个叔叔不亲近。徐明阳似乎和整个家族的人都不对盘，他从小认定徐天庸偏爱徐明朝，因此处处争强好胜，不仅跟徐明朝在生意上多有不合，做事时也常常意气用事，为这个出过好几次麻烦，陈妍和徐文澜作为他最亲近的人，也常常被他责骂。

她迷迷糊糊地想着这些，又觉得跟这个叔叔并不是真的像她想的那般不熟，否则这些过往的画面又是如何跳出来的呢？混乱和担忧再一次袭来，日本人要她做这个选择，到底想要干什么呢？

中野的脸上终于有了笑意，那笑容宣告了他在这场较量中的胜利。他走过来，接过徐文雨手上的名单，似乎是为她不值似的说道："徐小姐现在应该知道，有些反抗是无用的，如果你早做决定，也不用吃这些苦头。"

徐文雨已经没有任何力气再说任何话，好像全身的骨头都被抽走了，只剩一摊皮肉，整个人趴了下来。

中野唤人进来把徐文雨带走，不想进来的却是山崎。他刚刚结束禁闭，便从属下那里听说了这个"游戏"，匆匆赶了过来。他和中野用日语絮絮地说了些什么，其间有些微争执，最后似乎是中野做了让步，而山崎则露出了那种跃跃欲试的兴奋神情，他又面带那种神情看了徐文雨一眼，随后大步走了出去。

山崎走后，徐文雨由两个日本兵搀扶着，几乎是拖着地面往前行进。出乎她意料的是，他们并没有把她带回女室，而是穿过走廊和厅堂，把她带到了外面的院子，徐文雨不过几天没有出来，它却已经大变模样，树木凋零，那片她曾无数次玩耍的草坪也已经一片荒芜，显然被人为地践踏过，变成了一个近乎泥地的小广场。广场中间立着几个十字木架，周边有持枪的日本兵守着。

刚刚镇定下来的徐文雨再次揪起心，日本人为什么要把她带到这里？他们还有什么花招？这跟她刚才的选择有关系吗？

在她未及找到任何思路时，日本兵已将她押至木架前，兀地扔在地上。她一下子跌坐在那里，试图使力站起，却发现自己动弹不了，她太虚弱了。

这时候，大门那边传来推推搡搡的动静，她回头看去，只见徐家所有人，男男女女全都被日本人押着，朝她的方向而来。

她预感到一些可怕的事情要发生了。

唐思年一天未见母亲，此刻扑了上来，徐文雨试图将她紧紧揽在怀里，却发现自己的力量已经无法支撑这个动作。唐礼急忙上前搀扶着她，让她靠在自己胸前。徐文澜见她憔悴不已的模样，问她发生了什么。徐文雨一时无言，只是摇头。

徐家人就这样被聚集在空旷的广场上，仿佛一群待宰的羔羊，彼此望着，不知道所为何事，空气中透露出一种不可名状的紧张。

　　大约过了半个小时，一个熟悉的身影才从门里走了出来，朝广场逼近。徐文雨只看了一眼，浑身便本能地颤了一下，她看清楚了，那是山崎，他正挂着一脸兴奋的笑意，迈着大步朝他们而来。

　　他径直走到徐家人面前，什么话也没说，而是从他们身边一个个地踱步而过，走过徐明阳的时候，他突然停了下来，问了一句："你是徐明阳？"

　　这是个询问，但山崎显然并不想获得答案，因为问完之后，他便迅疾地掏出腰间的枪，立刻射向徐明阳的脑袋。徐明阳来不及发出任何声音就倒了下去，血溅在他身后的泥地上，瞬间被吸收了。

　　这个举动是如此突然，以至于所有人都没有料到，等反应过来时，他们才感觉到其中的恐怖。这种恐怖完全镇住了他们，甚至在最开始盖住了本能的悲伤。大多数人吓得瘫软了下去，没有哭喊也没有尖叫，低下头去，脸色惨白。

　　半晌之后，陈妍和徐文澜终于率先叫出声来，她们尖叫着扑到那具倒下的身体前，瞬间爆发出恸哭。徐天庸也不复方才的镇定，老泪纵横，颤颤巍巍地要往儿子那边爬，被一边的徐明朝死死摁住。

　　山崎扫了他们一眼，从怀里掏出一张纸，高举过头顶，大声宣布："各位，徐小姐完成了天皇的第一个使命。大家不要误会，徐小姐并不是在选择让谁死，相反，她是在选择让谁活下来。看到这个名单了吗？所有没被圈的人，也就是你们，都该感谢天皇的宽容和徐小姐的恩惠。"

那正是那张方才被徐文雨勾选了名字的名单。

听完山崎的话，徐文雨好像瞬间受了一记重锤，让原本就已半疯的她彻底傻了。靠着最后一点残存的理智，她还是瞬间就明白了到底发生了什么——她的选择把自己的亲人送上了断头台，尽管那是一个和无知相伴的选择。眼前的情景对她来说太可怕了，她平顺的人生里从未有过这种惊天骇浪。而日本人，居然把这样一个残忍的游戏称为"使命"和"恩惠"。

她挣脱了唐礼的怀抱，试图站起来，可这个尝试还没开始，她便晃晃悠悠地倒了下去，直直地砸在广场的泥地上。

第八章

　　中野可以算作藤原清志在过去四年里唯一的朋友，在陆军中野学校的时候，他听藤原清志讲了许多在中国时的事情，其中听得最多的，是那个飘荡着栀子花香的爱情故事。所以，即使中野此前从未来过中国，他也知道，在遥远的南京，有一个藤原清志深爱的女人。正是因为她，藤原清志才得以忍耐那四年的非人生活。

　　听得多了，中野也想象过徐文雨的样子，以及他们重逢的景象。可直到他跟随藤原清志来到中国，亲眼看见这一切发生的时候，他才明白他曾学过的那个中国成语"沧海桑田"的意思。而这个故事的主人公藤原清志，只怕体会比他还要深一百倍。

　　因为这层关系，中野很清楚，自己无法亲手按照游戏规则执行徐文雨的选择，杀掉她亲手选出来的亲人，于是便把它交给了山崎。山崎被关了几天禁闭，已经迫不及待要做些什么发泄一下，没有比杀人更能叫他感到痛快的了。

至于藤原清志，他身上似乎有着某种难以说清的矛盾，他说起这个计划时的决绝，与他看到徐文雨受苦时的担忧，好像两个互不相容的系统，同时存在于他的身上。

徐文雨在广场上昏倒时，藤原清志几乎下意识就要冲出去，是中野的及时阻拦才叫他顿时清醒——"请你记住自己的身份"。

中野看着他，似乎想说些什么，刚吐出"藤原"两字，便被藤原清志严肃地纠正道："藤原大佐。"纠正过后，藤原清志自己也觉得有些此地无银，似乎是因为刚才被下属看到了过于情绪化的一面，他必须用这种泾渭分明的方式来挽回一点上级的威严。

中野叹了口气说："这些话是以朋友的身份说的。"

这句话叫藤原清志再次松弛了下来，他沉默了一会儿，说："你想说什么？"

"我不明白，如果你还爱她，直接抢过来就行了；如果你恨她，直接杀了她就行了，为什么要如此大费周章？这太偏执了，也太疯狂了，她即使还爱你，经历过这个游戏，也会全部转化成恨。"

藤原清志摇了摇头，神色黯淡。中野的疑惑太正常了，可藤原清志觉得任自己怎么解释，中野都是不可能明白的，因为真正在南京经历一切的，是藤原。

对他来说，除了这个办法，他不知道还能用什么证明他和徐文雨之间曾经发生的一切。他是这个游戏的设计者和幕后操控者，那晚，他在窗边站了一夜，暗暗做了这个决定，他要用这个办法——这个游戏——证明徐文雨对自己的爱，只要徐文雨选唐礼，一切就会停止。他会原谅她，原谅一切。

这当然是偏执的，也许他是真的疯魔了，可除此以外，他无法说服自己，毕竟，如果无法证明她还爱自己，就只能去证明她不爱唐礼，无论哪一种，都能让他得到安慰。

在过去的几年里，他经历过极致的美好，也经历过极致的痛苦，并且，这美好和痛苦都是同一个人带给他的，那么，他只有从她身上寻找解药。

这个游戏必须继续。

日本人当着徐家人的面杀了徐明阳这件事带给徐家的震动，久久没有散去，并因为山崎对徐文雨的"招供"，使得萦绕在徐家上空的气氛又诡异了几分。经过广场上惊心动魄的一幕，所有人都已对这个披着"天皇使命"外衣的杀人游戏心知肚明，同时他们也知道，那把杀人的刀被强行塞在了徐文雨手里，她现在掌管着徐家所有人的生杀大权。

对于自己在懵懂中做的这个混乱选择，徐文雨充满自责，痛苦像山一样压在她的心头。那天晚上，她久久地跪在陈妍和徐文澜面前，甚至不知道该怎么开口祈求她们的原谅，好像说什么都是在为自己辩解。

而对徐文澜和陈妍来说，即使知道徐文雨的选择是无奈和无知的双重结果，但死去的毕竟是自己的丈夫、父亲，她们一时之间又如何能原谅？陈妍一辈子温和良善，最忌与人争执，连重话都没说过几句，到了这样的时刻，也只是坐在床沿，一边数着手上的串珠，一边流泪。徐文澜自小与徐文雨一起长大，深知她的品性，更是不忍苛责。她们这样善良的人，对于他人无意的过失，注定只能自己为难，而不会怨恨对方。就像此刻，她们只能别过头去，故意不看跪在地上的徐文雨，因为她们根本不知道该如何面对她的愧疚和忏悔。

徐文雨跪坐良久，加上在审讯室里待了一天一夜，这会儿已经摇摇欲坠。母亲梁淑娴终于看不过去，过来把她扶起，软言宽慰起她。徐文雨终于再也撑不住，倒在母亲怀里压抑地哭了起来。

她被母亲强行喂了点水和馒头，还没有完全平缓，王凤霞便悄悄凑了过来。她拉着徐文雨软若无骨的手，小声祈求道："文雨，你大哥身体不好，思国和思华又那么小，你可千万不能……"

　　看着王凤霞那张急迫的脸，徐文雨心中涌出一股悲凉，在这位大嫂看来，自己大概已经成了真正的刽子手，还顾不上恨，只是想要赶紧疏通好，叫她的刀别轻易落在自己身上。这样想着，徐文雨觉得一切都太坏了，她说不出话来，只是目光呆滞地看着王凤霞，感到自己的神魄一点点地离开了自己。

　　她觉得自己太累了，想要闭上眼睛睡一会儿，恍惚中，她感到临着走廊的那扇窗外有个人影在来来回回地走动，看上去焦灼而纠结。那影子透过厅堂里的光投在窗户上，扭曲之后好像鬼魅一般。她害怕得蜷缩在墙角，整个人瑟瑟发抖。

　　为了消解这种恐惧，她从脚边捡起一块碎裂的石头，颤抖着在墙壁上刻起什么。她已经许久没有画画了，但画画和读书这两件事向来是能叫她平静的，现在读书是不可能了，只能勉强以这种粗糙的方式画一画。沉浸于专注的创作过程中，她也许能忘掉门外那个鬼魅，忘掉这地狱般的所在，忘掉今天发生在广场上的一切。

　　她画的是一朵栀子花，不知为何，在这冷凄凄的冬夜里，在这污浊而无天日的境地里，她脑子里第一个冒出来的，是这盛放在夏初的洁白之物。她想，许是因为它寄托了过去太多美好的念想。

　　画完之后，她轻轻地抚摸着它，想起那个幼时看过的童话故事，主人公神奇的手在画上一抚，画上的静物便立刻幻化成真，出现在眼前。此刻，她幼稚地奢望自己能拥有这样的超能力。也是从这一刻开始，她决定靠着画画挨过这囚牢里的艰难岁月。在这昏天暗地之处，她几乎已经分不清今夕何夕，如果能以这样的方式叫她记得日子，她也许不至于失去完全的清醒。

不知道过了多久，窗外的人影终于一点点拉远，最后消失不见了。她安下心来，迷迷糊糊地入睡了。她难得地做起了梦，一个好梦，梦里是一片浩瀚的栀子花田，她穿着一身白裙在其中穿梭奔跑，冲着某个看不清脸的人不停欢笑。

那之后的日子，她能清晰地感受到某种力量重新回到她的身体里，与此同时，她的理智也一点点地回归。她知道日本人的游戏还没有结束，下一次召唤也许很快就会来临，在那之前，她必须做好决定。

徐文澜和陈妍对她的态度在微妙地发生着变化，虽然她们仍未开口和她说话，可已经不再时时躲避，甚至有那么几个时刻，她能隐隐地感到她们对自己的照顾。徐文雨知道，这和王凤霞隐隐的"讨好"并不一样。事实上，她厌恶王凤霞的"讨好"，她根本就不想让任何人受伤。

日本人没有叫他们缓和太久，两天后，徐文雨再一次被传唤。来押解她的换了两个新面孔，其中一个是他们被捕那天在船上接过唐思年的年轻日本兵。唐思年见了他，居然高兴起来，挥舞起小手朝他笑着，嘴上喊道："哥哥！哥哥！"

她这么小，还不知道战争、敌我、立场这些东西，只记得这个人曾温和地对待过自己，便理所当然地将他视为好人。

徐文雨赶紧捂住唐思年的嘴，生怕再惹出什么祸事来。倒是那个年轻的日本兵，被这么一喊，一下失了神，面对唐思年无邪的笑容，脸抽动起来，有些僵硬，那样子似乎是想要回馈给她一个笑容，可又觉得眼下并不是可以展现温情的时刻。

他身边的另一个日本兵不耐烦起来，骂骂咧咧地对他说："三浦，动手。"说完便上前拉过徐文雨，粗暴地架起来要往外走。方才还笑着的唐思年瞬间感受到了危机，也许是上次徐文雨被拉走一天一夜的场景提醒了她，她死死抱住徐文雨的腿不让她走，哭喊着："妈妈，不要去，不要去！"

徐文雨一边摸着唐思年的脑袋柔声安慰，一边警惕地看着那个拉拽自己的日本兵，生怕他像上次山崎一样对唐思年动手。

唐思年仍顽强地不肯放手："不要，不要！"

那个日本兵果然不耐烦起来，他将一只手从徐文雨身上抽离，扒开唐思年，试图将她推倒在地，嘴里依然骂骂咧咧的。

情急之下，梁淑娴咳嗽得越发厉害了，张妈在一旁照顾着，不敢擅动。另一边的徐文澜终于忍耐不住，正想上前护住时，那个叫三浦的年轻日本兵快步走到了唐思年身边，把她扶了起来，又扭头用日语对他的同伴说道："已经耽误了，你先把人带去，这边我来处理。"

那个日本兵嘟囔了一句，把徐文雨带了出去。往外走的时候，徐文雨的眼光扫到了神色焦虑的王凤霞，在这最后的时刻，对方仍然用眼神暗示着她。徐文雨顾不上回应，便被拖到了门外。

唐思年仍然挣扎着，抹着眼泪要跟去，却被三浦拖住。徐文澜赶紧上前，试图把唐思年抱回来，却没想到三浦并未松手。他不顾上前的徐文澜，小心地把唐思年抱在了怀里，在女室的床边坐了下来。

几个女人紧张地看着，不知他要做什么。三浦却突然温柔地拍起了唐思年的背，嘴里轻轻呢喃起一首轻柔的歌，是日语的，只隐隐听得出曲调。配合着吟唱，他的身体也微微晃悠着，好像在哄人睡觉一般，看得出来异常熟练。

唐思年在他的抚慰下再一次止住了哭泣，脸上的泪珠还来不及擦去就好奇起来："哥哥，你在唱什么？"

三浦看着她，突然微笑了起来，仿佛终于将刚才那个压抑了一半的笑容释放了。他应该是听懂了，用极其生硬的中文回答道："摇篮曲，日本的，好听吗？"

唐思年乖乖地点了点头，说："好听。"

三浦听完露出一个更温柔的笑容，但很快那笑容又一点点从他脸上消失了，他的目光迷离起来，好像在想着遥远的什么东西似的。许久之后，他喃喃地用日语说了一句谁也没有听清的话："以前惠子也会这么说呢，哥哥，好听。真想她啊！"

徐文澜看着这个比自己还要小几岁的日本兵，不知道为什么那一瞬间没有痛恨的感觉，她感到他和此刻在外奋战着的十几岁中国士兵一样，也是某个人的儿子或是兄弟。

在等待徐文雨到来的时候，藤原清志一直坐在自己办公室里，手上轻轻摩挲着一片夹在书里的栀子干花，不时看向门口，有些神思不宁。

他当然知道自己不能露面，徐家所有人都认识他，他不能叫他们知道那个在背地里看着同伴将徐家人枪杀的人是自己，尤其是不能叫徐文雨知道。但他太想见她了，想到发狂的时候，他便会去关押着她的房间窗前，隔着窗和墙，来来回回地徘徊。

这一次，他选择了另一种方式与她"相见"。

门外传来动静，他一下坐直了身体，许久没有过的紧张顿时袭来。中野很快出现在门口，徐文雨站在她的身后，双眼蒙着黑色的布条，平静的脸上透着一丝困惑。

藤原清志倏地站起来，但并没有挪动脚步，方才的紧张还在，但同时他也感到了微微的安全——毕竟她蒙住了眼，他可以肆无忌惮地观察她，而不用和她好像重逢般正式地对峙，那样的对峙里会有什么呢？遗憾、伤感、难堪还是仇视？无论是什么，他好像都不敢承受。

他几乎失态地看着一无所知的徐文雨，神色复杂又心恸，随后，他朝中野点点头，无声地下达了指示。

中野仍然像上次一样把徐文雨带到椅子里坐下，然后用他那毫无感情的声音不徐不疾地开口："经过上次，徐小姐应该已经很清楚我们的规则，我就不再赘述了。不过今天在徐小姐选择之前，我有一个很人道的提议，徐小姐是否愿意听听？"

徐文雨冷笑了一声："杀人对你们来说都是游戏，还讲什么人道呢？你们若是知道人道两个字怎么写，绝不可能做出这样泯灭人性的事来。"

这话让藤原清志浑身一震，每一字每一句好像都直刺向他，他爱她，可他杀了她的家人，他逼她手刃了自己的亲人。

他如何能向她解释，这样一个游戏的本意是爱她？

中野看了一眼藤原清志，对方的脸色有些难看，但仍然朝他点点头。

中野继续，声音仍是稳稳的："据说徐小姐以前跟日本人有很友好的交往，维持的时间还很长，如果你现在愿意继续和大日本帝国交好的话，考虑到旧日情谊，我们可以不再为难你。"

徐文雨没有想到中野会突然说起这个，虽然他说的是日本人，可对徐文雨来说，那是一个特指，指向某个埋藏、埋葬在她心里许久的人——藤原清志。她曾经发誓不再回想和他有关的任何事情，即使那些最深的爱痛都因他而生；可是被这样旁敲侧击地提起时，她仍然感到了来自心底的巨大震颤，她那些靠意志力、忍耐力和道德感约束的情感，此刻一下在她的胸腔里炸裂开来。

但她毕竟还有理智，过去已矣，如今国仇家恨都压在身上，连回想的念头都是罪恶的，因为这种怀念就是一种屈从，对对方的屈从，对自己那点小爱的屈从。想到这里，她觉得羞愧难当，快速地收拾好心情，面色凝重。

"那段经历是我一生的低谷，我为自己曾经和一个日本人交往而感到耻辱。"她的语气听上去没有一丝波动，亦没有任何情绪，就像在诉说一件对她来说没有任何意义的事情。

她刚说完，就感到前方有人飞快地朝她移动过来，她还来不及多想，这个人带来的空气流动便形成了一股小小的风，瞬间扑在了她的脸上。虽然看不见，对方也什么都没说，但她觉得这个人离自己很近，也感受到了他飙升的怒气，让她瞬间感到了一股压迫感。

然而，更让徐文雨惊慌的，是她感受到了一种再熟悉不过的气息。她说不清楚，但是这种熟悉感好像尘封的酒，在开启之后，无比汹涌地扑面而来，简直要叫她迷醉。这种气息让她再次想到那个她催眠自己一定要忘记的人。

　　她觉得自己一定是昏头了。

　　很快，徐文雨便感到那个人离开了自己，飞快地朝门口走去，门外随之传来了模糊的低声交谈。

　　两个士兵进来了，拖起徐文雨就往外走。黑暗加深了恐惧，蒙着眼睛的徐文雨再一次被恐怖所包围。来到客厅时，她听到一阵巨大的响动，以及唐思年呼唤"妈妈"的声音，她瞬间就明白了，徐家所有人再一次被拉了出来，聚集在广场上。

　　经过上一次，她已经明白，这样的场景几乎就意味着杀戮。

　　她眼上的黑布很快被扯开，她还未来得及看一眼广场上的家人，山崎便再次把那张写满人名的纸展开在她面前："你们中国人有句话叫识时务者为俊杰，看来徐小姐不怎么懂，白白错过了好时机，既然这样，只能继续按照游戏规则走了，徐小姐请选吧。"

　　徐文雨双眼发红，疯了一样拼命摇头，她试图挣出手来夺下那张纸，但一切努力都显得徒劳，她被两个日本兵死死地压制住，无法动弹。

力气全部耗尽之后，她终于放弃了挣扎，只睁着血红的泪眼，绝望地看着地上的一排家人。她的头发因为剧烈的动作披散了下来，糟乱地挂在肩上脸上，让她看上去好像一个疯子，再难使人想起往日温婉娴静的淑女模样。

山崎继续悠然道："你知不知道你不画的结果是什么？"

徐文雨木然地看着他，眼里的悲伤一点点变得坚决。她已经决定，无论如何，她都不会再做任何选择，她不可能再次亲手把自己的亲人送上断头台。

她的失语叫山崎渐渐失去了耐心，脸上开始露出那种懒洋洋的、像是表示"你们这群人真是麻烦"的表情，但他什么也没有说，只是配合着那个慵懒的表情，随意地掏出腰间的枪，转身朝离徐文雨最近的张妈扣动了扳机。这个随机的选择轻飘飘的，却没有伴随一丝犹豫，就好像抬脚踢开一只凑过来的流浪狗一般。

张妈的尖叫声好像突然被切断的电台广播，瞬间消失了。

鲜血喷溅到张妈身边的梁淑娴身上，她被这近在咫尺的枪声震得发了好一会儿呆，随后她摸到了脸上温热的新鲜血液，虚弱而又惊恐地尖叫了起来，几乎要倒在张妈的尸身之上。

徐明朝想去妻子身边，却被旁边一个带刀的日本兵紧紧摁住。徐文雨则再顾不上许多，连爬带挪来到了母亲身边，将虚弱的她半扶起来，连声问道："娘，您没事吧？"

梁淑娴微微睁开眼，看了一眼面前的徐文雨，似是有一点安慰，随后又扭头看了一眼地上已经悄无声息的张妈，再也忍不住，转回头哭出声来。

王凤霞和徐文澜赶紧捂住几个孩子的眼睛。陈妍闭着眼睛，口中念念有词，似乎在为张妈念经。其他人都被架持着无法动弹，一种悲愤而又无力的情绪在所有人之间蔓延，他们是砧板上待宰割的鱼肉。

山崎的脸上再次露出那种"吵死了"的不耐烦神情，在徐文雨捕捉到这下手的征兆之前，他已经再次举起枪来。这一次，他的枪口对准了正在痛哭的梁淑娴。

徐文雨惊恐地看着他，疯狂地摇着头。山崎却只是笑着："徐小姐，你要是还没有想好，我不介意继续替你效劳。"

徐文雨似气血耗尽，扶着母亲的手渐渐无力起来。她疯了一样只知道摇头，嘴里只会喃喃说"不要，不要"，而究竟要怎么做，她根本毫无头绪。这一刻的她，仿佛铁板上煎烤的肉，全身都收缩了起来。

她回过头，泪水涟涟地看着身后那一排这个世上自己最亲近的人，视线一一扫过他们的脸，甚至不敢看他们的眼睛。他们每一个人都有生的权利和渴望，她凭什么决定他们的生死？她没有勇气做出选择，永远也没有。

她绝望地收回目光，近乎哀求地看着山崎，整个人陷入半痴半傻的状态；她知道这样的胶着状态并不会持续很久，山崎不会任由它持续很久。

唐礼再也看不下去，远远地朝这边喊道："你有本事冲我来，不要欺负女人！"

山崎却哈哈笑了起来，似乎对这样的叫喊毫不在意，在他的眼里，徐家所有人没有男女老少之分，不过是一堆注定成为肉靶的俘虏而已。他看着唐礼，阴阳怪气地道："我就喜欢欺负女人，你又能怎么样呢？"

话音刚落，他脸色瞬间冷冽起来，将枪口倏地往下移动了几厘米，对准梁淑娴的胸口直直地开了枪。

一枪，两枪，三枪……直到梁淑娴的胸口布满枪孔，血液在她身下一路流淌，几乎要流到他的脚边，他才把枪收了起来，心满意足地发出了一声欢呼。

整个广场瞬间安静了，一种笼罩着死亡气息的、无比恐怖的安静。没有人尖叫和哭泣，甚至三个年纪尚小的孩子也没有，他们被唐礼、徐文澜和王凤霞死死捂住了眼睛和耳朵，整个裹进了怀里。

徐文雨感到自己眼里的泪被那几声枪响生生地震落了下来，可是她没有发出一丁点儿声音，整个世界仿佛都彻底失了声。

第九章

这一次的枪杀给徐家人造成的冲击与上次完全不同，第一次是悲伤是无力，而这一次，则是彻彻底底的恐惧。而由这种恐惧生发出来的对未来的想象更是可怕，因为他们不知道比这还要可怕的景象会是什么样。

到这时候，距离他们被关已经过去了近半个月，徐文雨数了数墙上的栀子花，算了算日子，已是12月10日了。

禁闭之中的徐家人还不知道，与发生在徐家内部的屠杀相比，一场更加浩大和惨烈的屠杀正在外面的南京城酝酿着，这场屠杀将在三天后正式开始，并彻底改变这个城市的记忆。

在暗无天日的囚房中，他们被隔绝了一切讯息，只能通过时远时近的炮弹声和枪击声隐约猜测外面的局势。所有人都忧心忡忡，既为眼前这个风雨飘摇的小家，也为外面那个摇摇欲坠的大家。

作为情报机构，藤原清志的队伍虽然不是武装部队，却也明显地感到了大战的临近，每日频繁传递给南京和上海的加密电报就是信号，他们的部队已经在各个方面做好了战争的准备。上海已经被日军全面占领，下一步就是国都南京了。

12月13日，徐家人被一声剧烈的炮响震醒。他们惶恐地看着彼此，不知道南京城的大门已被日军正式攻破，二十万日军全副武装，开进了南京城。坦克行进的声音、炮弹投下的声音、开枪射击的声音、军队行进的声音……南京被各种混杂的声音所充斥着，仿佛成了一个不停歇的巨大音箱。

他们也不知道，在南京沦陷后，日军将于南京及附近地区发起长达六周的有组织、有计划、有预谋的大屠杀和奸淫、放火、抢劫等暴行，书写历史上的罪恶一笔——"南京大屠杀事件"。

他们更不知道，他们自己就是这场大屠杀的一部分，甚至对于他们的屠杀，比真正的"南京大屠杀"还要更早，就仿佛一个前兆。

日军开进南京之后，日本派遣军的新司令朝香宫鸠彦王，和国民政府南京卫戍军司令长官唐生智进行了谈判。朝香宫鸠彦王半威胁半引诱地告诉唐生智：只要你们现在停止抵抗，就可以获得公正的待遇。按照目前的局势，日军已全面占领南京，你们的反抗是无谓的，只会带来更多伤亡。他承诺，只要国民党军队缴械投降，日本皇军承诺不屠杀战俘，还会为他们提供必要的食物和物资。

然而，藤原清志很清楚日军内部真正的计划，朝香宫鸠彦王已经秘密签署了另一份文件，上面明白无误地写着"杀掉所有战俘"，并盖上了其私人印章，文件袋外面则写着"阅毕立即销毁"。

他惊讶于南京军队和百姓的愚钝和良善，他们竟然真的相信了那些从飞机上投下的宣传字条，丝毫不做抵抗，而把希望寄托于日军的恩赦上，选择乖乖成为温驯的羊。这一点出乎所有日本军的意料，他们原本以为控制住南京需要耗费更多的人力和精力。

藤原清志并未直接参与战争和战后对战俘的收编，却从同僚那里听来了许多关于战俘和平民的故事。这些故事多是以一种谈笑和嘲讽的口吻讲出来的。比如日军向俘虏承诺说，只要缴械投降，就保证不杀他们，还提供毯子和被褥。这样的空头支票轻而易举就叫对方放下了枪，然后日军不费吹灰之力就绑起了他们的双手，并将所有人都拴在了绳子上，因为要"维持秩序"。对于平民，这种收编则来得更加容易，日军只消来到平民身边，说一句"有饿肚子的举手"，大部分人便会缓缓举起手来，然后日军便把举手的人装上卡车，说带他们去吃饭。

最后，那些战俘和平民都被带到下关的江边进行集体处决。密密麻麻的几万人，全被拉到离江几米的地方，或用机枪扫射，或用军刀和刺刀杀戮，然后投入江中。紧接着，又来了一辆军用卡车，又拉来一车人，用同样的方法杀死，重复，再重复。这成了他们处理尸体最简便的方法。

藤原清志未能亲眼看见那个场面，但他根据这些描述想象了一番那个画面：被刺杀的中国人倒在江边，尸体成山，江水以肉眼几乎看不出的速度裹挟着尸体艰难地流向下游。这些尸体中有的还没有完全死去，挣扎着游向岸边求生，但那里等待他们的是早已准备好的机枪和刺刀。

他想起自己和父亲第一次去徐家，那时候中日之间已经有些许摩擦，可徐家似乎在第一时间就迅速接受了他们，以极其友善的态度，没有丝毫的芥蒂。对比当下，他不知道该说他们是善良，还是愚蠢。

与杀人相伴的是一系列有组织的破坏，几乎每一座建筑物都被轮番洗劫，成百上千的商店和建筑被日军蓄意纵火。为了给日本电工腾出足够的位置，日军蓄意射杀了电灯厂近五十名技术人员，并将南京的电灯与电力供应管理体系彻底破坏。对于平民的抢劫随处可见，日军仿佛蝗虫过境一般扫荡着每个南京普通家庭，将其劫掠一空，甚至连咸菜也没有放过。

除此以外，在部队里最为众士兵所津津乐道的就是女人。常年的海外远征所滋长的兽欲，在屠城之后以一种疯狂的态势蔓延着，甚至谍报机构里也不例外。他们开始在全城搜捕女人，将被抓的女人全部送进军队，用以慰藉士兵。那些女人常常一个为十几个人所用，大部分在强奸后被杀死或者自杀。藤原清志已经不止一次听山崎得意地谈起过这种事，甚至还直白地邀请藤原清志一起，谄媚地说"第一个让大佐享用"。

　　在厌恶的同时，藤原清志也想起关押在徐家的那几个女人，特别是徐文雨也在其中。在目前的情况下，难免日军不会把魔爪伸向她们。于是他再三严令，没有他的允许，谁也不能将她们带走。

　　唐生智突围撤退的命令，以及日军"缴械不杀"的宣传，让在南京的绝大部分中国军队放弃了抵抗，但仍有部分支队坚持没有缴械。这群少数的将士头脑清醒地意识到，缴械等于束手就擒，因为近十万的战俘，日军根本拿不出食物和补给，唯一的办法就是全部屠杀，缴械就是死路一条。他们带着武器，流动于南京的废墟巷间，仍在伺机反扑。

　　流传最广的一个故事，是某个夜里，一支小型国民党部队攻入日军陆军部队中一个睡着几十名士官的寝室，把他们全都杀了。

　　事实上，这次的行动并非全然的胜利。行动中，一名士兵因为腿部中枪而被日军扣下，成了俘虏，也成了日军试图解决这支隐秘国军的关键。负责审讯的正是山崎。

这是他主动申请的结果，缘由是死去的日军士官中有一位恰是他在日本的故友，他本就不是什么平和之辈，在朋友之死的刺激下，自然更加暴戾，只能用"斩草除根"来形容这次的审讯。藤原清志太熟悉他的行事风格，这个俘虏无论招还是不招，山崎都将用惨烈的方式将他折磨致死。可战争中，这些不过是常事，审讯也正是他们的本职，他自然无法说什么。

山崎对此异常有信心，之前接连的胜利和轻易的招降让他感到，只要施以严刑，再加上一点糖衣炮弹，中国人便会乖乖地开口，乖乖地接受愚弄。因此，在抓到这名战俘时，他没有想到自己竟会遭遇这样顽强的抵抗。

那人不肯吐露自己的姓名，不肯吐露自己所在的部队，面对山崎花样百出的酷刑和天花乱坠的诱惑，完全无动于衷。他和那些战争来临才从各地招募来的士兵不同，是真正受过训练、有着为国战死之决心的军人，那些招降的手段对他来说几乎等同于侮辱。

长时间的刑讯没有任何结果，这名中国士兵在血肉模糊之际仍然铁骨铮铮，坚毅十分。他对已经气急败坏的山崎说："我的名字是中国军人，中国军人是不怕死的，我们绝不接受投降，即使死也不会屈服，你们妄想从我这里得到任何信息。"

这是他在屠刀落下之前的最后一句话。

这个案子让藤原清志隐隐感到了某种熟悉，他感到这才是中国这个民族的气节，在那些他融入中国的日子里，他曾无数次被中国人的这种坚毅不屈所震撼；原本在残酷的战争训练之后，他已慢慢遗忘，而今好像又被唤醒了。

他有短暂的困惑，困惑于自己行为的正义性，然而这困惑很快便消散了，他在心里再一次说服了自己，中国人有中国人的国，他也有他的国。

对日军来说，这支国民党部队的这种小规模胜利更让他们感到恼火。为了弥补这种失利所带来的不满，他们选择将怒气转移到其他无辜的中国人身上，以更残忍的屠杀来报复。

第十章

外面的屠杀水深火热，徐家院墙里的杀戮也在继续。走到这一步，事态早已超出了藤原清志的预设，对徐文雨的"试探"已经不仅仅是他的游戏，而成为"尽量处理掉在南京的平民"命令的一部分。即使他想收手，环境也不允许了。

只是，以他在军队的身份，保住徐文雨仍是不难的，这也成了他的底线。在这个底线之外，徐家人的命运既按照游戏规则交给徐文雨的选择，也按照命令的要求，交到山崎的手里。这是一个有私心的决定，因为他暗暗的纵容，仍然是出于"徐文雨到底会不会选唐礼"的执念，他在心底渴望看到这一幕，即使他并不是真的要叫唐礼去死。

徐家人再次集结在广场上，仍然是一样的套路，仍然是一样的要求，仍是一样的毫无回应。即使不回应也避免不了杀戮，但要徐文雨当着家人的面决定谁的生死，她无论如何也做不出来，而且在这样半疯半傻的状态下，她也已经没有能力做出来了。

山崎像把玩一件玩具那样，把玩着手里那把枪，在徐家人面前转了一圈后又回到徐文雨面前，把目光放在了她怀里的唐思年身上。他虽然与藤原清志不对盘，倒对他的这个游戏分外满意，许多乐趣在折磨中滋长，对他来说是无聊军队生涯中的绝佳调剂。

他看着唐思年，突然笑了起来，好像想到了什么有意思的事情一样，然后慢慢地举起手里的枪，把它抵在了唐思年的脑袋上。"徐小姐，我说过了，你要是实在不想选，我不是不可以代劳，只不过这样一来，人选可就随意了。你说，下一个该谁了呢？"

他一边说着，一边更用力地把枪口在唐思年的脑袋上转了几下，唐思年顿时吓得哇哇大哭起来。这哭声刺痛了唐礼的心，他声嘶力竭地喊了一声"你别动她"，试图冲过来，但立即被摁在地上。一只穿着军靴的脚踩上了他的脑袋，其他人一时再不敢动。

尽管此时不论是身体还是精神意志都已被折磨得全线崩溃，但"唐思年"这三个字还是好像触动机关一样，一下子叫徐文雨清醒了过来。她仿佛打了个激灵一般，紧紧地试图把唐思年挡在身后，但山崎的枪跟了过来，始终没有离开唐思年的脑袋。

她整个人控制不住地发抖，事关唐思年，她再没有任何余地，这是她唯一的女儿，也是她在这个世上苟活的唯一支撑，无论付出任何代价，她都必须保住她。可这也就意味着她必须从剩下的人中做出选择，选择一个人，让他替代自己的女儿去死，这种罪恶感让她几乎说不出话来。

她觉得自己的脑袋快要炸掉了，身体和精神的双重煎熬绞杀着她，让她每一刻都感到生不如死。

山崎笑了："我今天可以跟徐小姐承诺，只要你按照规则进行下去，我保证一定会有人活下来，也许那个活下来的，就是你可爱的女儿呢。"

这个"承诺"某种程度上刺激了本已成为一具空壳的徐文雨，"活下来"三个字和唐思年挂在一起的时候，她终于有些微的动心，嘴上开始絮絮地不断念叨着："不要动我的女儿，不要动我的女儿……"

山崎见状，终于收起了枪，而后把徐文雨一把拽了出来，将那张名单展开在她面前。可是，他很快又将它收了起来，脸上浮出了新一轮的笑意。

对于这种笑容，徐文雨已经非常熟悉，它是一个恐怖的信号，意味着接下来将有他们无法预料的坏事发生。

他蹲了下来，平视徐文雨，说："徐小姐，同样的游戏玩了两次，想必大家都厌了，不如我们今天换个玩法。"说到这里，他重新站了起来，将一排徐家人重新扫视了一遍，才继续道，"不用徐小姐圈名字，既然徐家所有人都在你面前，直接指人岂不更快？徐小姐可以走到他们面前去，想选谁就将他指出来，如何？"

果然，他用这种方式将游戏的残忍度加了一个等级，对他这样的人来说，他人的痛苦增加一分，他的快乐就增加一分。

"徐小姐，想想你的女儿。"山崎再一次提醒道，他太擅长摧毁一个人的意志了。

徐文雨已经傻了，呆了，有点神志不清了，她不知道自己是怎么站起来的，等她对此有所察觉的时候，她已经站在了徐家队列的第一人面前，是王凤霞。王凤霞的眼里流露出哀切的祈求，仿佛是在和她说"不要选我，不要选我"。

徐文雨看着她，即使她和自己并不投缘，但她也是母亲，徐思国和徐思华还都那么小，正是需要母亲的年纪，她如何能残忍地剥夺他们母亲的生命？况且，徐家向来都是这位大嫂在操持，如今母亲已去，二婶又一心向佛，如果徐家真有存留的那一天，势必要靠王凤霞的支撑。

她摇摇头。

山崎冷笑一声，又指了指王凤霞身边的两个孩子。徐思国和徐思华虽然不甚明白，却也大概知道所进行的是一场点名的死亡游戏，因此在面对徐文雨时，也瞬间瑟缩起来，往母亲怀里躲去，徐思华甚至害怕得立马哭了出来，嘴里嘟囔道："姑姑，姑姑。"

徐文雨仍是摇头，速度比方才快了许多，孩子是绝不可以牺牲的，他们从来都不在她的选项之内。

下一个是徐文海。徐文海的身体向来不好，经过这段时间的牢狱生涯，整个人越发憔悴。他剧烈地咳着，两边的脸颊彻底凹了下去，几乎瘦到让人不忍心的地步。他看向徐文雨的眼神是那样无助，似乎既不是哀求也不是淡然，只是无助，那无助几乎要逼得徐文雨流下泪来。爷爷年事已高，父亲和叔叔已经惨死，家里若说还有主心骨，便只有这个大哥了。她不忍，更不能。

她再次摇头。

然后是徐文澜和陈妍，叔叔遗留下的这对妻女向来善良温和，她们看着徐文雨，眼神一样平静，仿佛已经准备好接受一切安排。可是她们越是这样，徐文雨越是心软，善良不该是被欺负的借口，永远不该是。抛开这层不说，徐文澜更是她从小到大的挚友，无论如何她也是不可能对她们下手的。

她又一次摇头。

就这样，徐文雨好像判官一样，慢慢地往前挪动着，好像一具行尸走肉。时间是如此缓慢，每一秒都是漫长的煎熬，是对她心志的多重绞杀，她总算真正领会了"求生不得求死不能"的真正含义。

然后，她来到了唐礼面前。唐礼的眼里没有王凤霞那种祈求的眼神，也不像徐文澜和陈妍那样平静，而是充满了理解。他朝她微微地点头，示意她不要再犹豫，似乎是在对她说"没关系，就选我吧"。

徐文雨接收到了这个信息，但她倔强地摇头，这是她的丈夫，她女儿的父亲，她还要靠他好好地把唐思年养大，她不会选他，更不能选他。更何况，这一生自己已经亏欠他太多，不能让他把命也抵给自己。

他们俩望着彼此，似乎谁也不肯屈从于另一方。

山崎见徐文雨站在唐礼面前良久，便大步上前，预备掏出枪来："看来徐小姐已经做了决定。"

徐文雨顿时吓得发抖，生怕山崎下一秒就对唐礼下手，赶紧连连摆手，大叫道"不是唐礼，不是唐礼"，然后她像害怕山崎会后悔一样，慌忙朝唐礼身边的人一指，甚至顾不上看清他是谁。她闭上眼睛，面色惨白，浑身都在发抖。她不敢看那人，她觉得这一刻的自己应该上绞架。

唐礼身边的人是李叔，此时他知道自己将死，本能地双腿一软，跪倒在地上，哆哆嗦嗦地抱住徐文雨的一条腿，惊恐地开口哀求道："小姐，你别选我，你是我看着长大的，你救救我，救救我……"

徐文雨还未来得及有任何反应，山崎已经干脆利落地两步走上前去，当着所有人的面，将李叔拉了出来。他正要开枪时，徐文雨好像突然清醒过来了一样，猛地扭身拦在了李叔身前，紧紧抓住山崎拿枪的手，将它指向了自己的额心，然后用这段时间里难得的清醒决然地对他说："我选我自己。"

唐礼和徐文澜首先惊叫出声。李叔却仿佛如获大赦一般抬起头来，愧疚而又欣喜地看着徐文雨。

徐文雨上前一步，将山崎握枪的手抓得更紧了，她重复了一遍："你听见了吗？我选我自己。"

山崎被她抓着，并不挣脱，脸上荡出一层皮笑肉不笑的表情。他任由徐文雨钳制着，扭过头，朝徐宅某处望了过去。他知道藤原清志就在那扇窗户的后面看着这一切，他也知道这个女人对藤原清志来说有着他不知道的特殊意义，因此，这遥遥的一眼像是要告诉对方：放心，我不会动你的人。

他把目光收了回来，装模作样地叹了口气，对徐文雨说："徐小姐自我牺牲的精神当然很好，只可惜徐小姐并不在选择范围内。"说完之后，他手上瞬间加大了力量，一下便把柔弱的徐文雨推到了一边，然后面无表情地朝地上的李叔开了一枪。

随着"啪"的一声，李叔悄无声息地倒了下来。其他人顿时傻了，几个小孩开始压着声音哭起来；李叔虽是家里的用人，但长久以来早成了徐家的一分子，孩子们从小便和他亲近。

徐文雨方才抓紧山崎的手僵在空中半天，终于好像没有筋骨一样垂了下来，整个人也跌倒在地上。这时一只手稳稳地将她扶住，她抬眼一看，是一直在队伍末端的爷爷徐天庸。她感觉到了他温和的、不带责备的打量，瞬间哭了出来。徐天庸只是看着她，轻轻地摸了摸她的脑袋。

山崎见状不知为何更加兴奋，他握着枪高举双手，好像庆贺一般"噢"了两声。然后，他滴溜溜地转着眼睛打量了一番已经虚脱的徐文雨，一个箭步上前，从徐天庸手里抓过她，蹲下来，目光灼灼地说道："徐小姐，我突然又有个提议，这样隔两天让徐小姐出来选人甚是费神，不如今天一次选两个怎么样？这样的话，徐小姐接下来也可以休息休息。"

徐文雨几乎是用全身最后一丝力气将上半身撑了起来，她震惊地抬起头，不敢置信地看着山崎。徐家书香门第，她从小读圣贤书，被教育要仁爱善良，因此对人性的恶几乎没有体察。以前的她无论如何也无法想象山崎这样的人存在，现在她终于见识到了，并且被这个恶人操纵着，陷入了万劫不复的深渊。

她痛苦地摇头，觉得胃里有什么东西在往上翻涌，下一秒就要吐出来。但这也许只是她的错觉，因为她的胃里根本什么都没有。

这一刻，如果死亡可以让她解脱，她不会有一秒的犹豫。

在她痛苦难持的时刻，徐天庸突然站了起来，他旁边的日本兵立刻警觉，出手将他控制住。徐天庸神色泰然，没有一点慌张，他挺直身板，目光如炬，冷静肃穆的脸上有一种让人无法无视的威严，他冲那个拦住他的日本兵镇定地说："让开。"

他语气轻缓，但那副庄严不可侵犯的模样似乎有着不可言说的震慑力，那个日本兵似乎是被吓住了，一时竟不敢再加阻拦，把征询的目光投向了他的长官山崎。

山崎看了徐天庸一眼，似乎觉得有点意思，便朝那人点点头，得到授权的日本兵这才放开了手。

徐天庸理了理自己早已脏污的长袄，拍拍身上的尘土，将散乱的白发往后捋了捋，在一家人惊异又担忧的眼神中，昂首阔步朝徐文雨走去，风姿一如当年。

他看着蓬头垢面形容枯槁的孙女，心里明白，她太痛苦了，已经被折磨得快要疯了，要她再做一次选择，无异于要她的命。他怎么能忍心眼睁睁看着，只顾自己解脱而置她于不顾呢？她从小就是自己最疼爱的孩子，看到她这样痛苦，对他而言简直比死还要难过。在这样的时刻，他要帮她，他必须要帮她，她还年轻呢，而自己已经老了，老到可以死了，老到死了也并不可惜了。

他什么都没说，只紧紧地攥住了孙女的手，把它牵起来指向自己，一脸视死如归的表情，从头到尾没有说一个字，他知道向来聪慧的徐文雨不会不明白他的意思。

风将他刚刚理好的白发重新吹乱，他苍老的脸上流下了两行浊泪，这眼泪是一个一生儒雅的老人对家国破碎的哀叹和无奈，再无其他。

徐文雨拼命地摇头，奋力地挣扎着要把自己的手抽回来，但徐天庸攥得非常紧，她的力气完全抵挡不住，怎么也抽不回来。她看着徐天庸，汹涌地流下了眼泪。

三个小孩尽管懵懂，此刻却好像感知到了什么，大声地哭了起来。反观大人们，虽对眼前的状况心知肚明，此刻却没有眼泪，只剩心痛。也许人生便是如此，心痛至极的时刻，是连哭都哭不出来的。他们齐齐跪了下去，就像那日离家前在书房外一样，他们知道，这一次的告别，是永远的天人两隔。

"人生孰无死？贵得死所耳！你们只要这样想，便不必为我伤心。"徐天庸看着眼前已经残破不堪的一家人，高声定气地这样安慰道。

山崎看着这一大家人，突然觉得兴味索然，方才的热情仿佛被这冷静自持的一家浇灭了，他的本意是要叫他们痛哭煎熬的。

既然如此，再周旋下去便没有必要，他果决地举起枪，对准了徐天庸的脑袋。

枪声混合着孩子的哭声，响彻广场上空，穿进了徐文雨的耳朵里；她觉得自己好像一瞬间失去了听力，周围的一切响动都在一点点淡下去，直到消失无踪。她唯一记得的，是唐礼死死捂住了唐思年的耳朵。

她开始觉得自己成了一个轻飘飘的幽魂，一切都晃动起来，一切都像梦一样虚幻，可是血腥的味道又是如此真实。

她低头看了一眼徐天庸，他躺在冬日坚硬冰冷的土地上，脑袋底下流淌着温热的血，但这血很快凉了下来，凝结不动了。他满脸污血，一身破衣，生命的终结，竟是这个老人一生最不体面的时刻。他的脸对着徐文雨，眼睛还睁着，似乎在安慰她，在跟她说"没关系"。

她终于再也忍受不了，身体摇摇晃晃地摆动了几下，然后伏在地上，狂吐起来。

在这样的天旋地转之间，她恍然看见一个瘦削的身影从后面冲了过来，还未来得及看清，那个身影便冲至山崎的身前，一下将他扑倒，嘴里发出疯狂的嘶吼，好像已经完全不要命了一样，骇人地睁着血红的眼，试图和眼前这个杀人的恶魔同归于尽，武器却只有自己已经松动的牙齿。

是她的父亲徐明朝。

这猝不及防的进攻让山崎有一瞬间的失措，眼前这个中国老人仿佛一只发狂的野兽，上来便张嘴撕咬他的耳朵。可是，这只野兽已经老了，无论气力还是耐力都无法支撑他的进攻。山崎耳朵还未真正感觉到疼痛，便一个翻转将对方摔倒在地上，几个日本兵赶紧持枪拥了上来，将徐明朝团团围住。

徐文雨试图拨开他们，却被盛怒的山崎一脚踢开。她一下子跌到唐礼身边，再无力前进半分。唐礼和其他人也个个被控制住，无法向前。

山崎摸了摸耳朵，怒气冲冲地走到徐明朝面前，一脚踏住他的胸口，随即再一次举起枪。他已经杀红了眼。

他持续扣了几次扳机，枪声却始终没有响起。他又试了几次，依然无果，显然是膛内的子弹已经耗尽。他气极，将手上的枪往旁边一丢，顺势抽出身旁一名下属腰间的佩刀，然后直接朝徐明朝刺了下去。刀锋的寒光倏地划过空气，徐明朝瞬间就没了声息。山崎却仿佛不解气一般，继续毫无感情地一刀刀疯狂挑刺着，直到徐明朝腹内的肠道都被搅了出来，场面残忍到一旁的日本兵都扭过头去不忍再看，他仍不肯罢休。

徐家人哭成一片，有的瑟瑟发抖，有的不敢吭声，他们的眼里都冒着火和泪，那火仿佛要一把烧掉眼前这群杀人不眨眼的魔鬼，那泪仿佛要淹没这人间惨象。

陈妍越来越急促地念诵着经文，可是她也不自觉地战栗了起来，这样的惨象若是佛祖真能看见，会允许它发生吗？

藤原清志终于再也看不下去，连忙下令停止。他站在徐文雨房间的窗前，遥遥地看着广场上剩下的徐家人，以及躺在地上那三具新鲜的尸体，喉咙里泛出一阵阵恶心。

　　这次死的三个人，李叔接过他下学，徐明朝教过他读书，而他对中国文化最深刻的理解，几乎都来自徐天庸。事实上，在枪声响起的那一刻，在刺刀扎进徐明朝心脏的那一刻，藤原清志浑身也曾震了一震，几乎要捂住耳朵闭上眼睛。但是，他觉得很奇怪，第一次徐明阳死时的那种震动没有了，至少不再强烈。这些天他在南京看了太多死人，情状比之眼下的广场惨烈得多。那些不会动弹的、千奇百怪的尸体，在最初的冲击过去之后，好像消磨掉了他的知觉，让他不再有喜悦、得意、悲伤、恶心、心痛或是任何情绪，他觉得自己已经无法被任何东西所触动。

　　甚至连爱，他好像也感受不到了。这种他以为在见到徐文雨时会喷涌的感情转化为了愤怒，是的，在连对爱的感知都模糊起来的时刻，他仍然鲜明地感受到了愤怒。不是恨，而是愤怒。徐文雨对他说"我为自己曾经和一个日本人交往而感到耻辱"的那个时刻，他的愤怒到达了顶峰。

　　要到很久之后，跳脱出那时的自己，他才能以审视的目光理解自己当初的举动。他并不是不爱，而是太爱，以至于当无法确定这份爱，或隐隐感到这份爱再无可能的时候，便生出了恨。毕竟是他亲手设计了这个游戏，是他授意山崎杀死了徐文雨的父母、亲人，也是他的国家和军队屠了她的家和城，即使那时的他不肯承认，但事实就是：因为心里清楚地知道已经毁了，他才放任自己一路继续毁灭下去。

　　用她不爱唐礼来证明她爱自己，更像是一根救命的稻草，也像是一个不叫自己死心的借口。

　　所有这些，在那个失去感知的当下，他是无法体察的。一切都太激进、太惨烈了，裹着战争的壳，那些枪炮和血肉会叫人变成另一个人，甚至另一架机器。

第十一章

徐文雨不记得自己是怎么站起来，又是怎么回到室内的。再次回到囚牢时，她已经神志涣散、双眼呆滞。神魂再一次离开了她，她想，如果再多几次，即使她是九命的猫，也再没有灵魂可以失去了。

徐文澜心痛地扶住她，陈妍则默默接过唐思年，软言哄她入睡。这样的举动，显然意味着她们对她原有的怨气已经消释。她们本就是极其良善的人，为难他人叫她们自己也不好受，这样的人一定对别人的痛苦有更多的体察。

只有王凤霞，焦灼又不知所措地站在一边，眼神在徐文雨身上来回移动，似乎想说点什么，却又碍于对方那副形销骨立的样子，终是没有说出口来。她僵立了一会儿，坐远了一些，暗暗估量着眼下的状况。如今徐文雨掌管着徐家所有人的生死，而两人从前的关系并不如徐文雨跟陈妍及徐文澜亲近；今天徐文雨选择了李叔，已经看得出其中的亲疏考量，这让她焦虑。

徐文雨已经没有眼泪，也不再有哭的冲动，她躺在那里，脸色白得仿佛一个将死之人。她感到有些东西在心里慢慢溃烂，她的身躯不过是一块移动的腐肉，各种蛆虫从四面八方而来，随时要将她噬咬殆尽。

到现在她仍不知道，这些人到底为什么盯上徐家？又为什么偏偏选她掷下游戏的骰子？她感到自己的脑子好像一架高速运转的机器，所有疑问和猜测疯狂地搅拌到了一起，糊成了一团，让她痛苦得几乎要尖叫出来。如果现在有一个出口可以让她解脱，哪怕是噬人的黑洞，她也愿意义无反顾地跳进去。

她试图挪动一下自己的身体，却发现使不上一点力气，手脚好像被钉在了床上一样。她看着仿佛要压下来的天花板，听到心里有一个声音在急切地召唤；那声音不是来自她的大脑，也不是来自她的心里，它好像是从某个缥缈的远方传来的，带着可怕的蛊惑力。

她把目光从天花板上移回，投向靠近走廊的那扇窗户。那个来回走动的人影又出现了，仍是焦灼而犹疑的样子，他在观察她、监视她。可她已经分不清这究竟是真的，还是她的幻象；那道不可捉摸的影子好像这魔幻的现实一样，让她无法相信。

她觉得自己可能要疯了，她必须在亲眼看着自己变疯之前做些什么。

夜深人静，等其他人都睡去之后，徐文雨用她过去半天里蓄积的那点力量悄悄坐了起来，熟练地从床下摸出那片她藏好的瓷片。切口已经磨尖，她对杀人游戏的停止抱过希望，想象过不用这样决绝的方式终结它，可是她也时刻准备着。她这瘦弱之躯注定无法承受这么多挚爱的生命的消逝，如果杀人必须继续，她选择自己死亡；因为即使她不这样做，她背负的罪孽也会如烈火一般煎熬着她，以另一种方式要了她的命。

她看了一眼熟睡中的唐思年，心中隐隐作痛。这个天使一样的孩子，实在承载了太多的爱恨和秘密。她是如此不舍，可她没有任何选择。她捏着唐思年瘦削的小手，在上面轻轻地落了一个吻，然后注意到了她袖口的那朵栀子花。

那是她亲手绣的，代表了一份隐秘的、永远不能提及的想念。她曾经强迫自己忘记有关藤原清志的一切，可奇怪的是，在决意去死的前夕，有关他的一切却都浮现了出来——他少年的目光、白色的洋裙、浩荡的栀子花海、夜晚窗下的召唤、那一夜的温存和爱恋，还有这个意外而珍贵的孩子。

也许是人之将死，便放肆了起来，她将这些一一回想，第一次不再感到痛心，而是升腾起了一种温柔的情感。

她站起来走到墙边，捏着那片瓷片，小心地在墙上又刻了一朵栀子花，比前面所有的都绽放得更加彻底。她看着它，好像想起了什么一样，温柔地笑了。

　　然后，她拿起那片薄薄的瓷片，决然地朝自己的手腕割了下去。

　　她靠倒在墙上，整个人虚弱而平静。在越来越模糊的意识里，她感到腕上的鲜血一点点往墙上倒流而去，最后灌进了那朵刚刻的栀子花，然后，它好像一下活了起来，并且以一种星火燎原之势迅速蔓延开来，在房间里开成一片。她又一次回到了南京栀子花开的季节，这一次，她一个人拿着一大捧花在树下等待，顾盼生姿，满心欢喜。

　　时隔许久，她再一次感觉到了幸福。

　　藤原清志头一天晚上睡得很不好，白天死去的几个人在他的梦魇里不断纠缠。他向来是不信鬼神的，可是这天晚上不知道为什么，他一直梦到徐天庸那张笑眯眯的脸，慈祥而友善地看着他，就在他同样要笑着扑向对方的时候，那张脸突然血肉模糊起来，鲜血瀑布一样从额顶流下来，仿佛戴上了一副狰狞的面具。但这并不是最可怕的，最可怕的是，在徐天庸倒下之后，原本藏在他身后的徐文雨显露了出来，和他对峙着，用一种冷漠到骨子里的神情看着他。他由上而下将她打量了一番，发现她也在流血，她的手一片血红，不知道是她自己的血还是徐天庸的血。

他在梦里被吓得失声尖叫，但一直没有醒来，就那样被惊扰了一夜。

第二天早上醒来的时候，他觉得头疼欲裂，因此当中野匆匆忙忙跑进来报告徐文雨自杀的消息时，他还恍然觉得是梦里的场景。等到确认不是梦境，他发疯一样要往女室那边冲过去，好不容易才被中野拦下："你不能出面，徐小姐全家人都认得你。"

他像在大冬天被浇了一盆冷水，瞬间冷静了下来，是的，徐家所有人都认识他，无论是活着的，还是已经死去的。

他晃着中野，眼里似是有火要烧起来："她怎么样？人呢？叫医生没有？"

"是夜里的事，早上查房时才发现，医生已经在看了，人很虚弱，但好在发现得及时，应该没有大碍。"

藤原清志紧绷着的身体松弛了下来，手臂耷拉在中野手上，脸上满是过度紧张后的疲累。他蹙着眉头想了好一会儿，果决地命令道："把她送到这个房间来。"

"这个房间？那你呢？"

"我去办公室。况且，这本就是她的房间……"

中野点点头，随后又犹豫起来，支支吾吾地说道："还有一件事……"

"什么事？"藤原清志刚刚松弛的神经一下又紧张起来。

"发现徐小姐自杀后，守卫的士兵们在囚室里检查了一遍，发现了一件奇怪的事情。"中野瞟了藤原清志一眼，似乎仍然没有拿捏好该怎么说。

"到底是什么？"藤原清志已经近乎烦躁。

"他们发现徐小姐在囚室的墙上刻了一片栀子花，大家都在猜测是不是什么情报信号，晚些时候应该就会向你报告了。"中野说。栀子花对藤原清志的意义，没有人比他清楚，当初占据徐家时所谓的"情报"不过是一个说辞而已。

藤原清志心里猛地一动，原本已经熄灭的希望好像又隐隐地燃了起来。这是属于他们的信物，她并没有忘记，她至死都还记得。

他一阵激动，她还爱着自己，是不是？

到这时候，被愤怒掩盖的爱意才重新冒了出来，他再一次明确地感受到了自己对这个女人的感情。他不仅害怕失去她，也希望她和自己一样，仍然对另一方怀着深切的爱意。

对于这一切，徐文雨一无所知。事实上，在被抓回徐家之后，或者再往前回溯，在藤原清志离开中国之后，她就成了一个被蒙在鼓里的人，被欺骗的人。她能感到自己被明显地戏弄了，好像有一只强有力的手在操纵一切，但她不确信戏弄自己的到底是什么，她不想简单地将一切归于命运。

就像这次的求死未遂，在醒来之后，她又一次感到了这种戏弄，因为她诧异地发现自己竟然躺在自己原来的房间里。她有一瞬间的恍惚，可是所有摆设都没有动过，这确确实实就是她的房间。她又看了看手腕处的绷带，摁了摁，疼痛钻心而来。一切都是真的，但房间里除了她，再无他人。

至此，她终于隐隐地生出一种感觉：那个在暗处操纵着一切的人，对他们可能很熟悉。哪怕是此刻，他也许也正在什么地方观察着。

她谨慎地翻看了房间里的东西，多了许多日式的用具，她猜测它现在是某个日本军官的房间，就像这所房子的其他所有房间一样，被改造成了办公室、审讯室、卧室等，拥有了全新的身份和用途，除了不再是她的家。

她注意到书桌上放着的一本书，是本和摩斯密码相关的书。她大胆翻了几页，内容不大看得懂，却意外地在书页里发现了一朵已经压得扁平的干花。她仔细看了花瓣的形状，又拿到鼻前嗅了嗅，瞬间便确信那是一朵栀子花。

她一时有些惊愕，栀子花几乎是一个可以自然关联到藤原清志的东西，是一个指向他的明喻。她突然又想起上次在审讯室里那股再熟悉不过的气息，心中涌起了一个可怕的猜测。

但她很快否定了自己，这是不可能的，他不可能回来，她也绝不愿意他以这种方式回来。

这个新的旧环境让她胆子大了些，在与外界彻底隔绝的囚室里，她们不仅不知道南京正在发生什么，甚至连徐家正在发生什么也一无所知。她模模糊糊地知道南京，包括徐家，都被日本人侵占了，可具体什么情况并不清楚。这也许是一个机会，如果她很快就要再次被关回去，至少也能带回去一些新的讯息。她这样想着，觉得自己简直有些不可思议，因为前一天晚上她还抱着必死的决心，可在这一刻，又生出了求生的意志。她想这或许是希望的力量，当能窥见一点光亮的时候，出于人的本能，便会想要往光亮那方去一去。

她来到窗前，向外眺望。徐家的房子本就地势高，此刻从窗口望出去，能看到远处的一片南京城区，似乎比往日更加开阔和辽远。徐文雨稍稍疑惑便很快反应了过来，原来目光所及的建筑都已被夷平，视线再无遮挡。这座城市灰扑扑的，在冬日里黯淡无光，只有发生过轰炸或是巷战的地方不时冒出些烟雾来，仿佛是它拼尽全力发出的微弱求救信号。她又低头扫了一眼窗外的花园——不，现在该称之为广场——发现徐宅的各个出入口都布着持枪的日本兵，车道上停靠的车辆上无一不插着日本的国旗和军旗。

她伸手搭在窗棂上，手腕忽又突突地疼起来，新鲜的伤口好像崩开了一样。但她明白，这疼痛来自她的内心，来自她对这"国破山河在"的满目疮痍的痛惜。

门外响起了动静，她飞快回到床上，假装入睡。

她就这样在自己的房间里又过了一夜，难得地睡得很沉。中间医生来过两次，给她做了检查，饭点也有人给她送水和食物，只是，这房间现在的"主人"一直没有出现过。徐文雨感到异常不安，这不安来自对自己命运的一无所知，好像有一只手在暗地里操控着一切，而她只是混沌着，当真正的风暴来临，她只能像个傻子一样被它吞噬。

这房间现在的"主人"在办公室里住了两天。中野要把自己的房间腾给他，他没有答应。他焦躁地注意着那个房间里的动静，压抑着自己每一秒都想冲进去的心情，一想到她差一点就可能永远不存在于这个世间，他就感到后怕。不管他是怨她还是恨她，他都要她活着，只有她活着，他才算是个有灵魂的人，而不是机器，不是行尸走肉。

他不忍看她受苦，可是他还没有达到自己的目的，还没有得到自己想要的答案。她为什么不选唐礼？为什么？她爱他至此吗？

游戏不能停，可这样的意外绝不可再发生了。他思索再三，让中野把王凤霞带来。

他的意图很简单，让王凤霞负责盯好徐文雨，不让她再有机会做出异常的举动，一旦发现她有自杀的倾向，必须立即阻止和报告，只要她做到了，便保证她没事。在做这个决定的时候，他可能并没有意识到，这实际上就是日本人对中国的降服政策，以承诺为担保，让中国的士兵和平民接受他们的摆布。

中野找到王凤霞的时候，她在囚室里发着呆。徐文雨被抬走时，已经流了小半夜的血，加上两天未回，囚室里的几个女人几乎已经在心里默认了最坏的结果。

徐文澜见了中野，急忙问道："你们把文雨带到哪里去了？她人呢？"

"徐小姐没事，等她休养好了，我们便会把她送回来。"中野语气仍然平缓。有时候，徐文澜会怀疑，这样的处变不惊究竟是他本身的性格，还是训练的结果。

听到徐文雨没事，徐文澜和王凤霞终于感到稍稍安心，可她们很快便又警觉起来：如果他不是为徐文雨而来，那就是盯上了她们当中的其他人。

王凤霞本能地往后退了几步，小心地藏在徐文澜的身后，仿佛要让自己不被看见似的，心里越发惴惴不安起来。

徐文澜盯着中野，眼里流露出质问的神色，没有说话。

中野朝她们走近，脸色柔和了下来。他半蹲下身体，看着蜷缩在徐文澜怀里的唐思年，眼里一下子褪去了冷漠和凌厉，伸出手摸了摸唐思年的脑袋。唐思年用亮晶晶的眼睛看着他，并没有表现出害怕和抗拒，倒是徐文澜异常紧张，赶紧加重了手上的力道，把她搂得更紧了。

懵懵懂懂的唐思年，在中野的轻抚下，突然毫无征兆地朝他露出了一个笑容，好像在对他的善意进行回馈似的。那是个纯洁的、天真的、专属于孩童的笑容，中野感到自己一下就被击中了。这没有光照的囹圄之地，居然有这样稚嫩可爱的笑容，他觉得自己的心立刻就软了下来。

他的理智在最后一刻阻止了他，他强行避开了那个笑容，重新站了起来，目光在徐文澜和王凤霞之间徘徊了一会儿，最后定在王凤霞身上，然后缓缓开口道："请徐夫人跟我们走一趟。"

听到这话的王凤霞吓得发抖，紧紧拽着徐文澜的衣服，一个劲地摇着头，害怕得连话也说不出来。被中野的人架着往外走时，她的腿几乎无法站立。

徐文澜只能泪流满面地紧紧抱住唐思年。从开始到现在，日本人已经从这个房间里带走了越来越多的人，以她们的力量，根本没有可能抵抗。

在中野的办公室里，王凤霞仍浑身发抖，她自然觉得这一次轮到了自己。她见过死亡，可当死亡真的降临到自己身上时，她还是惊恐极了。她飞快地看了一眼中野，哆哆嗦嗦地问道："她这一次选了我，对吗？"

中野先是一愣，随后才反应过来她指的是那场点名的游戏，赶紧摆手道："你放心，今天叫你来，并不是要杀你，相反，我是要给你指一条生路。"

中野把条件跟她说完之后，王凤霞陷入了某种难以化解的谜思，日本人一边杀人，一边极尽所能地要保住徐文雨，未免太过诡异。或者，日本人也对徐文雨开出了相似的条件：只要你帮我们杀人，我就饶你不死。并且，他们似乎不考虑换一个杀人的工具，而只把人选固定在了徐文雨身上。

王凤霞觉得，无论如何，想活下去是没有错的。她极力镇定下来，冷静地思考了片刻，终于开口："不仅我，还有我的丈夫和两个孩子，就算文雨选了他们，你们也不能杀他们。这是我的条件。"

在说出来的那一刻，她仍然是不确定的，她不确定自己的要求是不是过分，她不确定这要求会不会惹怒他。可是她没有选择，她必须为自己和自己的家人拼得一线生机。

中野没有立刻回复她，只定定地看着她，简直叫她心里发毛。就在她思量着要不要把条件再作一番修改的时候，中野突然幽幽地开了口："好，我尽量。"

他没有再给她讨价还价的机会。

至于这承诺是否真的是免死金牌，王凤霞完全不确定，可是无论如何，她至少得到了一个口头的保障，也有了一线光明的希望。这年头，有这点盼头，就已经比什么都强了。

她的平安归来让徐文澜大为吃惊。被问及中野找她何事时，她含混地糊弄了过去。她自私地判定，关于生机的希望，越少人知道越好。

除了徐文雨，藤原清志这几日还有一桩麻烦事，来自他的父亲藤原一郎，为此他特意去了一趟上海。

这件事起源于几天前发生在南京的一场小型巷战。这场意外的巷战由两名不愿投降的国民党装甲部队士兵发起。南京沦陷后，街头堆满废弃的沙袋、坦克、机枪等军事设备，他们藏在一辆损坏的坦克里，并在一支日军步兵队伍接近之时，悄悄地将机枪从战车转塔前后两端伸出，突然袭击，将这支几十人的队伍打得落花流水。

表面上看，这只是一起零星的军事袭击，不值得太多注意，更不用特意将藤原清志叫去上海，但日军高层显然将这两名士兵和另一起一直未解的事件联系到了一起——

1937年12月初打响的南京保卫战里，因为武器装备的落后以及战略部署的失当，中国守军损失惨重，至少十万人战死沙场。在参与保卫战的国民党军队当中，有一支远道赶来的川军某师，其枪弹为汉阳造，劣旧不堪，官兵们以血肉之躯阻挡日军子弹，几乎全军覆没，但唯有一个团，因为担任阵地左翼京杭国道一侧的对敌警戒任务，一直没有参战。在南京保卫战告负之后，该团团长为了保住有生力量，率领全团两千人进行了紧急撤退。此后，这支队伍神秘失踪，音信全无。

这支莫名消失的队伍被日军视为重大隐患，多番调查却毫无结果。因此，这次的突袭令他们分外注意。他们怀疑这支消失的队伍已经迂回进了南京，隐藏在某处，不时进行反攻和偷袭。但是日军对其信息一无所知，对其据点以及装备情况也毫无把握。为了避免类似的事件再次发生，上级已命令情报科，务必尽快获取关于这支队伍的情报。作为情报科负责人的藤原一郎，这才将藤原清志紧急召回了上海。

这可算藤原父子两人再次踏上中国后的第一次正式会面，藤原一郎提出要喝一杯，藤原清志没有拒绝。不知为何，在亲历了这场由他们发起的战争之后，两人之间似乎多了些不可说的凝重。关于中国，关于南京，他们都默契地避免提起自己和它的交集，只以一种刻意的冷静谈论眼前的局势。

藤原一郎提到松井石根指挥官对他的施压："如果他们真的藏在南京城里，在暗处，时时刻刻对我们都是威胁。藤原，这件事只能由你来处理，务必尽快弄清楚这支队伍的情况，如果再发生类似上次步兵的事件，你我都无法交代。"

藤原清志听完，重重地点了点头。此后两人没再多说，只是一杯接一杯地喝了许多清酒。有好几个时刻，藤原清志很想跟父亲说说发生在南京、发生在徐家的事情，说说徐天庸，说说徐文雨。可是藤原一郎仿佛看穿他的意图一般，每每在他行将开口之际，巧妙地将其推了回去。藤原一郎这样的人，大概是不允许自己有任何心软的机会的。

但在临别之时，藤原一郎却突然毫无征兆地提起"阳明心学"，对藤原清志说："从前要你学，你怎么也不肯，过了这么多年，我仍觉得它对于我的行事大有裨益。"又问："你可知道'阳明心学'的核心是什么？"

藤原清志想起十多年前的某个下午，徐天庸在书房里为自己辩解过："他还是个孩子呢，'阳明心学'的精妙，必到一定年龄才可领悟。"

他摇摇头。

藤原一郎严肃地看着他："心即理，知行合一。清志，我们所做之事不过遵从本心，无不在理。"

如果徐天庸还在，听到自己信仰半生的学问被这样强行用以解释侵略战争的合理性，不知该作何感想，对于这个自己曾视之为忘年之交的日本"中学"爱好者，又该作何感想。

藤原清志当下只是点头，并未觉得放松，一些东西仍然负荷在他身上，而在面对藤原一郎时，这些东西更明显地流露了出来。直到回到南京，听中野说已经办妥王凤霞的事，徐文雨也已无碍，他才感到些微的松弛，一直紧绷着的神经终于得以稍稍舒缓。

夜晚是容易使人脆弱和放肆的，它有着绝佳而天然的掩饰，让人备感安全，他早早便验证过这一点。这么多年过去，他又一次臣服于它的力量，又一次趁着夜色来到了心爱的人身边，借着她的酣睡，他终于得以好好地端详她，轻轻呼唤出她的名字。

"文雨，文雨……"

窗外的月光投了进来，打在他们身上。有那么一瞬，他觉得此刻并非乱世，他开始彻彻底底理解那个在过了几个温和的良夜之后，再不愿意返回战场的军官，因为此刻的自己与他一模一样。

第十二章

　　徐文雨重回囚室时，唐思年一下扑了上来，眼泪金豆般直往下落，小脑袋往她的怀里小猫似的蹭着："妈妈，你去哪里了？思年这两天好想你啊。"

　　这温软可人的小家伙叫她的心一下暖了起来，哪怕为了唐思年，她也该鼓起勇气活下去，唐思年是这样的无助弱小，需要自己给予她力量。

　　王凤霞神色怪异地看着徐文雨，闷声不语。

　　从鬼门关走过一遭后，徐文雨不再像原来那般沉郁，看着天真可爱的唐思年，她感到一死了之和哭哭啼啼都不是办法，而且王凤霞不知为何，开始盯梢一般注意着她的一举一动，让她再无法多出旁的心思。

　　剩下的人越来越少，山崎说保证有人能活下来，但谁知道游戏什么时候停止，谁知道下一个会轮到谁，她无法再眼睁睁地坐以待毙。

她仔细查看了这间女囚室的构造，又细细回想了徐宅的周边地形，结合前几日在自己房间时留意的守卫每天巡逻的时间，心里大略生出一个主意。

每天子夜一点，楼下会有一个交班的空当，大约有十几分钟的时间无人值岗。这按理是不合规定的，但她接连观察了几次，发现下一拨交班的士兵几乎总要在一点十分才会出现，有时甚至要等到一点十五分。这个空当是唯一可能的逃跑机会。在仔细研究了囚室的构造以及周边地形之后，她确定靠近马路的那扇窗户是唯一可能的出口。在他们被关进来之后，靠近马路的那扇窗户外围被交叉钉了两根木条，正常情况下人是无法穿过的。必须先把窗格的玻璃砸碎，再把钉在外面的木条撬松，弄出一个口子之后，才可能把唐思年放下去。唯一的问题是窗户距离地面有三米多高，成人跳下去也许无碍，但对一个三岁的孩子来说，却是非常危险的。

这些想法，徐文雨——都和徐文澜有所商量，她自然地认为这种境况下只有对方可以依靠。然而，在她们为如何将唐思年放下去而发愁时，却是王凤霞和陈妍给出了主意。

她们建议将床单首尾连接，等有了足够的长度，将一端绑在唐思年身上，另一端由她们拽着，一点点往下放，这样便伤不了孩子。

她们都隐隐为这个计划而感到激动，即使很清楚这是一场豪赌，稍有不慎，思年可能就没了。可如果坐等的结果必然是一死，那有着一线希望的尝试就是值得的。

王凤霞也极力帮忙，她自有自己的算盘：如果这个计划真的可行，也许思国和思华也能通过同样的办法活下去；而如果计划失败了，自己的孩子也不至于冒这份险去打头阵。

众生皆苦，她不觉得这是自私。

计划执行中仍有许多未曾考虑的困难，第一个是如何才能悄无声息地将玻璃砸碎，毕竟如果玻璃不碎，就完全谈不上撬动钉在外面的木条。在她们一筹莫展之际，南京城里不时响起的炮声和机枪声启发了她们。她们徒手从墙角费力地抠下一块砖，待到下一次炮声响起的时候，借着炮声的掩护，奋力将砖砸了下去。日本兵问起，只说是被炮声震碎的。囚牢之地，阶下之徒，他们自然不会顾及隆冬时节而及时将漏洞补上，那个口子便一直留在了那里。

接下来便是要将窗外钉死的木板移开，这需要用到利器。徐文澜早早便想到这一层，当初砸碎玻璃之时，便在看守的士兵进来前藏好了几块长条碎片。

那之后，她们每日分工合作，王凤霞和陈妍在门口注意着外面的动静，徐文雨和徐文澜小声切割着窗外的木板。这是一项极艰难的工作，即使玻璃碎片的一端被布条裹住，但锐利的刃口和长久的工作仍然不时让两人的双手鲜血淋漓。可大约是因为有了可见的目标，她们全然沉浸在了这项她们此前从未接触过的劳作之中，丝毫不顾蓬头垢面的模样。

在木条的一端终于显露出松动的迹象时，发生了一次大危机。那时已是深夜，日本兵不知为何突然闯了进来，徐文雨未来得及藏起手上的玻璃，明晃晃地朝他们亮着。情急之下，徐文雨指了指那些刻在墙上的栀子花，解释玻璃只是作画之用。

这本是慌张之下的一个拙劣借口，但不知为何，那个方才还咄咄逼人的日本兵却一下犹疑了起来，眼神飘忽地看了徐文雨一眼，继而过来收缴了她的"作画工具"，用生硬的中文说："这个，不行。"

在大家都松了一口气的时候，他不知为何又折返，让人再次紧张了起来，但令所有人都没有想到的是，他进来后径直递给徐文雨一支画笔，仍用生硬的中文道："用这个。"

这个让她们不甚理解的插曲过去后不久，她们迎来了她们的"大日子"，那块顽固的木板终于一点点断裂了，只消用力一掰，便可将玻璃碎掉的那个空洞彻底展露，虽然并不大，但也足够将瘦小的唐思年送出去。

她们振奋地看着彼此。

真正实施计划的那天晚上，所有人都感到前所未有的紧张。徐文澜在窗前观察着楼下日本兵的动静，王凤霞和陈妍把室内的床单一条条接起来系紧，徐文雨感觉自己什么都做不了，不舍地摸着唐思年的脑袋，将她紧紧地揉在怀里。在这一刻，她突然感到了害怕，这是一种在整个准备过程中都未曾出现的情绪。

　　她勉强安慰自己，如果死亡是注定的结局，那么在它到来之前，她至少要试一试。她知道自己从来不是什么坚强果敢的新女性，她从未真正为什么拼命或是冒险，可这一次，她愿意放手一搏，为了女儿的一线生机。

　　徐文雨再三地确认："思年，记住妈妈说的话了吗？"

　　唐思年乖乖地点头："记住了，一直跑一直跑。"她还是一脸懵懂的年纪，但向来乖巧可人，只要是母亲的嘱咐，她总是听话。

　　徐文雨紧紧地抱住了她，像是抱住了她生命中唯一重要的东西。她已经在心里做好了决定，只要唐思年能顺利跑掉，她就再无记挂，可以放心地死去。毕竟这样饱受折磨的日子，对她来说也和炼狱无异，她再也不想承受了，死亡对她来说反而是解脱。只要，只要能把唐思年送走。

　　徐文澜往下望了望，随后朝她们招手："他们走了，快，我们只有十分钟。"

徐文雨终于恋恋不舍地放开唐思年，把接在一起的床单绑在唐思年身上，因为担心她会发出声音，又狠心地拿出准备好的布条把她的嘴塞上。然后，徐文雨把唐思年带到窗边，将她横抱起来，小心地从那个洞口塞了出去。徐思雨紧紧地拽着手里的床单，一点点地放着，直到落地。

徐思雨满心祈祷有人会救起唐思年。

然而，这个她们谋划已久的逃跑计划立即就失败了，说立即是因为，徐文雨刚刚把唐思年放到地面上，唐思年就被发现了。

她们计划好了一切，也算过了时间，只是人算不如天算，那天的那个时刻，几个不用值班的闲散士兵喝酒晚归，摇摇晃晃地正好在墙根处方便。三浦也在其中，他在外围站着，给其他人把风，从天而降的唐思年几乎是直接送到了他的手边。

其他人也很快发现有个移动的东西从墙上垂了下来，立刻生出警觉，冲过来抽刀把它围住，发出了乱哄哄的动静。三浦抢先一步过去查看，见是唐思年，当下便愣在了那里。他又抬头看了一眼墙上的窗户，瞬间明白了一切，伸手扯出了唐思年嘴里的布。

唐思年因为受了惊吓，大哭起来。

见是唐思年这个小孩，那几个喝得醉醺醺的日本兵笑嘻嘻地将刀枪收了起来。不知道是因为喝了酒兴致高昂，还是这个半夜里莫名其妙从天而降的小孩引起了他们的兴趣，他们将她团团围住，开始了叽叽咕咕的讨论，不时发出阵阵大笑。

徐文雨听见唐思年的尖叫，不顾一切要从那个洞口探出身去看。她已经很消瘦了，但那个洞口对一个成人实在太小，只能把脑袋伸出去。于是，她整个人以一种异常艰难的姿势卡在那儿，但却丝毫没有松手的意思，仍奋力试图把唐思年拉上来，直到日本兵把整根布条都拽了下去。

松手的那一刻，徐文雨有了一种坠楼般的感觉，好像自己松开的并不是一根布条，而是实实在在的唐思年的身体，会在自己松手之后粉身碎骨血肉模糊。然后，她自己好像也从这个狭窄的洞口挣脱了出去，身在半空，飞快地往下坠，落地时发出"砰"的重重一声。

世界暗了下来。

当三浦把唐思年再次抱进囚室的时候，徐文雨真实地感觉到，命运再一次跟她开了一个玩笑。

门外传来响动的时候，几个女人都紧张了起来，不自觉地靠在一起，无一不感到失措。徐文澜甚至还攥了攥手里没来得及丢掉的玻璃条。徐文雨在慌乱中不忘嘱咐了一句："记住，这件事与你们无关，是我一人所为。"

等门开了，她们才看清是三浦抱着唐思年站在门外。他什么都没说，朝徐文雨投来一个安慰的眼神。再看他怀里的唐思年，脸上还挂着泪，却已经不哭了，也没有惊恐的表情，嘴里似乎在吃着什么。见了徐文雨，她扑棱着一只手，甜甜地喊着"妈妈"。

徐文雨一下弹坐起来，一切都反转得太快了，她有些不知所措，不知道发生了什么。

三浦走到她身边，轻轻地把唐思年放下，唐思年一下扑进徐文雨的怀里。徐文雨顾不上其他，流着泪紧紧抱住唐思年，像是抱住一件失而复得的宝贝。

三浦让她们母女情深了一会儿，才开口说："以后她要是闷了或者肚子饿，不必用这么危险的方式，让她来找我就行了。"说到这里，他蹲下来，捏了捏唐思年的小脸蛋，笑哄道："思年来找三浦哥哥，哥哥给你唱摇篮曲好不好？"

唐思年乖乖地"嗯"了一声，挂着泪的脸上又露出笑容，乌亮的眼睛一眨一眨的，可爱得紧。不知道为什么，方才还温温柔柔笑着的三浦，突然眼里闪现了泪花。

徐文雨看着眼前这个比自己还要小一些的日本兵，不知道他何以这样伤心，一时竟不知如何是好。倒是唐思年，往前倾了倾身体，伸出小小的手，胡乱又执着地要将他的眼泪拭去。

她努力又笨拙的模样一下逗笑了三浦。擦完眼泪，唐思年似乎又想起什么，在口袋里摸了半天，掏出一个东西递给三浦。三浦定睛一看，是一颗绿色的玻璃珠，表面已有许多破损，不知道她是从什么地方捡来的，但从她万分珍惜的样子来看，大概是她的宝贝。

三浦愣愣地看着那颗珠子，陷入了沉思。徐文澜看着他，想起上一次他给唐思年唱摇篮曲时，似乎也是这个样子，好像在想念着某个遥远的人。

过了好一会儿，他才回过神来，轻轻接过唐思年手里的珠子，温柔地道了谢，然后仿佛自言自语似的说道："我来中国前，惠子也给了我一颗玻璃珠。"

徐文澜此时走上前来，问他："惠子是谁？"

几乎是在听到这个名字的那一瞬间，三浦的脸上就浮现出了一丝不易察觉的微笑："我妹妹，比思年大一岁，你们想看看她吗？"

得到她们的点头回应后，三浦小心地将手伸进衣服的内层，掏了半天，终于掏出一张夹在士兵证里面的小小照片，上面的小女孩留着齐耳的短发，一双美目发着光，甜甜地微笑着。

唐思年见了，指了指，不知所谓地说了句："姐姐。"三浦又笑了。

徐文澜觉得自己之前的感觉是准确的，他和无数个突然被拉入战场的年轻人一样，也是某个人的儿子或哥哥，被迫离开了故土和亲人。徐文雨也开始明白，为何他在一开始就和其他日本兵不同，对她们投以了善意，因为唐思年令他想起了他远在日本的妹妹，让他不自觉地将对妹妹的想念转移到了唐思年的身上。

她想起方才和他在一起的其他士兵，心里隐隐感到紧张，问："今天晚上的事怎么办？"

"我刚才说了，以后她要是闷了，可以来找我们玩。"三浦重复了一遍。

徐文雨和徐文澜都有些不明白，一时愣住，不知他究竟是什么意思。倒是王凤霞反应快，赶紧笑着接上话："也是，外面打着仗，你们在这里也是无聊，有个小孩倒是很好玩，思年又是这样活泼可爱。"

三浦听了，冲她回了个笑脸，补充道："只是，明天这块玻璃还是得补起来，南京的冬天太冷了。"

徐文雨和徐文澜总算回过神来，连连点头。至于究竟是他们商量过后，决定将这次意外捂住以免背上失责之名，还是三浦私底下做了疏通和努力，又或是因为思年的乖巧可爱确实招来了他们的喜爱和宽容，也就没有必要再追究了。

只是，这场预谋许久的逃离大戏，在几经反转后，竟是以这样一个叫人哭笑不得的方式结尾，还是出乎所有人的意料。但无论如何，唐思年的回归都是一件幸事，并且在经过这惊险的一役之后，徐文雨彻底断了出逃的心，她无法再承受一次这样的冒险。

第十三章

　　这年南京的冬天似乎特别冷，在唐礼的印象里，徐宅从来没有这样阴冷过。想到冬天，他脑子里最先冒出的就是二十四小时烧着的暖炉和热气腾腾的鸭血粉丝汤，雪积得厚的时候，他和徐文雨徐文澜总会到院子里打雪仗，滚了一身雪仍然觉得全身热乎乎的。

　　印象里，徐文海和徐文江很少和他们玩闹，也许是因为总要有些兄长的样子。特别是徐文海，常年身体不好，哮喘和咳嗽在冬天发得厉害，连出门都很少。厨房里有专门给他煎药的灶台，后花园的树根底下也总出现熬过的中药渣，李叔说那是养土的好肥料。也许是因为常年吃药，徐文海的身上好像总有一股药香，走路时摆动长褂就会飘过来，唐礼很是喜欢。

　　徐文海念完书后便一直跟着徐明朝料理徐家的生意，但是他那副白皙瘦弱的样子，很难让人把他和商人联系起来，加上他又总戴一副圆边眼镜，说是文人倒更让人信服，而文人与病便十分相配了，像鲁迅郁达夫瞿秋白等人，都患有肺结核，这简直是一种被文人浪漫化了的病症。

关于他的爱情，唐礼只略知一点，知道他是在与爱人被拆散后无奈才娶了王凤霞，因此一直对这个强塞给他的妻子冷淡疏离。有一次，唐礼撞见徐文海坐在月下叹气，眼睛亮晶晶的，从那以后，唐礼便把他和罗曼蒂克联系在了一起，觉得他是一个在家族压制下失去了真爱的可怜人。

直到徐思国徐思华两个人出生，徐文海仿佛终于接受了自己的命运一般，开始像个成家的男人那样操持一切。在父亲和爷爷眼里，他一下稳重成熟了许多。对于王凤霞，他只是得过且过一般任由她存在，不再视若无睹，却也并没有给予更多温情。

唐礼几乎是很自然地就想起了这些，因为这间囚室里，现在只有他和徐文海以及两个男孩了。他们是最后的幸存者，但他不敢放松，从日本人喜怒无常的习性来看，这份幸运也许下一秒就会被打破。

一墙之隔，他无从知晓隔壁的状况，只能注意倾听各种动静，凭借猜测来还原可能的状况。那天清晨徐文澜和唐思年的尖叫就是这样一个信号，她们先是哭喊着徐文雨的名字，随后门外的日本兵窸窸窣窣地进来又出去，后来更多的人开始进入隔壁。他一下慌了，以为新一轮的审讯和屠杀又将开始，开始奋力地砸墙，可是等了半天，日本兵始终没有将他们带走。

等他弄明白徐文雨自杀的前后情况，她已经安然回到了囚室，准备起新的计划。

他们一直这样，因为信息的不通畅，对彼此状况的了解都是滞后的。有时候他甚至觉得自己希望日本人把他们一起带到广场，这样至少他还能看看徐文雨和唐思年，至少还能确认一番她的状况。但这个念头只冒出来一秒就被他掐断了，去广场已经成为上刑场的同义词，他看看身边剩下的人，再算算隔壁存活下来的女人，实在不知道徐家还能再失去谁。

想着这些，他觉得这个囚室越发的冷了，门窗都紧闭着，但似乎就是有风和寒气从四面八方钻进他的衣服、他的骨髓。

静寂的夜里，徐文海的呼吸一点点变得浊重和急促，每一声都好像要呛着自己一样。唐礼惊觉情况不妙，赶紧上前查看，发现徐文海浑身发热，似要咳嗽，喉头却被什么堵着似的咳不出来，只能发出蛇吐芯子一般的"嘶嘶"声，仿佛下一秒就要咽气，好不容易吐出一口，痰中还带着血。

唐礼心中一惊，撒手便要去喊人，才迈了两步却又停了下来。他就那么站了一会儿，又回过头来看了一眼，眼中神色复杂。他犹疑着，不知如何是好。

唐礼心里明白，按照徐文海眼下的症状，他所发之病多半是肺结核。这病症在全世界都肆虐，中国自然也不例外，上海防痨协会还曾出过一份报告称："上海十四岁以下的儿童，有百分之六十是感染肺痨病的；上海全体的人，感染肺痨病的有百分之八。"这让不少人惊恐不已。因为这病没有特效药物可以治疗，主要靠疗养。徐文海原先没有明显地发病，大概也是徐家一直好生疗养的关系。可如今在这虫生湿重的囚房里，受着身体和精神的双重折磨，病便很快发作了出来。

　　他的犹豫有着很分明的考虑，若是叫日本人知道徐文海有肺痨，多半会把他当作瘟疫一样清理掉，更遑论什么治疗了。

　　正在他不知所措的时候，徐文海遥遥地朝他伸出一只手，叫他过去，口中发出气若游丝的呼唤："唐礼，唐礼。"

　　唐礼听了，赶紧上前握住徐文海的手，见他面色潮红，额头冒汗，显然已经被疼痛折磨得难以忍受。"大哥，我在。"

　　徐文海努力地调整着自己的呼吸，以便将那些堵在喉头的话送出来，许久才断断续续地对唐礼说："唐礼，我……我快不行了。"

　　唐礼顿觉心里一痛，猛地摇头道："大哥，你别瞎说，你不会有事的。我们一定能出去，我们一起。"

　　徐文海苦笑着，声音好像飘在空中一样："你不用安慰我，我很清楚，对我这种病号，直接处理掉是最简便的选择。"

唐礼仍搂着他，一个劲道："不会的，我去求他们，我让他们给你抓药，你这病，只要养着便不会有事。"

徐文海听了这话，不知为何呜咽了起来，他将头半埋在唐礼胸前，低低地哭诉道："唐礼，大哥不想死，就算是如今这样的世道，我也不想死，我想活着……"

唐礼一时手足无措，不知如何安慰他，因为徐文海的悲与痛显然不是自己安慰得了的。在这样的环境下，无论怎样的人，都会显出性子里最真实的一面，而活着，更是其中最基础的本能。

这句话仿佛耗费了徐文海大半的元气，说完之后，他往徐思国徐思华的方向看了一眼，停顿许久才缓缓继续道："可是我知道，我是不可能活下去的了。你若是有机会，帮我转告文雨，下次日本人再让她选，就选我吧。不能动孩子，千万不能动孩子啊……"

唐礼的眼泪也被徐文海逼了出来，他一句话也说不出口，只能猛地点头。

徐文海又顿了顿，半晌之后，他原本的呜咽变成了痛哭，两行热泪从他凹陷的眼窝里流了下来。他像个小孩一样抱住了唐礼，口里含糊不清地说道："只是，我们徐家真就这样没了吗？一切都没了吗？我不甘心，我不甘心啊！"

这是唐礼在继那次月夜之后再一次看到徐文海哭，但这一次，是罗曼蒂克的消亡。

然而，他们都不知道，准备好将自己交出去的，并非只有徐文海一个人。

陈妍在被关进来的第一天就清点好了自己的一生，从女儿时代到嫁进徐家，再到生下徐文澜，一切都是如此顺遂和自然。生活没有给她带来过什么波澜，但同时也没有给过她太多的欲望。这种平和，大概是她多年信佛的结果，她对一切都看得开，这种态度让她在面对战争、关押、亲人离去这一系列变故时，成了徐家最淡定的一个。

在牢房里的每一天，她都仍然坚持念经数珠，与往日无异，甚至比往日更加虔诚和频繁。徐家人死去的画面总是时不时出现在她脑海里，为了将它们驱散，她不得不将全部注意力都放在手上的串珠和已经背诵过千遍的经文之中。她还没有想到超度这一层，只是用她的方式不让自己发疯，她知道这牢里的每一个人都在用自己的方式不让自己发疯。

在日本人再一次进来之前，她感到自己已经做好了全部准备。

王凤霞没有准备好，她看着日本人时眼神里的紧张，以及看着徐文雨时眼神里的哀求都证明了这一点。徐文雨也没有准备好，事实上，她永远也不可能在选择一个人去死这件事上做好准备。至于女儿徐文澜，更加没有准备好，这和个人意志无关，而是一个母亲的底线，女儿还这样年轻，她的人生还什么都没有经历，她不能就这样去死。

所以，当日本兵再次打开牢门，在徐文雨陷入痛苦的两难挣扎，徐文澜和王凤霞不知所措时，一直坐在角落默不作声的陈妍站了起来，弱弱地喊了一声"文雨"，然后收好手中那串从不肯离手的佛珠，一脸平静地走到她身边。陈妍握住了徐文雨的手，用力又握了一次，像是在确定和强调。

"文雨，你告诉他们，这次你选我。"陈妍的声音听不出任何起伏，她的脸上甚至微微地透着一点笑意，就是那种笃定的、胸有成竹的准备，她为自己的赴死感到轻松。

徐文澜惊恐地喊了一声"妈"，快步上前，用双手紧紧地将陈妍箍住，像是要用这个动作叫她不能动弹。

徐文雨和王凤霞同样满脸震惊，一时完全说不出话来。

陈妍仍是一脸云淡风轻的表情。她先是将手轻轻搭在徐文澜手上，好像要安抚她一般，然后慢慢地加重着力道，直到将徐文澜的手掰开。徐文澜连连摇头，眼泪汹涌而出。陈妍宽慰地冲她点点头，温柔又决绝地将她推到一边，再次将目光锁定在徐文雨身上。

徐文雨感到那目光里充满不可拒绝的坚定，在那目光的注视下，她突然失去了挣扎的力量，好像被蛊惑了一样，一步步朝陈妍走过去。

"文雨，你答应我吧。你看看这屋里剩下的人，哪个你下得了手？我一辈子吃斋念佛，我相信轮回往生，我不怕死，我这辈子没有做过恶事，没有害过人，就算死了下辈子也会去好地方。"陈妍的声音柔柔的，平平的，充满了悲悯，如果菩萨会说话，也许就是这样的声音。她与其说是在请求徐文雨，不如说是在说服她。

徐文澜又冲了上来，拽住陈妍的手臂，泣不成声道："不行，谁知道他们叫文雨去干什么？也许只是问话呢？谁说就是要圈人了？上次大嫂被叫去，不也好好地回来了吗？"

徐文澜从小被盛赞的逻辑能力在这样生死攸关的时刻仍然保持得很好，但她可能自己都忘了，如今的世界早已失去了逻辑和理性，只剩下疯狂和失序。

突然的提及让王凤霞有些措手不及，她连带着想起上次中野的承诺，但那承诺并不能成为一张保票，像今天这样随时的杀戮谁也不知道还会持续多久，而自己的丈夫和孩子也不知能否支撑到那一刻。她胡乱地想着这些，失神地回了一句："是啊。"

陈妍自然没有把这安慰的话当真，她轻轻地摇了摇头，仿佛是对她们也仿佛是对自己说道："别傻了，我们都知道这是迟早的事。"说完这句，她的脸上终于褪去了那种全然的镇定，转而浮上一层真实的哀切。她迫切地看向徐文雨，哽咽了起来："只是文雨，别选文澜好吗？她是你妹妹，你们从小一起长起来的，不是吗？她还那么年轻，正是花一样的年纪，她还没有恋爱没有结婚，无论如何不要选她，你答应我，好吗？"

至此，徐文澜终于崩溃大哭。

徐文雨一句话也说不出来，只能一个劲儿地点头，但她心里清楚，这只是一个无意义的承诺，因为剑在别人手上，她能保证什么呢？她甚至往更可怕的方向想：如果最后真的只剩下徐文澜和唐思年，她真能遵守承诺，放弃自己的女儿吗？

她紧紧地闭上眼，这样的抉择，连想一下都让她觉得五内俱焚。

得到允诺的陈妍感到略为放心，也许并不那么放心，但人之将死，无论是保证的人还是得到保证的人，都不该计较太多，尤其是当他们都是善良的人时，尤其是当他们身陷囹圄时。

陈妍再次牵起徐义澜的手，把那串已经有些磨损却又异常光亮的佛珠交给了她，然后紧紧将她的手合了起来。对陈妍这样一个对物质甚至生活都没有太多欲望的人来说，如果有什么要留给自己的女儿，大概就只有这个了，因为它代表着她的精神和信仰。她对徐文澜说："觉得撑不下去的时候，就数数这串珠子，它会带给你平静。你不用太难过，我早就把生死看开了，死不过是另一个轮回。"

年轻的徐文澜也许很难理解，生命在她看来是重的，但对母亲来说却好像轻飘飘的，重的只是肉身而已。但一切都来不及了，在她能够理解之前，她的母亲就要离开她了。

陈妍甩开了徐文澜，镇定自若地走到门口的日本兵面前，说道："徐小姐已经做好了选择。"

囚室的门被关上时，徐文澜感到自己被震了一震，她仿佛一下失去力气，整个人坐倒在地。手中的串珠砸在地上，珠线一下断开，圆润的珠子仿佛荷叶上的水珠一样，滚动着向四方散去，像极了他们整个家族的命运。

下一个掉落的珠子很快也出现了，是徐文海。

也许是某个守卫做了报告，也许是每日探视的士兵发现了异样，总之囚室里关了个肺结核犯人的消息，很快就在日本兵中间传开了，随后便传到了中野那里。中野最近一直在跟着藤原清志忙那支失联国民党军队的事，甚少顾及徐家，也无意拿它去烦扰已经焦头烂额的藤原清志，便直接让下面的人自己处理。

那时的南京城里，几十万尸体堆积成山，尽管是冬天，可若是不能及时处理，等到尸体开始腐烂，疾病便会滋生。在这样的情况下，徐家像一个小安全岛一样护佑着这群占领的日本兵，他们不可能允许有人将肺结核这种传染性极强的疾病留在里面，况且，徐宅里不仅有普通的日本兵，谍报部的军官们都在这里生活以及办公，如果真的传染开来，后果不堪设想。

处理是必然的，至于处理方式，可以是隔离，也可以是清理，而后者比前者简单一百倍。

等到日本兵戴着口罩和手套进来，唐礼瞬间明白了是怎么回事，可是嘴上仍然强撑着质问道："你们要干什么？"

被关之后，他已经记不起自己究竟说过多少次这句话，从最初的震惊和愤怒到现在的无力，他并不是真的不知道他们要干什么，而是确实地知道但什么也做不了，便只能用这种方式表达和加强自己的控诉，而后果常常是可见的惨烈。

他们上前架住徐文海，要把他往外推，徐文海跟几日前相比已经越发虚弱，这会儿一被折腾，更是剧烈地咳喘起来。几个拉他的日本兵忌惮地皱了皱眉，嫌弃地将头扭到一边，其中一个竟还没有忘记回答唐礼："处理病患，他有肺结核，他在这里，你们也得死。"

也许是不想再在这个被肺结核污染的空间多待下去，他们决定不再耽搁，将徐文海放倒在地上，一人拉着他的一只胳膊，试图直接往外拖曳。

唐礼将两个哇哇大叫着"爹"的男孩拉到身后，顾不上安置他们便往前冲，还朝徐文海大叫着："大哥，大哥——"

这声音穿过厚厚的墙壁传到女室这边时，已经弱了许多，沉浸在伤心之中的徐文澜甚至根本没有注意到。最先听见的是王凤霞，她原本安静地坐着，这会儿突然腾地跳起来，扑到墙边贴紧耳朵，还不忘叫徐文雨和徐文澜不要发出声音。

　　那边隐约传来动静和人声，可她听得并不分明，她拉过徐文雨，叫她分辨："是不是唐礼在喊文海？"

　　徐文雨也贴墙听了一会儿，说："确实像是唐礼在喊大哥。"

　　得到佐证的王凤霞一下就慌了，一边嘟囔着"一定是文海出事了"，一边奋力地砸着墙壁，尖厉地叫喊起来："文海！文海！你怎么了？"

　　徐文澜这时也从床上翻身下来，和她们一起挤在墙边。

　　她们又捶又叫了好一会儿，始终没有取得注意。王凤霞忽然停了下来，转身看向门口，拎起室内唯一的一条木凳，狠狠地朝门砸去。挂了锁的门顿时哐哐直响，动静大了许多。她仍不肯罢休，又跑到门前，徒手一下又一下地捶着，本就已经出血的双手顿时一片血红。

　　她泼妇一样地大声叫骂，将她此生习得的全部污言秽语都抖了出来，终于招来了日本兵。他们把门打开，把要往外冲的王凤霞死死扣住，大声叫嚷着要她闭嘴。

　　就在这个时候，徐文雨透过打开的房门看到了中野，他身边还有一个身材跟他相似的日本军官。只是她刚瞟了一眼，那人就迅疾地转过身去，只留下一个模糊的侧影，飞快地躲开了。

徐文雨觉得那个人影有些熟悉，但一时想不起来是谁。情况紧急，她顾不上许多，趁着眼前的混乱局面，拨开那几个日本兵冲到中野面前，甚至顾不上得不得体，一把抓住了他的手，急切地恳求道："中野先生，我大哥出事了，求你让我们去看一眼。"

这是一个没有经过深思熟虑的举动，但徐文雨却这样做了。也许是因为她隐隐觉得中野会帮忙，这种"印象"，来自他在之前几次提审中的某些瞬间透出的和善，让徐文雨觉得他并不是一个像山崎一样的杀人恶魔。

她突然冲出来，用瘦削的手紧紧攥住中野，力气大到中野有些吃惊，让他一时不知如何是好。他求救似的左右顾盼了一下，好像要寻求什么人的意见，然后又看着徐文雨，神色犹豫。

这么僵持了一会儿之后，他还是掰开了徐文雨的手，叮嘱了一句"先不要动"，然后快步往外面跑去。大约过了几分钟，他又进来了，看了一眼徐文雨，让堵在女室门口的日本兵散开，指了指一旁的男室说："让她们进去。"

得到许可的王凤霞和徐文雨几乎是冲进了男室，徐文澜也赶紧拉上唐思年跟了过来。

一进男室，王凤霞便扑到徐文海身边，又搂住两个朝她奔来的孩子，几个人瞬间哭成一团。

徐文海已经奄奄一息。他被拉拽过的身体扭曲着瘫在地上，嘴角残留着一点未干的唾沫。见了王凤霞，他不知为何倒笑了起来，眼里透出了一点神采："凤霞，你来了。"

王凤霞紧紧握住他的手，声音颤抖，任谁听了都知道她是真的怕："文海，我来了，你放心，我们一家人都在一起。"

徐文海仍是笑着，却又一个劲摇头。他回握住王凤霞的手，歉疚地说："这些年，对不住你了，明明不是你的错，我却把一切都怪在你身上。是我自私，没能好好善待你。"

王凤霞说不出话，只是疯狂地摇头。

"你不怪我吧？"似乎是累了，徐文海歇了一口气，才继续问道。

王凤霞泪眼婆娑，侧过脑袋靠在徐文海的怀里，难得地显露出温柔的一面。她哽咽着说："以前家里的下人总背着我说，能嫁给你是我修了八辈子修来的，现在我知道了，这辈子能嫁给你就是我修来的，我一点也不后悔。谢谢你娶我，谢谢你给了我两个这么好的孩子。"她边说边把徐思国和徐思华也搂了过来。

在场的人无不动容，徐文雨再也支撑不住，摇摇晃晃地靠在唐礼肩上，唐思年也攀到了他的怀里。一家人在时隔许久后终于再次站在了一起，虽然物换星移，无比仓皇，却也是这乱世中巨大的安慰了。

经过这段时间的折磨，唐礼发觉徐文雨已经仪态全无，整个人的神魄似乎都散了，没有一点昔日的光彩；身子单薄得如同一张纸片，好像一阵轻风就能把她吹走；想必是受了不少苦。这样想着，他不禁无比心疼。

但他同时也惊异地发现，徐文雨的脸上、眼里，多了些往日不曾有过的坚毅之色，好像她再不是那个需要他时刻呵护的柔弱女子了。

一旁的徐文澜心中酸楚，她看着眼前这两个小家的重聚，感到自己从此是世间的一颗孤星，这场战乱叫她失去了一切，连残骸也不曾留下。

唐礼似是注意到了徐文澜的失落，遥遥地叫了她一声"文澜"。她只当作没有听见。她既不想叫自己显得可怜，也不愿搅了这短暂的幸福。

徐文海和王凤霞说了一会儿，觉得精神渐渐不济，身上越发地热了，什么东西在眼前烧起来似的，让他感到一片模糊。他勉强振作起一点精神，朝徐文雨招了招手，示意她过来。

徐文雨赶紧来到他身旁蹲下。徐文海此时已经神志不清，只无力地握着徐文雨的手，含混地说道："文雨，大哥不想离开这个世界，可是我心里明白，我时日无多……时日无多了。

如果日本人再让你选，你不要为难，就选我吧，我不会怪你，没有人会怪你，我……我知道你才是最苦的那个……"

徐文雨泣不成声，崩溃到几乎要趴在徐文海的身上。这崩溃里除了有对大哥死亡的感知，更多的是她觉得自己被理解了。一直以来，作为这个游戏的"引爆者"，她背负了太多太多的罪恶和自责，现在她最亲的人告诉她"没有人会怪你""你才是最苦的那个"，她一下子再也撑不住了，就像一件受到剧烈震动的瓷器一样，细密地碎裂了开来。

徐文海还想招呼唐礼过来，再叮嘱他几句，但看不清唐礼站在哪里；他又想张口喊唐礼，却发现自己已经发不出声音来了。他于是知道，自己的时间到了，便再未挣扎，安静了下来，脸上浮出了一个浅浅的笑，好像对死前的情状感到了满意。随后，他那只握着王凤霞的手脱开了，无声地垂了下去。

他去了。

王凤霞却将那手重又抓了起来，紧紧放在心口。她意外地没有大哭，只是靠在一点点变冷的丈夫的身体边上，长久地没有离开。

很快，所有人都加入到了这场悲怆的送别之中。所有人都感到了命运的震颤，徐家正以一种不可阻挡的方式凋零着。

那天晚上，徐文雨久久地无法入睡。她翻身起来，继续在墙上刻着栀子花，刻完之后，她愣愣地看着那面已经开满了栀子花的花墙，感觉不可思议。她原本是想用这个来计算时岁，可渐渐地早已分不清今夕何夕，也许在这暗无天日的地方，时间就该是错乱的。

她在黑暗中冥想了片刻，扭头盯着那扇总是出现人影的窗户，这个时间那里什么都没有，一切模糊了起来。她又做起梦，灿烂的阳光下，一片海浪般的栀子花，突然，原本艳阳高照的天气变成狂风暴雨，那些粉白的花瓣在风雨里猛烈地摇晃着，一片片剥落，最终全部混进了泥水之中。

她不敢醒过来。

第十四章

　　藤原清志自接了寻找失踪国民党部队的任务，便忙得团团转。他收到过几次"可靠"的情报，有的最后被证实并不那么"可靠"，有的还未安排抓捕就被反侦察所破，真正到现场抓捕的只有一次，两名犯人还在押送的过程中自杀了。谍报科的信息能到达他这一层，通常已经经过层层确认，可即便如此，还是屡次受挫，说明这支队伍确实不一般。

　　与此同时，他也承受着来自父亲和上级的巨大压力。父亲在电话里跟他说："只要南京还有一支隐藏的国民党队伍，便不算真正攻下。"

　　在探查的过程中，他见到了一些他从来只是听说但从未亲眼看见的场面。

　　比如强奸。

那是一个日本兵驻地，他到的时候是白天，里面的一排房门都紧闭着。每个房门外面都排着长龙，外面的人不断地催促着里面的人快一点。房间里面，女人的哭声和男人的叫声此起彼伏。每隔几分钟，那些紧闭的门会打开一次，一个个衣冠不整的士兵带着心满意足的笑容从里面走出来，招呼下一个赶紧进去。藤原清志透过门缝看见了里面的情景，一条木椅上歪着一个裸露着身体的、已经被折磨得奄奄一息的女人。

有一个瞬间，他觉得里面那个赤身裸体的女人好像也看见了他，她抬起头来，朝他射来一道冰冷而仇恨的目光，然后狠狠地啐了他一口。

他觉得有些恶心，喉头里有什么东西在翻涌。

还有杀人。

他亲眼见到了自己的军队是怎么批量处死战俘的。在一片空地的中央，一群人被绑在一起，惊恐地看着架在他们面前的机枪。机枪后方，士兵们蒙着眼睛，调侃着谁的枪法更准，谁能一次杀死更多的人，然后将那些被俘的中国士兵像猪猡一样杀死。

他突然想到徐家的广场，想到自己设计的那个游戏，再看看面前这些日本士兵的脸，他觉得自己跟他们并无区别。

无论如何，因为这方方面面的牵扯，他对徐宅里仍在进行的一切感到力不从心，渐渐地不再跟进那个"游戏"的进度，只偶尔听中野或山崎说起似乎谁又死了。这种讯息对他们来说，就好像"早上好"这种毫无意义、叫人完全不在意的日常对话一样，在出口的那一刻就消弭在了空气里，再不会引起任何讨论。

徐文海死去那天晚上的情况叫他心惊，只差一点，徐文雨就撞见他了。躲在外面等待屋里的一切平息时，他在夜色里突然感到困惑，他怀疑自己所做的一切是否真的有意义。他越来越不敢面对她了，那么等到一切终结，难道他就敢站在她面前吗？

这些混乱的思绪，连同南京弥漫不散的硝烟以及浓重的夜色，一起压在了他身上，让他感到微微窒息。

1938年1月30日，藤原清志一早便被请去日本大使馆参加聚会，这一天，是中国的除夕，前几日下的雪还未融化干净，覆盖着南京这座被破坏的城市，简直要让人怀疑无事发生。只是空气中不时传来的尸体的恶臭，仍在清醒地提醒着所有人，这座城市刚刚经历过巨大的杀戮。

在去使馆的路上，藤原清志想起元旦那日的迎新庆典，也许该叫作"南京入城式"。那场庆典华丽而招摇，他们把攻入中华门的坦克装扮了起来，又从南京郊外砍来松枝，搭起日本人过年用的"门松"。橘子、海带、鱿鱼干和日式大酱等各种新年物品也从日本国内运来了，所有官兵举着斟满清酒的酒杯，伴随着激昂的乐曲，一遍遍地高呼"天皇万岁"。那是无比欢乐的一天，但他不知为何一直神思游离，仿佛丝毫无法和他的同胞们分享胜利的喜悦。

想到这里，他不禁有些惶然，扭头望向车窗外的南京街头。店铺大多已经闭市，只有少数价格高得离谱的年货供应，绝不是普通人可以承受的。但从少许市民脸上欢欣的神色来看，他们依然对春节充满了期盼。那种欢欣他是熟悉的，因为他也曾在南京度过了许多个春节，充分理解中国人对这一天的重视，无论环境多么恶劣，年总是要好好过的，这是属于中国人的执着的乐观。那时候，每次过了除夕，大年初一的那一天，南京城里处处都是爆竹和烟花声。徐天庸跟他解释说，这是因为爆竹在中国人的春节传说中具有驱鬼的作用，人们希望通过放爆竹换来丰衣足食，阖家幸福。

可谁能想到，在今年，迎接南京春节的不再是喜庆的爆竹声，而是无尽的轰炸和枪弹声呢？

今早出门时，看着一片晦暗的徐宅，他感到了隐隐的不忍，嘱咐下属从徐家的储物间里找些过年的物件出来，稍微装点一下，如果有红灯笼之类的，也给男女囚室各送几个过去。下属翻了半天，好歹翻出几个破旧的年字灯笼，给囚室送了去。几个孩子高兴得不行，一众大人却在那抹黯淡的红色里心酸不已。也许，他们也和藤原清志一样，想起了那些人不是物已非的过往。

藤原清志感到了一种残忍，于是及时停下了不断蔓延的思绪，事到如今，他连回忆也不能承受了。

当天的聚会他仍然兴趣缺缺。席间，同僚们畅谈并攀比着各自的杀人和强奸"战绩"，不时传来阵阵笑声。他强忍着不适，一言不发地听着，好不容易吃完午饭，他便以公务之名辞别，拒绝参加下午和晚上的活动。

他觉得自己重新陷入了一种熟悉的消沉状态里，这种状态曾让他的母亲付出了性命的代价。他自然感到了对母亲的某种辜负，可是那种感觉仍然不断地往上翻涌，那就是：他为什么要在这里？这场战争到底有什么意义？

车子缓缓抵达徐家，还未驶进大门，他便隐隐约约听见广场那边传来一阵欢快的嬉闹声，其间夹杂着孩子稚嫩的奶音和清脆的笑声。他的心猛地刺痛了一下，那个广场的所在就是徐家原来的花园，他和徐文雨、唐礼还有徐文澜，曾在那片草地上发出过同样的欢笑，也曾在某个除夕之夜伫立在那里欣赏满城的烟火。而自他们搬进来之后，这片广场上留下的似乎只有死一般的沉寂，以及不时打破这沉寂的枪声。现在，居然有人在这片已经被诅咒过的土地上欢笑，他感到不可思议。

他摇下车窗，朝那声音的发出地望过去，只见几个士兵正围着一个三四岁的小女孩，其中一个捂着她的耳朵，离他们不远的地方，另一个士兵正半退半进地点着不知从哪里弄来的烟火。他们的脸上无不透着真诚的快乐，藤原清志已经记不起他有多久没在一个人的脸上看到这种表情了。也许，这样一个天真无邪的小人儿，可以叫他们暂时忘记外面的战争，成为这无聊人生里的一点安慰。

除了清脆稚嫩的声音，那个孩子还有一张漂亮的脸蛋，以及镶嵌在那漂亮脸蛋上的一双大眼睛。随着烟火的升起，她的眼里放出惊喜的光亮，银铃般的笑声再次传来。她和几个士兵玩闹追逐着，步履之间皆是可爱的姿态。藤原清志想起那张在徐文雨房间里发现的照片，终于恍然大悟，这是徐文雨的孩子，他曾见过的。他的胸中顿时涌起一股复杂的感情，这个孩子是一个残忍的提醒，提醒着徐文雨对他的背叛。

车子经过时，以三浦为首的几个士兵仿佛被撞破了什么秘密一般，倏地停下了玩乐，匆忙将唐思年藏在了身后，朝车窗里的藤原清志恭敬地行了一个军礼。在藤原清志朝他们微微颔首回礼时，唐思年突然从三浦的身后探出脑袋来，新奇地看着车里那个身穿军装一脸肃穆的人，感到十分惊异，似乎不明白为什么那个人一来，那些刚才还在陪她玩闹的哥哥瞬间就紧张了起来。

藤原清志看到了她，那样小的一个人，瑟缩在三浦的后面，扑闪的眼睛里全是新鲜和好奇，让他一下子想起自己第一次走进这座房子时，徐文雨朝他投射过来的眼神，简直太像了。

在他因为过于痛苦而不得不把目光收回来时，他无意中瞥见了唐思年抱在三浦腿上的手，准确地说，不是手，而是她的袖口。在唐思年长袄的袖口处，绣着两朵盛放的栀子花，细密的针脚让它在牢狱的磨损之后依然完好，只是因为长久没有替换而显得脏兮兮的。

藤原清志不由得内心一动，那栀子花的图案，和当初徐文雨送给自己那条丝帕上的一模一样。他确信自己没有看错，在过去的上千个日日夜夜里，他已经将那块帕子上的每一处细节都熟记于心。

他下意识地喊了停车，下车来到三浦他们面前，用眼神示意了一下三浦身后的唐思年，问道："怎么回事？"

几个人顿时吓得脸色发白，自觉闯了大祸，一时都不敢吱声。最后还是三浦鼓足勇气，上前答道："我看大家烦闷无聊，这孩子又活泼可爱，每天关在里面实在可怜，今天又是除夕，所以将她带了出来放风，预备一会儿就送回去。请大佐处罚。"

跟在藤原清志旁边的中野首先训斥了起来，三浦他们只是低眉顺耳地听着，不敢多言，只等着藤原清志发话。

然而藤原清志只是语气和缓地问了一句："你将她带出来，

她的母亲没有阻止吗？"

三浦惊讶地看了他一眼，感觉这位长官似乎意不在处罚或训诫他们，而是将注意力放在了另外一些事物之上，倒让他有些不知所措，顿时磕磕巴巴起来："是，我同那位徐……我同她母亲说好天黑之前将她送回去。"

"她竟然相信你？"藤原清志大惑不解。

三浦又瞟了他一眼，本能地担心他是误会自己与这个被关押的中国女人有私下的瓜葛，直到确信他是单纯的疑惑，并不带其他意思，才小心地说："是。"

藤原清志再没说话，他站在那里，有些失落地看着三浦，竟感到一丝微妙的嫉妒。徐文雨居然信任他手下一个最底层的士兵，愿意将她最珍视的女儿交到他手里，而自己是绝对没有获得同等对待的信心的，否则也不会到现在还不敢与她碰面。

他在原地思考了一会儿，回头嘱咐中野去车里拿一条军用的毛毯。待中野不明所以地将东西拿来之后，他在三浦身边蹲了下来，看了唐思年一会儿，然后将她用毯子包了起来，默不作声地抱上了车。整个过程中，唐思年意外地完全没有挣扎，只是专注而懵懂地看着藤原清志，任由他抱着，仿佛认定了这个人不会伤害自己一样。

三浦却一下慌了，唐思年这样被半道截走，他要如何跟徐文雨交代呢？即使在其他士兵看来，无论他们如何处理唐思年，最终会不会将唐思年带回去，都并不需要向他们的犯人交代，但三浦无法安心，他答应过徐文雨的。

藤原清志似乎看穿了这一点，在摇上车窗之前，他淡然地对三浦说道："天黑之前会将她送回去的。"

他自己也无法解释为什么要这样做，为什么他对那双一眨一眨的眼睛有一种天然的亲近感，为什么他在面对这个徐文雨和唐礼的小孩时感到的疼惜多过愤怒。他看着那双和徐文雨一样清亮的眼睛，痛苦地接受了自己对徐文雨仍然怀有某种不死的柔情。

藤原清志把唐思年抱进自己的卧室。刚一进门，唐思年便叫喊起来："这是我妈妈的房间！"

听了这话的藤原清志有些恍惚，稍稍停顿了片刻，然后顺着她的话说："是的，这是你妈妈的房间。"

"你什么时候把房间还给她？我们现在住的地方很臭，妈妈喜欢香香的。"唐思年目光灼灼地看着他，眼里全是天真的稚气。

藤原清志突然不知道该怎么回答，他已经是既定的掠夺者，把她生命中珍贵的一切都夺走了，在中日战争开始的那一秒，在他决定进行那个荒唐的游戏的那一秒，他已经永远无法和她再站在同一边。他们之间的关系，就像一张揉皱的纸，再怎么平复，也不可能如初。

眼前站着的，是他最爱的女人和别人的孩子，他应该恨她，可是，当他直视着她那双可怜又可爱的眼睛时，他却莫名地被打动了。一种来自孩童的无邪涤荡着他，这个灵动而娇小的小人儿，几乎要占有他的心。他怀疑自己是在她身上看到了徐文雨的影子，但又似乎不是，似乎还有更多的别的什么。

他投降了，他向一个孩子屈服了。

他命人给她洗了脸，在准备给她换衣服的时候，他突然鬼使神差地想要给她穿上和服。他可能陷入了一种假想，想象这个孩子是他的孩子，想象他的孩子穿上和服的样子。他被这个念头搅扰得有些激动，可这当下，哪里去找小孩子的和服呢？

他想到徐家原本就是做的丝绸生意，家里布匹绸缎之类的应该不少，便差人翻找出来。面对那堆艳丽的布料，他突然来了兴致，拒绝了属下的提议，决意亲自动手为这个孩子制作一件和服。他的手法当然不能和裁缝的专业手工相比，但此种境况下，若是不追求精工细作，粗浅弄一下绑一下倒也不难。

藤原清志大致裁剪了几块衣身，一层层给唐思年裹上，又找来一根宽大的绸带将唐思年的腰身一绑，虽然粗略不堪，倒也真有几分和服的样子。在给她穿戴的过程中，藤原清志感受到一种许久没有出现过的温柔的情感，仿佛眼前这个小姑娘就是自己疼爱有加的女儿一般，自己甚至愿意为她展现出与军官身份如此不符的纤细一面。

　　他看着眼前被自己胡乱包裹起来的唐思年，惊讶于和服在她身上的浑然天成，好像她骨子里流淌着日本的血液一般。他感到满意。

　　他又给她端来了点心，是部队里的春节特供，从日本运来的。唐思年已经太久没有吃到甜的东西了，本能地咽了咽口水，却又好像有着什么顾虑，盯了半天才小声说："妈妈说不能随便吃别人的东西。"

　　藤原清志似乎是被这童言稚语逗乐了，脸上下意识地浮出了笑意，他摸了摸她的头，柔声道："今天是除夕，除夕应该吃好吃的。"

　　这话轻而易举地打破了唐思年的顾虑，她顿时抓过点心狼吞虎咽起来。藤原清志坐在她对面，以一种自己都没有察觉的温柔看着她。他好像理解了那几个士兵为什么会将她带出来，她似乎天生就有着让人喜爱、让人变得柔软的能力，而这种珍贵的人类情感，在旷日持久的战争中已经快要消失殆尽。

　　孩子就是孩子，送来衣服就乖乖穿上，拿到吃的就往嘴里送。她的心里没有戒备，没有壁垒，单纯得就像他在文学里最初领会到的至美境界。他甚至有一点想哭，他未曾想过，自己竟会在一个孩子身上寻回如此久违的东西。

　　藤原清志不忍再看她清明的眼，将目光转移到她身边刚换下的旧衣服上。他摸了摸袖口的那朵栀子花，轻声问道："这是谁给你绣的？"

唐思年吃着东西，仍不忘奶声奶气地回答："妈妈，妈妈最喜欢栀子花。"

他想起上次徐文雨自杀时在墙上留下的栀子花，它曾经撩动过他，让他有过她还爱自己的错觉，再次听到，他仍忍不住心里一阵震颤，栀子花于他，意味着纯洁的矢志不渝的爱，那对她呢？她真的还记得自己吗？

他努力按压住内心翻涌的情绪，又问她："你叫什么名字？"

"唐思年。"她一字一顿地清楚吐出了这几个字。

这是一个猝不及防的提醒，藤原清志再一次想起她不仅是徐文雨的孩子，还是唐礼的。想到唐礼，他心中的愤懑和不甘似乎又隐隐生了出来，他想到那个以唐礼为目标的游戏，想到唐礼无害的脸，那种无害让唐礼成为一个好人；可他厌恶这种好，这种好以一种他不愿意承认的方式反向加重了他的恶。

许多次，他都在唐礼看不见的地方远远地看着对方，心里升起莫名的愤恨，对这个他曾敬爱的兄长，如今他只剩下无法自控的恨意。

他愣了一会儿才回过神，有些低落地重复了一遍："唐思年。"

唐思年点点头，咽下嘴里的东西，又补充道："妈妈说思年等于思念，妈妈在思念一个人。"

那一刻，藤原清志觉得自己几乎要迸出泪来。徐文雨说她在思念一个人，是如同他在日本思念着她一样的思念吗？她思念的人有可能是自己吗？

他顾不上自持，激动地握住唐思年瘦弱的双肩追问道："那你妈妈有没有跟你提过一个日本叔叔？"

唐思年被他晃得有些发蒙，木然地摇摇头："大家都说日本人是我们的仇人，叔叔你是日本人吗？你是我们的仇人吗？"

她问得如此诚挚，如此无邪，闪动的大眼睛似是在询问他，也似是在洗刷他。他感到自己无法承受这样的目光，也无法回答这个关于他身份的简单提问，于是赶紧转过身去。

唐思年在他身后呆呆地望着，好一会儿才说："叔叔你在哭吗？"

藤原清志忽然就笑了，他回过身来，重新扶住唐思年的肩，摸了摸她的头说："没有，大人是不会哭的。"

他又问唐思年会不会背诗，唐思年说会，说完便摇头晃脑地给他背了一首《静夜思》，高低起伏，抑扬顿挫。在她有限的记忆里，大人如果这样问，一定是要考她。

藤原清志出神地听完，愣了一会儿才说："叔叔也会背中国的诗，你想听吗？"

唐思年认真地点点头说："想。"

"若有人兮天一方，忠为衣兮信为裳。"这是徐文雨送他的丝帕上的诗。对他来说，它们早已超过了诗歌本身的定义，甚至也超过了信物和诺言的定义；长久以来，它们烙刻在他的神经里，几乎成了他信仰的一部分。

这诗对年幼的唐思年来说到底过于困难了，她睁着懵懂的眼问他："它是什么意思？"

"它的意思是说，如果有一天我们分开了，我们仍然会相信对方，忠于对方。"即使过了这么多年，藤原清志仍然觉得这句诗有着世界上最美的意义，他再一次感到了心动。

"那不分开不就可以了吗？"

唐思年的天真让藤原清志一下子苦笑出来，他不再解释，把唐思年抱起放在膝盖上，柔声问她："你想学吗？"

唐思年仍是乖巧地点头。

"若有人兮……"

"若有人兮……"

"天一方……"

"天一方……"

"忠为衣兮……"

"忠为衣兮……"

"信为裳。"

"信为裳。"

“连起来念一遍。”

“若有人兮天一方，忠为衣兮信为裳。”

当唐思年最后断断续续地把这十四个字从嘴里一点点吐出来时，藤原清志突然紧紧地抱住了她，那一刻，他们的身份好像倒了过来，他把自己的头埋在她小小的胸前，像一个受尽委屈寻求安慰的孩子，压抑地、呜咽地、直白地哭了起来。让他哭泣的，是一种他自己都无法言明的情绪，它太复杂也太沉重了，已经压迫了他许久。他一直在与它争斗，却始终无法与它和解，也许永远也无法与它和解。

他感到自己毁掉了一切。

把唐思年送回囚室前，藤原清志又给她包了许多巧克力和糖果，又特意嘱咐下属给囚室也送一份年夜饭，另外还下了不准动小孩的禁令。他明显地感觉到了自己的变化，如今他不仅想要徐文雨活下来，对于这个他原本愤恨的孩子，也生出了怜悯和垂爱。他不知道自己是怎么了。

三浦没有及时将唐思年送回来，徐文雨本来有些担心，正胡思乱想，唐思年穿着一身崭新的和服出现在了门口。她在松了口气的同时，一眼便注意到了她身上的衣服和手里的食物。她有些心惊，问她怎么回事，唐思年还没有放下手里的东西，便兴高采烈地报告：“叔叔给的。”

"三浦叔叔吗？"徐文雨总算有些放心。

"不是，另一个叔叔，他带我去了你的房间。"唐思年将自己的所见一一道出，即使她并不清楚自己所说的究竟意味着什么。

"你是说，妈妈原来的房间吗？"徐文雨全然没有想到会从唐思年嘴里听到这样的话，她只略略一想，就明白唐思年所说的这个人和上次她昏迷时将她带回房的是同一个人。只是她想不明白，这个隐藏在她们背后的人究竟是谁？

在她还错愕着不知何解时，王凤霞却神色暧昧起来。她在徐文海死后沉默了两天，也许是伤心到失去了理智，也许是要给无处排遣的悲痛找一个出口，总之，她暗暗将丈夫的死全归咎于徐文雨。她的丈夫是杀人游戏的牺牲品，而这个游戏是因为徐文雨才存在的。她几乎是选择性地回避掉了徐文海病死的事实，因为病是命，对命只能认，只能咽下去；而她却想找个人去怨，去恨，这样她也许才能活下去。

但她仍然没有过激的举动，因为她还有两个孩子，到了这样的地步，她想的仍然是"如果下一次徐文雨选择他们怎么办"，她的思想和认知固化在了这一层，即使现在徐文雨跟她说"我永远不会动你的孩子"，她也不会相信。这与她和徐文雨本身都无关，只与她对人、对人性的认知有关，她只是永远不能相信一个人会不自私。

因此在看到穿着和服的唐思年的第一时间，刻薄的话便像自己组织好的一样从她嘴里蹦了出来，充满意味不明的挖苦和讪笑："还是我们文雨厉害，日本人都能勾搭上，难怪上次你跟中野求情他会答应，真不知道以前被叫去的时候都做了什么说了什么呢。"

　　徐文澜对这样赤裸的侮辱感到愤怒，呵斥她不要胡说。而徐文雨，与其说感到被冒犯，不如说感到羞愤，这种什么都没有做的羞愤并不能用"清者自清"来抵消，而需要一些更激烈的辩白和自证。她强迫自己吞下了如鲠在喉的委屈，抬手将唐思年手上的糖一把打落在地，又几乎是粗暴地剥下唐思年身上的和服，用自己的外套裹住她。唐思年被她摇得有些趔趄，她扶住唐思年，睁着充满血丝的眼睛，带着一种从未有过的严肃神色对她说："思年你记住，你是中国人，给你糖和衣服的是日本人，日本人侵略了我们的国家，杀害了我们的同胞和亲人，是我们的仇人。我知道你饿，但你不能吃日本人的东西，不能穿日本人给的衣服，知道吗？记住了吗？"

　　徐文雨向来对唐思年疼爱有加，唐思年何曾见过她这样大发雷霆的样子，不仅完全被吓住了，更是委屈地流下眼泪。唐思年边哭边懵懂地点头。她自然不懂，糖果是孩子最早的欲望，耽溺于欲望，可能会害死自己。

　　而徐文雨自己，控诉到最后似乎也难过起来，胸腔里好像被什么堵住了一样，几乎也要哭了。孩子有什么错呢？他们用最简单的方式去分辨好人和坏人，用最直接的态度去表达喜欢和讨厌；真正被外界和他人目光所挟持的只是她们这些大人而已。

那些被徐文雨扔掉的糖果被看守的日本兵捡起来，拿到了隔壁的男室，用来逗弄徐思国和徐思华两个孩子。也许他们是从三浦等人那里得来了灵感，在枯燥烦闷的看守时间里，总要找点乐子。

若是放在以前，两个孩子也许并不眼馋这点东西，只是今非昔比，他们已经太久没有吃到好东西，眼里透着全然的渴望。最后，徐思华几乎就要从唐礼怀里挣脱，朝地上那颗绑在钓线上的糖果冲过去。这大概并不能算不懂事，而更多是一种习惯的沿袭，毕竟从前想得到什么就能得到。他还没有意识到今日不同往昔，也没有意识到自己已经不能像过去一样，随意得到自己想要的东西。

在唐礼被闹得没有办法的时候，徐思国不知道从哪里钻了出来。他安静地来到唐礼身边，朝唐礼怀中的徐思华伸出了一根手指，稚嫩的脸上写着与他年龄不相符的坚决："弟弟，我们不吃日本人的糖，你要是饿了，就咬住哥哥的手指头，紧紧咬住。"

唐礼见了这场景，鼻子一下酸了，在这方寸的监牢之中，纵然是不谙世事的孩子，也被迫成长了起来。

他把他们紧紧地搂在怀里，将头埋进他们中间，一时间竟分不清，究竟是他们需要自己更多，还是自己需要他们更多。也许，在这艰难的人世间，人是无法独自生存的，必须相互依赖才能活下去。

这个除夕夜，在几番折腾之后终于归于沉寂，这种沉寂在过去的徐家是无法想象的。去年的除夕仿佛还在昨日，有爆竹，有喧闹，有大红的灯笼，有热气腾腾的菜肴，还有一张张喜气洋洋的脸……如今一切恍若隔世，他们在自己的家里被关押被羞辱被屠杀，失去了原本珍贵的一切。

日本人送来的年夜饭放在地上，那份丰盛于往常的饭菜的香气，先是在封闭的囚室里蔓延，最后终于冷却了，冻住了。没有人去动它，所有人只静静地坐着，凝神倾听着远处传来的零星的爆竹声，以这样默然的方式度过了这个难挨的新年，甚至不知道是否该在心里许下对来年的祝愿，因为那些吉祥话里包含的美好似乎并没有到来的可能。

徐文雨再一次在墙上画了一朵栀子花，这个举动不知从什么时候开始成了她的某种精神支撑，在许多脆弱的时刻带给她生的念想。她努力地凭借它们回溯着那些美好的、纯洁的、飘着幽香的岁月。

第十五章

　　除夕过后的几天，男室女室两边都有些平静。徐文雨突然想到，自己似乎已经许久没有被叫去审讯室了。她想起山崎曾经说过的那个半是威胁的承诺，这个游戏会停止的，一定会有人活下来。她起初对此抱过希望，后来这希望彻底破灭了。此时，这个念头再次悄悄浮现了出来，她又隐隐地升腾起了希冀。会停止吗？他们会活下来吗？

　　希望，永远是这个世上最好的东西之一。

　　除了照顾唐思年，她做得最多的事就是呆呆地望着那扇被封的窗户。外面的天她已经许久没见过，几乎已经想不起它的颜色来。被拉去广场的那几次，因为记忆太过惨烈，天也似乎总是暗着，灰蒙蒙的好像随时要压下来一样。她想知道南京变成了什么样子？是比这里更好还是更坏？在与世隔绝的囚牢里，时光仿佛陷入了某种凝滞。

唐思年是这僵死的生活中唯一的亮色，对于这个禁锢自己的房间，她总能变着法子找到新的乐趣，甚至和不知从哪里钻出来的臭虫也能玩耍半天，这是孩童的单纯，也是孩童的无知，在她的脑子里，也许还没有囚禁的概念，她只当自己是待在这里玩，总有一天是要出去的。在这个房间的乐趣被探索完之前，在她的耐性被消磨光之前，她并不会想太多。即使曾经亲眼见到死亡，她也只是模模糊糊地一时感到恐怖，在新的刺激下好像总能恢复过来。对此，徐文雨是感到安慰的，她并不希望这段地狱般的经历过于清晰地在唐思雨心里留下印记。她希望唐思雨活着，并且快乐。对于孩童来说，他们对活着没有概念，他们只要快乐；然而对于成人来说，无法活着，快乐就是奢望。

唐思年喜欢在地上画圆圈，成排的，一个连着一个，大小相仿，她执着于这种秩序感。在画圈的时候，她常常念念有词，大多是幼时学过的童谣或是诗歌；因为年纪尚小，篇目并不丰富，《春晓》和《静夜思》已经反复背诵过许多遍。但徐文雨喜欢听，对她来说，这稚嫩的童声无异于一种强大的安慰；直到有一天，唐思年突然摇头晃脑、磕磕巴巴地念出了那句"若有人兮天一方，忠为衣兮信为裳"。

原本一直出神的徐文雨瞬间大惊失色，她从未教过唐思年这首诗，不仅因为它的难度超乎唐思年的年纪，更因为这首诗隐藏的那个巨大秘密，而这个秘密，她没有跟任何人提过。

她几乎是本能地扑到唐思年身边，用力摇晃着唐思年，颤声问道："这首诗，你是从哪里学来的？"

唐思年眨着无辜的大眼睛，怯怯地说："上次那个日本叔叔教的，我给他背了《静夜思》，他问了很多妈妈的事。"

徐文雨的身体不受控制地失去了重心，整个人跌坐在地。再没有任何疑问了，那个唐思年口中的"日本叔叔"就是藤原清志，那个在她昏迷时将她带回自己房间的"神秘军官"也是藤原清志，不可能再有其他人。到这时，她才终于将那些断断续续出现的线索串联了起来——蒙眼那次感受到的熟悉气息，夹在密码书里的栀子干花，大哥去世那晚恍惚闪过的身影，还有这两句几乎是他们之间密码一样的诗。一切都指向他。

然而，在这个答案得到确定的这一刻，她的心里没有一丝一毫的激动，相反，一股从未有过的绝望涌入她心间——杀人游戏的操纵者，是藤原清志，这个曾经的爱人，自己孩子的父亲，在战时选择用一种最残忍的方式完成了对她家族的屠杀，以及对她本人的凌迟。

这段时间里，他明明就在她的身边，明明就住在她的房间里，却始终不肯面对她。那个日日在窗外走动的人影，是否也是他？他在每一次"杀人"之后徘徊于她的窗前，是为了排遣心中的罪恶？还是为了试探她的反应？明明是他断掉了联系，他却为何成了报复的那一个？

太多的疑问，排山倒海一样扑面而来。

她从前在书里读过一句话，说悲剧就是把所有美好撕碎给你看。她终于感到这句话的贴切。她曾经拥有过的那点美好，如今已不只是失去，而是被撕碎了，那些碎片就散落在她的眼前，一地狼藉。

她的人生，终于成了一个彻头彻尾的悲剧。

她没有哭，她已经哭不出来。

她静静地等待着下一次的传唤，她决意把他从阴影里揪出来，直面他，把已经崩坏的一切血淋淋地再经历一遍，然后，彻底戕杀那些深深隐藏的怀念和爱意，从此光明正大、再无留恋地恨他。

但是在这个终极的悲剧揭幕之前，另一些美好已被摧毁，好像造成雪崩的最后一片雪花，让一切都变得无法挽回。

徐文雨从小就觉得徐文澜比自己美得多，并且越长大越这样觉得；等到成年，她简直要忍不住称她是"真正的美人"。她曾直白地对徐文澜说："我看书里描写的各种美人，你个个都对得上。"

徐文澜有一头厚实的鬈发，少女时总松散地披着，显得脸蛋极小，后来扎起来，露出光洁的脸庞。又大又黑的眼睛，娇俏的鼻子，饱满的双唇和翘翘的下巴，恰到好处地长在这张圆润的脸上，叫人过目难忘。这样的明艳佳人，像明星那样放在挂历和电影海报都很合适，但她的明艳又丝毫没有俗气的矫揉之感，体态端正挺拔，行事毫不拘谨，说话清脆爽朗，不扭捏造作，而且绝不肤浅。总之，她方方面面都叫人满意，一看便知是家风端正、见过世面的女儿家。

在过往的二十多年里，她是徐文雨最好的玩伴，她的热烈、活泼、美好，像太阳一样照耀着徐文雨，种种都是徐文雨羡慕的模样。她总是积极、正面，对爱情和生活抱着无限的希望，即使爱情和生活最后都辜负了她。

从进入这暗无天日的囚室开始，她就成为徐文雨最大的支撑，在那些痛苦到熬不过去的时刻，都是因为有她的安慰和扶持，才让徐文雨不至于彻底倒下。相较于阻隔在另一个房间里的唐礼，徐文雨感到，徐文澜才是自己真正依赖的那一个。

然后，她也离开了徐文雨。

她是被山崎带走的。徐文雨记得很清楚，那天是初九，晚上八九点的时候，山崎突然醉醺醺地出现在女室门口，他脸红得近乎猪肝色，一手扶着门框，眼睛滴溜溜地朝室内扫视了一圈，最后将目光落在了徐文澜身上，脸上浮现出一丝轻微的笑意，而后挥挥手下了指令。他身后的两个日本兵迅速冲上前来，控制住了徐文澜。

对徐文雨来说，她太知道山崎的这个表情意味着什么了，在刚被关进来的那个晚上，她就是在他露出这种表情后被带走的，如果不是正好碰上中野，她根本不可能幸免于难。想到这里，她飞快地朝门外扫视了一圈，没有任何熟悉的面孔；看来山崎已经计算过了，特意找了一个没有人可以管制他的时间。

徐文雨把唐思年抛给王凤霞，叮嘱她千万别动，然后上前拼命拽住徐文澜。无论那两个日本兵怎样试图将她扒开，她都不为所动。她太清楚了，此刻她若是放手，徐文澜就完了。

山崎见状，不动声色地往前迈了一步，一股令人作呕的酒味扑面而来。他脸上佯装出那种令人厌恶的为难："如果文雨小姐这样舍不得文澜小姐，我是不介意你陪她一同前往的。"

这话对徐文雨并无震慑力，却叫徐文澜一下紧张起来。她扭过上身，要把徐文雨推开，声音里带着恳切和惊慌："文雨，你放开吧，别管我了。"

徐文雨依然态度决绝，但她手上的气力一点点在消逝，她就要抓不住徐文澜了。情急之下，她突然声嘶力竭地朝隔壁喊道："唐礼！唐礼！唐礼！"

隔壁很快传来唐礼的回应。他拼命地捶着墙壁，叫喊着徐文雨的名字，大约是以为徐文雨又出了什么事。

听到唐礼的声音，徐文澜突然安静了下来，放弃了挣扎和抵抗，眼底里泄露出无限的悲伤。她温柔地冲隔壁轻轻呼唤了一声"唐礼哥哥……"只这一句，她便突然凝咽，像是想起了什么难过的事，叫她无法继续张口。那一刻，她有太多想说的：她对唐礼这个从来没有爱到的人的遗憾和爱意，她对即将面临的一切的恐惧和抗拒，她对这个曾经热烈爱着的世界的不舍和无奈……也正因为想说的太多，她觉得它们全都堵在了她的喉头，反而叫她什么都无力表达。

她终究还是什么都没说出口，她看了一眼徐文雨，冲她微微点了点头。像她这样一个焰火一样的女子，在对唐礼、对这个世界表达爱意的时候，曾是那样热烈和无畏，却在告别时，选择了最为朴素清淡的方式。

徐文雨太过熟悉这种冷静。徐天庸、陈妍甚至徐文海，在离开的时候，他们都曾流露出类似的冷静，那种"我已经预知我的命运，我已经准备好了迎接它"的冷静。她切实地感到了崩溃，她泪流满面地看着这个生命中陪伴自己最长久的女子，一个字也说不出来。

徐文澜掰开徐文雨那双渐渐乏力的手，扬起头来，露出一个微笑，泪光闪闪的样子美得让人心颤。

这笑容对徐文雨来说，等同于必死的决心。

可她无能为力，她无能为力地看着一个个亲人主动地、被动地死去，什么也做不了，她厌恶自己的无能，厌恶自己而又不得死去，这厌恶便又更深了。

那是个月夜，月光透过封着木条的窗户，好像被切割过一样，零零散散地投了进来，发出了清冷的光。但是对徐文雨来说，那一晚，是她人生的至暗时刻。她在囚室的墙角里坐了一夜，毫无意义地在墙上刻画着一朵又一朵的栀子花，直到握瓷片的虎口被割得鲜血淋漓。她呆呆地看着那些僵死在墙上的花，感到绝望渗透进了她的血液，在她体内每一处流窜。

她知道王凤霞跟她一样，也在黑暗中睁着眼。她们脑子里有着同样可怕的想象，可谁也不敢将它诉之于口。徐文雨想着徐文澜的年轻和美丽，想着徐文澜念诵《仲夏梦之夜》的夜晚，想着徐文澜热切地看着唐礼的脸……她努力地回想这些往日的美好，以压制住关于这个暗夜的想象，可是她越试图这样做，那些关于徐文澜此刻正经受怎样的羞辱和折磨的念头，就越不肯放过她。它们在她的脑海里一点点变得激烈，最后将她彻底击溃。她终于蜷缩起来，紧紧抱住了自己，压抑着哭出声来。

不知道过了多久，她感到有个人朝她走来；那人轻轻地在她面前蹲下，然后好像犹豫了片刻，终于伸出手，将她搂进了怀里。王凤霞轻轻拍着她的背，这让她想到了自己的母亲。这一刻，过往的所有嫌隙都被粉碎，徐文雨紧紧地回抱住王凤霞，在她的怀里将哭声一点点放了出来。

她们倚靠在一起，盯着门口等了一夜。当那扇紧闭的门终于在第二天早上露出一丝微光时，她们倏地站了起来。当它完全开启后，徐文澜就站在那里，衣不蔽体、披头散发、眼神涣散，像是死过一回一样。

　　徐文雨瞬间就崩溃了。对女子来说最不堪最侮辱的事，噩梦般降临在了徐文澜身上。她和王凤霞几乎同时冲了上去，紧紧把徐文澜搂在怀里，扯过床单把她裹了起来，随即大哭，一句话也说不出来。

　　徐文澜好像一具没有灵魂的躯体，任由她们摆弄着，一个字也没有说。她并没露出痛苦的神色，只是呆滞而淡漠地看着窗外什么地方，不知道在想什么。

　　过了许久，她才缓缓地推开她们，摇摇晃晃地站在了床边。站定后，她仰起脸来，突然绽放出一个微笑，方才那张完全僵死的脸好像一下子被注入了灵魂，她又变成了那个永远积极、充满希望的少女。

　　她伸出手，像从前在台上诗朗诵一样，昂扬地起了个势，然后目光闪亮地望向前方，毫无征兆地念起一首诗来：

> 我为美而死——但孤零零地
> 躺在坟墓里。
> 一位为真理而献身的人，被葬在

毗邻的一块墓地。

他轻轻问我："你为何丧生？"

我回答说："为了美。"

"我为真理——真理和美本是一体，"

他说，"我们也是兄弟。"

于是，我们像兄弟在黑夜相逢，

隔着坟墓喋喋低语，

直到苔藓封住我们的嘴唇

遮住了墓碑上——我们的名字。

徐文澜声音洪亮，情绪饱满，声音在房间的每一寸空气里流动着。徐文雨安静地听着，感到这间囚室里的此时此刻，仿佛是某个梦里的场景。她想起来了，在他们几人的文学小组还未解散时，徐文澜也曾这样充满激情地、眼里流光地给他们念过这首诗；在晨光中，在草地上，在花丛的包围之中，美丽的徐文澜在美的包围下，给他们念着《我为美而死》。

徐文雨觉得自己的心正碎裂成一片一片，她看着徐文澜，什么也不敢做，只能一遍遍无力地重复着："文澜，你别这样，你别这样……"

徐文澜念完诗，垂下手来，冲徐文雨和王凤霞笑了一下，然后她眼里的那道光好像划过夜空的流星一样，倏地消失了。

在徐文雨有所察觉之前，她猛然扭过头，朝墙上狠狠撞去。很快，她便软软地滑了下来，在墙上擦蹭出一道斑驳的血迹。

王凤霞尖叫着扑了过去，唐思年也哭叫了起来，徐文雨却傻了一样，站在原地一动也没动。所有的碎裂都发生在她的内部，有什么东西在她的体内、脑子里炸开了，那声响盖过了一切，她在轰隆声中彻底粉身碎骨。

徐文澜的死对徐文雨几乎是致命的一击。在被关进来之后，徐文雨经历的所有崩溃时刻都是徐文澜陪她度过的。这个美好的女孩就像阳光一样，给徐文雨绝望的生活带来了一丝光亮。现在徐文澜以这样不堪的方式死去，好像徐文雨的一部分也死了。

一切都在崩裂，各种残垣断壁朝徐文雨凶猛地砸了过来，她就快要被掩埋了。

门外的守卫很快听见了动静，开门进来，瞬间也被眼前的景象震动了，但很快便骂骂咧咧地上前搬动尸体。徐文澜的身上没有遮蔽，皮肤就那么裸露在外，扎眼的白，刺目的红。

徐文雨再也无法忍受下去，她尖叫着冲上前，近乎癫狂地拽开那两个拖着徐文澜尸体的日本兵，歇斯底里地冲他们喊道："你们别碰她！滚！"

她面色狰狞，脖颈上青筋暴起，眼睛里全是血色；这副凶神恶煞的模样似乎瞬间震住了日本兵，在他们的印象里，这个柔柔弱弱的中国女人从来没有展露过这样一面，因此显得异常可怕。他们交换了一个眼神，乖乖地站到了一旁。

徐文雨在徐文澜的尸体边跪下，脱下自己的外衣，小心地盖在她身上，又从口袋里掏出一块手帕，轻轻地擦拭她那张淌满鲜血的脸。

当徐文澜那张年轻的面庞完整地展露在徐文雨面前时，徐文雨再次感到了一种撕裂的痛。她弯下身子，抱住徐文澜的头，止不住地浑身战栗，终于失声痛哭起来；这哭声仿佛已压抑了许久，如今啼着血从喉咙里发出。

第十六章

发生这一切的时候，藤原清志正在日本使馆参加一场新年音乐会。他很清楚这场音乐会只是个巧设的名目，目的是安抚在南京的西方人，因此当晚出席的除了日本官员，还有二十多个来自美国、英国、德国等国的西方人。不知为什么，音乐会上演奏的激昂乐曲仿佛行军的脚步，不断地让藤原清志想到他们攻入南京时的情景。

藤原一郎也从上海赶了过来，父子的再次相见显得剑拔弩张。藤原一郎在宴席的角落，用从未有过的严厉训斥这个唯一的儿子，说他"浑浑噩噩，不知道每天在干些什么"。

"你是不是忘了自己的任务是什么？"藤原一郎怒气冲冲地质问。

藤原清志不敢回答，他记得，却又不记得，他记得自己要寻找一支神秘消失的国民党部队，可他又好像全然忘了这件事，心力都在另一场更私人的战争上。

见他不作声，藤原一郎更是气极："我看你根本就没有花心思在正事上，听说你在徐家搞什么圈人的游戏，简直是胡闹！你想杀人，整个南京城的人都是你的肉靶子，为什么非在徐家胶着？原本指望你为帝国尽忠，没想到你只顾私人的感情，我对你太失望了！"

藤原清志低着头，一言不发。不仅是父亲，他自己对自己也感到了失望。在最爱的女人眼里，他成了仇人；在敬重的父亲眼里，他是令人失望的儿子；在情报科的同僚眼里，他是一个优柔寡断、能力欠佳的上级。

他仍低着头，说："对不起。"

"既然这样，徐家你也不用回了，今晚就同我回上海，安置在徐家的人也尽快撤回来。这段时间以来，我感到谍报工作的重心还是应该在上海。当时答应你来南京根本是一个错误的决定。"这是父亲，不，上级藤原一郎对他的命令。"而且，我们最近在上海有一个大行动，需要你的参与。"

藤原清志本能地想要争辩，却感到了父亲此刻的盛怒和不可忤逆，未敢多言，只能答应下来。他在心里计划着，先回上海稳住局势，安抚好父亲，再伺机返回南京。

回到上海，藤原清志才知道，父亲口中的"大行动"是近期成立的一个叫"黄道会"的中国汉奸特务组织，由日本特务人员牵头，专门对那些拒绝与日方合作的有影响的知名人士进行恐怖暗杀。"黄道会"的第一个战绩已经实现——2月4日对《社会晚报》社的蔡钓徒的暗杀。这场暗杀由日本特务机关一手策划，由黄道会和另一个汉奸组织兴亚会共同实施。充任兴亚会总务部长的杨家驹，设法将蔡钓徒从法租界带往虹口的新亚饭店，在那里实施了杀害。

这次刺杀的成功大大振奋了日本特务部门的士气，他们开始紧锣密鼓地筹备下一次行动，目标对准了时任沪江大学校长的刘湛恩。刘湛恩三十二岁便出任沪江大学校长，是沪江大学史上首位华人校长，在上海文艺界声望极高。他鼓励成立的沪江大学抗日救国会，一度成为上海学生抗日救亡运动的中心。在上海沦陷之后，他选择了留守，进行了大量抗日救亡工作。这样一个人，几乎完全符合黄道会暗杀的标准。

藤原清志也参与了计划的部署，实施地点就在新亚饭店的六楼。虽对外宣称是一处"办公场所"，但日本情报特务相关人员都知道，那里实际上是一处实施审讯和暗杀的机关。

因为这些事务，他在上海耽误了一些时日，等好不容易忙完，他便再顾不得藤原一郎的反对，在一个夜里瞒着父亲匆忙赶回了南京。离开的这些时日里，有那么几次，他想过该如何处理徐家囚室里剩下的人，但一来繁忙的公事总是将精力分散，二来那场他发起的游戏发展到这一步，已经非常棘手，似乎怎么处理都不可能善终了。直到在从上海回南京的路上，他也没有理出头绪来。

他到达南京已是深夜，刚迈进徐家，属下便报告了这几日发生的一切。徐文澜受辱而死的消息惊雷一般，让他在震怒的同时感到了心痛。作为他的旧友，她曾和他谈论诗词歌赋，也曾和他有过没有芥蒂的交流。如今，她在他手下以这样不堪的方式死去，即使并非他的本意，也让他感到灼心的痛惜和愧疚。

至此，他已经无法估量出徐文雨的心境，他第一次如此真切地感到，一切都坏了，一切。

那个夜里，徐文雨终于在时隔许久后再一次看见了窗前的影子，这次那个人不再来回走动了，而是定在那里，犹豫着，又似乎在思考着什么。

徐文雨看着他，冷漠而平静，她已经等了他许久，这一次，她绝不让他只藏在那窗户的后面，她要把一切屏障粉碎，面对他，也叫他面对自己。

她漠然地站起来，朝那影子直直地走了过去，靠近后，她先是站定了，仿佛一尊单薄的石像，然后，她开始毫无征兆地捶砸窗户，用尽了全身的力气。双手很快鲜血淋漓，但她好像没有丝毫的痛感，片刻没有停下，反而愈加猛烈地砸着，口中发出一声声怪异、痛苦而又压抑的怒吼，好像要把所有的悲伤、愤怒、控诉都发泄出来。

那个影子仍立在那里，一动不动，好像被她震撼了一样。

第二天一早，就有人来传唤徐文雨。她一夜没睡，一直坐在那儿看着，等着，等门开了，她平静地站起来，朝门口走去。这一次，她决心走进她的命运，如果命运已经把她的一切都标好了价格，她选择不再挣扎。

王凤霞拉住她，紧紧握住她的手，嗫嚅半天吐出几个字："好好活着。"

徐文雨看了王凤霞一眼，一瞬间百感交集，鼻腔里泛起些微酸楚。谁都没有想到，整个徐家，最后竟是她俩于绝境中拧在一起，互相扶持到了最后。

她神色平静地走进审讯室，中野照旧在等着她，眼神里少了些往日的镇定，而多出了一点不忍和紧张。徐文雨只看了他一眼，便捕捉到了这一点，因此确信藤原清志已经知道了一切。

她一反常态，冷淡地先开了口："我要见他。"

中野有瞬间的惊骇，但仍勉强应付道："不知徐小姐说的是谁？"

"我要见藤原清志，"徐文雨瞥了一眼中野，继续面无表情地说，"他就在这所房子里，不是吗？"

中野似乎还想再说些什么，但在语塞了一会儿之后，他终于还是选择走出了审讯室。他朝什么方向跑去了，走廊上响起了他渐远的急促的脚步声。

没多久，走廊上又出现另一个脚步声，轻轻的、迟疑的、带着某种怯意，渐行渐近。那声音很快来到了审讯室的门口，那人在门口站了半分多钟，才终于好像下定了决心一般，推门进来。

徐文雨慢慢地转过头，站在她面前的，正是一身日本军装的藤原清志。他变了，壮了许多，显得更加稳重和成熟，脸上有某种刚绝的神色，体态也更加挺拔。然而最明显的还是眼睛，那眼睛原本是清澈的，现在却似乎混进了某种混沌和模糊的东西，再无少年时的明亮。

尽管已经做好了完全的准备，但在见到他的这一刻，她还是感到了一种残忍，这种残忍啃噬着她心里那道用理智建立的堡垒，让她瞬间脆弱了下来。她曾经那样想念他，更无数次幻想过与他的重逢，战争爆发后，即使知道两人再无可能，她也从未想过，两人再见会是这样一幕场景。

这种揪心的情感好像通了电一样，也同样传达到了藤原清志那里，让他瞬间便感到了刺痛。他看到她，有一瞬间的恍惚，好像重新回到了初遇那天的尴尬和不安之中，只是同样的两人，无论是外形、目光还是心境，都已天翻地覆。这绝不是"执手相看泪眼"的久别重逢，而完全是"犹恐相逢是梦中"的沧海桑田。

他强行压制住心中翻涌的情绪，慢慢走近徐文雨，并未想好要说什么，便从最近的那起事故入手，也将他真实的愧疚道了出来："抱歉，我不知道山崎会对文澜做那样的事，如果我知道，绝对会阻止的。"

徐文雨毫不动容，完全没有看他，也好像完全不相信他所说的话。她看上去似乎对眼前这个人感到了彻底的漠然，好像他不值得她投诸一丁点儿的注意。

藤原清志从她的神态里感受到一种残忍的无视，当下便觉得自己仿佛受了莫大的冤枉，他倏地看向她，仿佛要为自己申辩什么一样提高了音量："你是不是觉得我是为了杀人？"

徐文雨仍没有说话，但终于有所反应了，她扭过头来看着他，眼神里透着寒冰一样的冷冽。她似乎没有控诉的意思，只是平静而又不屑地看着他，仿佛在对他说："不是吗？"

她会这样平静，是因为她已经在心里给他彻底定罪，再没有必要愤懑或是恼怒了。

徐文雨冷淡的态度彻底刺痛了藤原清志，他想过她可能还对他怀有爱意，他也想过她可能恨他入骨，但他没有想过，她会这样冷漠，没有任何爱恨和起伏，只有彻头彻尾的失望和冷漠，好像过去的一切不曾在她心里留下任何痕迹，好像他对她来说已经什么都不是。

他真正无法忍受的，正是这一点。

他激动起来，像是急切地想要证明什么，急切地想要她理解自己，因而动作显得不受控制起来。他双手颤抖着，费力掏出那块随身携带的栀子花丝帕，将它展示在徐文雨的眼前，语气迫切："我所做的一切都是为了你。你知不知道在离开中国的三年里，我在日本过的是什么样的日子？你知不知道我是靠着你，靠着这块你送的丝帕才支撑下来？你知不知道当我满怀希望回到中国，听到你结婚生子的消息有多绝望？我从来没有忘记过你，是你先背叛了我们的爱情。你说的忠为衣兮信为裳，你承诺的会等我，你做到了吗？"

将这些郁结在心许久的话一股脑儿倾泻完之后，他才意识到自己的失态，和一脸平静的徐文雨相比，他好像成了受委屈的那一个，在这个终于可以对峙的时刻，将这些在心里循环了无数次的质问和盘托出。

任徐文雨再怎么伪装，听了这番话，心里不禁也刺痛起来。但如今，她已经不想做任何解释，也不屑做任何解释，解释能带来什么呢？难道她也要像他一样痛诉一番自己的苦衷，证明彼此的错过只是命运的捉弄，然后抱在一起痛哭流涕，证明彼此的爱情矢志不渝吗？不可能了，一切都回不去了。

在既无奈又残忍的现实前面，她紧绷的状态被彻底打破，忍耐许久的眼泪终于掉了下来。他们之间的爱情，如今隔着国仇家恨灭门之痛，她不知道自己还能说什么，还能做什么，她只感到一种巨大的悲伤，这种悲伤在加上战争的注脚后，更显得无解，成了一个死结。她像所有身处绝境的人一样，在不知道向谁要答案的时候，开始喃喃地质问起上天："我们为什么会变成这样？"

　　这个质问让藤原清志也瞬间难过起来。我们为什么会变成这样？这个问题他好像也无法回答。回想他们之间的点滴，初遇、相爱、分别、失联、战争、游戏……他甚至想不起事情是如何一步步发展到这样不可收拾的地步的，更别说解释了。许多事情都不是他的初衷，可他在命运的挟持下一一接受了，也许在接受的时候，他对他们之间的感情依然保有十足的信心，这种单纯的信心让他觉得无论外界发生什么都不会改变他们，他没有想过，年少时的爱情虽然真挚，却并不那么坚固，极易因为这样或那样的原因而夭折，更何况那原因是战争，更何况他们不在同一阵线。

　　如果一切都再也无法回头，也再也无法向前，至少在停滞的现在，他想要一个答案。他期望这个答案能让他放下对过去的执念，或者给予他一点安慰的力量，让他能带着伤痛继续向前。

藤原清志静静地看了徐文雨一会儿，转身拿过那张因为多次使用已经磨损得厉害的名单。他极力压制着情绪，想让自己显得平静有礼，想让徐文雨知道，他接下来要做的事与嫉恨和冲动无关，他只是要她给他一个答案。

那张名单上除了徐文雨，原来的十几个名字现在只剩下唐礼、王凤霞、徐思国、徐思华和唐思年五个。徐文雨看了一眼那些圈圈叉叉，难受地扭过头去；那一笔一画，全是自己至亲的性命。

藤原清志当着她的面，将徐文雨、王凤霞、徐思国、徐思华和唐思年的名字一一划掉，说："我不会动你，我也不动小孩。"然后，他在唐礼名字旁边的空白处加了一个名字：子稚。

他把这张只剩两个名字的名单放到徐文雨面前，像是下了莫大的决心一样，说道："我要你在我和唐礼之间再做一次选择，最后一次。"

徐文雨缓缓地抬头看向他，眼里全是不可思议的震惊，她不敢置信地问："你杀了那么多人，只是为了这个吗？你把人命当什么？游戏的筹码还是丈量感情的工具？"

那种因为被误会而想要辩解、想要表明心迹的感觉又来了，藤原清志不得不再一次放弃了表面的平静，急迫地重申起自己的初衷："我所做的一切只是为了证明我们的爱，永恒的爱，我从来没有想过用这个游戏杀人，我只想要你把唐礼勾出来，我甚至不会杀唐礼，我只是要你把他勾出来，如果你第一个勾了唐礼，根本没有人会死，你为什么不勾？"

徐文雨用一种看疯子的眼神看着他，她从来没有想过，从前那个温柔的藤原清志用这样一种极端的方式对待自己、对待待他如己出的徐家，居然只是因为这个理由。证明她的爱？她的爱何须证明，她从来爱的就是他，从来也没有变过。

可是如今，她绝不会再承认这一点。

"我只是要一个答案。"藤原清志的语气中出现了一丝不易察觉的哀求，他正卑微地祈求这个爱了十几年的人给自己一个想要的答案。他执着地要求这一点，到了疯魔的地步。

徐文雨强忍内心的震动，不想叫他看出自己的挣扎，因而极力将声音中的颤抖压了下去，正色道："唐礼是我的丈夫，是我孩子的父亲，你还想要我做怎样的选择？"

藤原清志踉跄着后退几步，手上的名单飘落在地，整个人感到一种从内向外的分崩离析。他终于得到了答案。在这个答案亲口被徐文雨说出来之前，他被暴躁、嫉恨、疯狂等各种各样的情绪裹挟着，几乎到了失智的地步；可是当他真正听到的时候，他好像一下冷静了下来，瞬间面对了现实——他苦心经营的游戏就是个笑话，他以为那会让她痛苦，但最后更痛苦的却是自己；他想要证明徐文雨爱的是自己，最后却只把她变成了永远的陌生人。

他苦笑了一声，久久地沉默着。他来到窗前，凝视着远处的南京城，好像陷进了某种遥远的回忆。直到远处传来一阵枪炮声，他才惊觉今时早已不同往日，眼前人也不再是旧人。在炮声的提醒下，他本能地看向徐文雨，确认她没有受到惊吓。

徐文雨显然也听见了枪炮的声音，先是"砰"的巨大一声，而后渐弱下来，成为更细密的微小声音，仿佛余震一般，时不时响上一下。她惊恐地看着外面，有一瞬间向藤原清志投去了求救的目光，可是那目光刚一对上藤原清志的，便飞快地移开了，她知道，这并不是可以流露软弱的时刻。

藤原清志也有些担心，可外面那声音渐渐地、渐渐地又消弭了下去，直到重新恢复了平静。

他靠在窗棂上，看着灰暗压抑的天空，突然用一种和缓又轻描淡写的语气地说起了《源氏物语》和《红楼梦》，没有任何预兆。"你还记得吗？我们从前一起看过许多书，聊得最多的就是《红楼梦》和《源氏物语》。《红楼梦》的结局是'好一似食尽鸟投林，落了片白茫茫大地真干净'，《源氏物语》里也说'恨事多有难忘处，奈何再会在歧路'，现在来看，一切都仿佛是寓言，也许我们从一开始就注定了今天的结局。"

这一刻，徐文雨突然感到过去那个藤原清志又回来了，在谈到文学，谈到他们的往日时光时，虽然多了点悲伤，但他浑身上下还是透出了原来那种诚挚和天真。这种久违的情绪感染了她，好像让她也一下穿梭到了过去那些在草地上读书争论的日子，多么温柔而叫人怀念。也许是因为这样，她也把自己还原到了那个情境之中，顺着他的话说道："还有莎翁的剧，《哈姆雷特》《罗密欧与朱丽叶》，似乎也都是悲剧。文澜想要的'仲夏夜之梦'终究没有实现。"

他重重地叹了口气，珍惜地摩挲着手上那方丝帕，神色黯然道："你还记得你当初为什么给我起子稚这个名字吗？既是栀子花的谐音，也希望我永远如孩童一样清澈澄明。我想我大概并没有做到，战争改变了所有人，毁灭了一切。"

徐文雨突然再也绷不住，大声而悲怆地恸哭，仿佛过往的所有隐忍、委屈、不甘、痛苦，都在这一刻宣泄了出来。在残酷到极致的现实面前，曾经的美好越发显露出残忍的一面来。

他们再无对话，也许彼此都感到了一种不知道接下来该何去何从的惶然。

电话铃声刺耳地响起，打破了难堪的沉寂。藤原清志接起电话，不出所料，是藤原一郎。在清晨发现藤原清志不辞而别之后，藤原一郎立刻就知道，儿子瞒着自己回到了南京。自己这个儿子到底没有被完全驯化成一架机器。事实上，他身上保留了太多情绪化和情感化的东西，这些纤细敏感的特质对一个军人来说，是绝不合适的，若是在某些极端的情况下爆发，甚至是致命的。对于这一点，他这个父亲比年轻的藤原清志了解太多。

藤原一郎劈头盖脸地斥责道："你到底有没有把我的话放在眼里？你还在徐家干什么？"他太明白徐家和徐家的人对于藤原清志的意义，那是他的软肋，会让他软弱，在南京的这段时间已经完全证明了这一点。

藤原清志看了一眼徐文雨，将头别了过去，语焉不详地解释："我还有一些事情必须亲自处理。"

藤原一郎当然清楚他要处理的是什么，甚至也清楚他要处理的事会怎样叫他痛苦。强行将他从南京带回上海，除了上海的工作确实需要他，也出于一个父亲的私心。对于藤原清志再次回到南京的举动，藤原一郎甚至是有准备的。可在这种藤原清志的心志接近溃散的时刻，藤原一郎无论如何也不能表现出对他的支持，否则，他会顺着那种软弱坍塌下去，再也无法站起来。

"我要你现在立刻回上海。"他不容反驳地命令。

藤原清志似乎感到了一种无奈，他叹了口气，仿佛接受了这一安排："那这里的人怎么办？"

他说的是"这里的人"，而不是"我们的人"，这意味着他将徐家剩下的人也考虑了进去。藤原一郎当然不会不明白这一点，但他已不想再给藤原清志留退路，便冷静果决地说："把你的人全部召集起来，立刻撤离南京。其他人全部就地处理，遇到抵抗格杀勿论。"

藤原清志握着电话的手微微地颤抖起来，好像要配合它似的，他的声音也微微地抖了起来："您知道其他人是谁吗？"

藤原一郎感到藤原清志是在和自己博弈，是在用情感的策略试图赢得自己的支持，因为藤原清志知道，藤原一郎对南京、对徐家也有和他类似的感情，正是因为清楚这一点，才更加不能让他得逞："格杀勿论的意思就是，不管他是谁。"

藤原清志沉默了下来，感到一种蚀骨的痛。过了许久，他才收拾好心情，用方才向徐文雨说起《红楼梦》和《源氏物语》时的清淡语气说道："上次您来南京，有没有好好地看看它？变化很大吧，和记忆里差异很多吧。您……您曾经也真诚地热爱过它，不是吗？我想知道，要怎么样心才能硬起来，才能将过去的一切完全抹杀。"

电话那边的藤原一郎大概也被这番话震惊了，藤原清志的拷问曾偶尔而短暂地困扰过他，但没有对他造成太大的影响；他始终清楚自己的身份和立场，也认同和坚持自己所做的是正确的事。他试图这样向藤原清志解释，却又担心在他这个年岁还无法完全接受这样，便只用了最简单却最有力的说辞："这是战争，我们是军人，服从是天职。"

藤原清志挂了电话，再次回过头来看了一眼徐文雨，眼里的光暗了下去。

就在这个时刻，一个椭圆形的东西从敞开的窗口飞了进来，在它飞快划过藤原清志面前时，他听见了刺啦的声音，迫击炮！

他惊恐地看向徐文雨，不顾一切地向她扑去，将她压在身下。

第十七章

　　那颗黑色的椭圆球状物爆裂开的时候，徐文雨有十几秒的失聪。听觉的短暂丧失，并没有影响她的视觉和触觉，她清楚地看到藤原清志腾空跃起，随后重重地压在了自己身上。几乎在同一时间，那颗炮弹爆裂开来，在巨大的冲击下，审讯室的一角被炸出一个巨大的窟窿，窗户的玻璃也被震碎一地。玻璃、碎石、砖块，各种东西飞溅起来，狠狠地砸向他们。

　　两个抱成一团的人还来不及查看彼此身上的伤口，一个更剧烈的爆炸声又在外面响起。随后，爆炸声和枪击声更加密集地在四面八方响了起来，各种尖叫声也混了进去，无不透露出毫无准备的紧张。藤原清志明白，他们被伏击了。

　　在勉强弄清眼前的状况之后，他才感到后背传来一阵钻心的疼，应该是迫击炮弹爆炸后的残片刺入了他的后背。他来不及管它，急忙将身下的徐文雨半拖半抱到桌子底下，慌乱地上下查看她的情况，问她有没有事。

徐文雨似乎被震蒙了，一时说不出话来，好像也感觉不出身上哪里痛，只有脸上有些不算严重的割伤。然而很快，藤原清志便看到鲜血从她小腿的棉裤上一点点渗出来，很快将那片布料染成了浓稠的绛色。藤原清志惊得叫了一声"文雨"，这声呼唤似乎终于让徐文雨清醒了过来，但是在感受到疼痛之前，另一个念头更早进入她的意识——唐思年还在囚室里，她要把她救出来。

她努力地想要站起来，可是那条受伤的腿限制了她，加上连日的虚弱，她几乎使不出一点劲，只起来个上身，便又软趴趴地瘫了下去。

在她仍要勉强的时候，中野匆匆忙忙地出现在门口。他在尘土弥漫的房间里四下寻找了一番，才锁定藤原清志的位置，朝他们直奔而来。

等他靠近，藤原清志一把将他拉过问道："怎么回事？"

中野显然也有些慌张："应该是遭到了伏击，对方是谁还不清楚，但我军进入南京这么长时间，对中国军队的清缴也很彻底，按理不该残留着有如此武器装备的中国军队。"

藤原清志突然想起那支神秘消失后就再无音讯的部队，也许他们一直悄悄潜伏在南京城里，等待合适的时机出击。这个猜测快速在他脑海里闪过，在他有更多推测之前，外头又响起了新一轮的爆炸声，以及紧跟着爆炸声的建筑坍塌声。

中野有些着急，问藤原清志接下来该怎么办。作为一支情报队伍，他们没有任何大型武器，若硬碰起来，只靠随身携带的刺刀和手枪，他们毫无抵御之力。

藤原清志略略思考一番后做了部署："尽力抵抗，拖延时间，等待城内的援军到达。我军遍布全城，应该很快就能知晓这里的动静并派人支援。"

这是个清醒的决定，也是当下最正确的决定。然而中野永远不会知道，在他问藤原清志接下来该怎么办时，藤原清志心里还有另一个回答，这个回答未说出口，但在那一刻，它确实如一只猛兽般冲进了他的脑海里，甚至完全占据了上风：他想要什么都不做，不反击也不离开，任由炮弹不停落下，任由徐家被炸成一片灰烬，任由所有人都在这场围剿里被埋葬，那样一切就都可以结束了，他和徐文雨至少能牵着手死在一起，没有比这更好的结局。

他知道这想法大逆不道，如果真的这样做，将有辱藤原家族的颜面，他们将世世代代在同僚面前抬不起头来。可是那一刻，他只是自私地从一个有感情的人的角度，想要求得这个结局。它算得上体面，也不会衍生出更多的痛苦。

到底，他的理智还是战胜了情感。

中野领了命，起身要往外冲，一直半躺在地上的徐文雨突然伸出一只手，无力地抓住他，问道："他们呢？"

剧烈的爆炸声刚刚响起的时候，唐礼和王凤霞都吓了一大跳。他们各自搂住瑟瑟发抖的孩子，惊恐地睁着双眼，听着外面一派慌乱的脚步和此起彼伏的叫喊，完全不知道发生了什么。直到更多的炮弹落了进来，将关押了他们数月的门窗彻底炸毁，他们才恍然惊觉，这场袭击可能是灭顶之灾，也可能是机会。

王凤霞二话没说抱起唐思年，猫着腰从女室门上被炸开的那个洞口穿了过去，飞快地跑到唐礼那边。大概是突袭乱了日本人的阵脚，此时的西翼居然没有一个看守，又也许，他们的本意就是只顾自己逃走，留这几个囚犯在囚室里自生自灭。

透过男室门上的洞口，王凤霞看见唐礼正蜷在一个角落里，怀里紧紧护着徐思国和徐思华。那个洞口较女室的小许多，就算是孩子大概也无法穿行。王凤霞顾不上许多，后退了两步，朝门猛踹了几脚，经过炮弹冲击的牢门居然"砰"的一声开了。未等唐礼有所反应，王凤霞便冲了进去，一边将唐思年塞给唐礼，一边一手一个接过徐思国和徐思华，匆匆地冲唐礼喊道："抱了孩子快跑！"

唐礼自然明白，王凤霞说的跑，是穿过眼下这炮火，跑出徐家。在这个节骨眼儿上，能以这样的规模袭击日军驻地的，只有国民党军队或是共产党军队，无论哪一路，只要能跑到他们附近，便是得救了。

他一把拉住王凤霞，焦急地问道："文雨呢？"

王凤霞似是愣了一下，仿佛之前完全没有记起这回事似的，甚至没有意识到少了一个人。"一早被日本人叫去了，还没回来。"说完这句，她又仿佛要给自己开脱似的，安慰了一句，"你放心吧，不会有事的。你看眼下这情况，日本人正抱头鼠窜自顾不暇呢，哪里还顾得上文雨。"

唐礼显然没有被安慰到，一直猛摇头："不行，我不能走，我要先找到文雨。"

王凤霞又急又气："你看看眼下这情况，多拖一秒危险就多增一分，你信我，日本人根本没想要文雨的命，现在要紧的是思年，赶紧带她走吧。"

唐礼自然不明白王凤霞说的"日本人根本没想要文雨的命"是什么意思，这样的时刻也不容他细细揣摩。他和徐文雨已经被隔离得太久，此刻他的心中只有一个想法：一家人必须在一起，没有找到她，他绝不离开。

王凤霞气得跺脚，却又无法就这样弃他而去，这样生死攸关的危难时刻，他们这几个徐家仅剩的血脉实在不能再分离了，况且，要她一人带着两个孩子冲过这层层炮火，也实难做到。

见王凤霞态度动摇，唐礼又看了一眼唐思年，目光一点点变得坚决。他一只手抱起唐思年，另一只手牵过徐思国，嘴里道了一声"走"，冲出了这间囚禁了他们几个月的牢房。王凤霞也赶紧拉起徐思华跟了上去。

他们来到厅堂，才发现经过方才的轰炸，这里已经是一片废墟，残砖烂瓦堆了一地，连进行都显得困难。与此同时，外面的枪炮声仍然没有停下，身边也不时有重物坠下。唐礼和王凤霞四处张望着，完全没有发现徐文雨的踪影。

在唐礼准备一个个房间查看时，怀里的唐思年突然拽住了他的衣角，挣扎着要下来。他仔细一看，发现唐思年正指着一块巨大的墙体废墟，三浦浑身是血，被压在下面。唐思年在唐礼怀里不断挣扎，要往三浦那里去，嘴里还在喊着："三浦哥哥……"

唐礼有些惊诧，他不知道在分开的这些日子里，女儿是如何和一个日本士兵结下这略显奇怪的友谊的。可是在近在咫尺的死亡面前，他感到了一种普世的悲悯，眼前这个人是敌是友都显得不重要了，都是战争的牺牲品，又何必比较谁更正确呢？他没再多想，将唐思年抱到三浦身边，她迫不及待地挣脱而下。三浦那张沾满鲜血的脸似乎并没有叫她过分害怕，她怯怯地蹲下身来，心疼地问他："三浦哥哥，你流血了，疼不疼？”

　　王凤霞见他们还要耽搁，再看看炮火连天的形势，知道一时无法突围，便想着先寻一个安全的藏身处。观察再三，她将目标锁定在一个半埋进废墟的巨大箱子上。这个箱子她很是熟悉，当年嫁来徐家时，因为身份低微，她的父母担心女儿嫁过来受到慢待，因此嫁妆准备得尤其丰厚，盛妆奁的箱子便比寻常婚庆所用的大了许多。也因为体积过于庞大，在他们出逃时，这个箱子未能加入他们的行李之中，就这么留了下来。

　　她顾不上唐礼，拉过徐思国徐思华往那箱子直奔而去，好不容易才掀开压在上面的石板，赶紧开箱将里面的杂物清出，把两个孩子抱了进去。待他们躲好，箱子的空间似仍有剩余，她自己便也钻了进去，然后合上了箱盖。她已然想好，要等到外面炮火暂停再出来。

　　那一边，三浦听见唐思年的声音，紧闭的眼睛微微张开了一点。他看了一眼眼前的人，似乎放下了心，缓缓露出了一个虚弱的微笑，然后双唇轻轻蠕动起来，似乎在说着什么，但反反复复的只有一个词。他是在用日语呼唤此刻正思念着的那个人：“惠子，惠子……”

　　唐思年听不分明，将自己的小脸凑近了一点，问他：“三浦哥哥，你说什么？”

　　三浦仍喃喃着，还是日语，也许在一个人生命的最后时刻，他身上本原的东西会全部显现出来，从哪里来便回到哪里去。他说着胡话："你想听摇篮曲吗，惠子？哥哥唱给你听……"

什么也听不懂的唐思年，本能地觉得三浦是在叫痛，便伸出一只小手，摸着他的脸，吃力地替他擦拭着血迹。这个小孩笨拙又温柔的安抚真的如镇痛良药一般，让奄奄一息的三浦瞬间平复了下来。他重新闭上眼睛，开始用他仅存的微弱气息轻轻哼唱起来。

他一出声，唐思年就惊喜地叫出声来："是摇篮曲，我听过的。"

唐思年听得高兴，似乎没有注意到三浦的声音正在一点点变弱，直到最后完全消失。这个还未成年的日本少年，在异国他乡的土地上安静地走完了自己的一生。在生命的最后，他留下了一曲温柔的歌，这歌本是要穿过迢迢的大海，传到他的故土去的，可是一些更剧烈的声响将它彻底掩盖，使它终于成了一首别样的安魂曲。

又有新的炮弹落在门前，伴随着它的爆裂，房子开始了新一轮的剧烈摇晃。唐礼环顾四周，发现客厅的角落里有一个由三面墙体和一个倒塌的硬木书架搭建起来的小小空间，在他正要捞起唐思年往那暂时的避难处而去时，头顶突然传来某种奇怪的吱呀声。他抬起头来，正上方天花板上的巨型吊灯正剧烈地来回晃动着，在他未有反应之前，便发出一声巨大断裂声，从天花板上脱落了下来。

唐礼顾不上多想，本能地将唐思年护在了身下，几乎与此同时，那盏吊灯重重地砸在了他的背上和头上。他只听到吊灯上的水晶装饰发出一阵叮叮当当的撞击声和碎裂声，而后许多道光从各个方向射进他的眼睛里，让他感到一种类似照相时曝光的白。然而，那白只持续了一小会儿，很快便被一片慢慢流动的红彻底覆盖了，仿佛南京某些西餐厅临街的流水玻璃，只是他眼前流动的是一片温热的血红。

不知道是不是因为这片血雾，他感到眼前的一切都模糊了起来，仿佛雾里看花一样不分明，又仿佛整张脸上蒙了一层血红的面罩。隔着这层血雾，他看到了一个纤瘦的小小身影，身上穿着崭新的夹袄，挨着一个闷闷不乐的小男孩，坐在黄叶落尽的枇杷树下。那纤瘦的身影握着小男孩冰凉的手，什么也没有说。

他感到了安慰，在这种巨大的安慰之下，那些在他身下流淌的红色液体仿佛成了一张温暖的浮床，将他舒服地托了起来，蛊惑着他进入又深又沉的睡眠里，他服从了身体的本能，慢慢闭上了眼睛。

唐思年被他压在怀里，彻彻底底地裹住，没有受任何伤，却也浑身是血。在身上的人许久没有动静之后，她小心翼翼地从底下钻了出来，看着趴在地上一动不动的唐礼，她茫然了一会儿，随后开始配合着口中的叫喊，一下又一下地推着自己的父亲，就像过去她爬上他的床，将同样闭着眼睛的他摇醒过来和自己玩耍一样。

在闭上眼睛的那一刻，唐礼觉得自己已经离开了，他以前听人说起死前的情景，会穿过一条尽头发着白光的通道，此刻他感觉自己就身在那条通道里，正怯怯地往前，直到他听见了一个稚嫩的声音，那个声音一遍遍地呼唤着他，并且用她微弱的力量将他一点点往回拖拽。

忽然之间，那个稚嫩的声音变成了一声划破天际的尖叫。这声尖叫彻底将他拉回到人世间。他睁开眼睛，眼前除了一脸惊恐的唐思年，还有那个无数次出现在他们噩梦里的山崎。山崎正幽灵一样站在他们身边，他的手中握着一把带刺刀的枪，刀尖就亮在唐思年的面前。

唐思年的这声尖叫唤醒的不仅有唐礼，还有审讯室里的徐文雨。原本已经失神的她一下惊觉，喃喃自语道："是思年，是思年。"

整个徐宅都在晃动，仿佛下一秒就要倾塌。她顾不上这些，拖着那条伤腿，拼命试图从桌底下爬出去，每挪动一步仿佛都要耗尽她全部的力气。

藤原清志不忍再看下去，将她猛地一把拽回。他扶住她的双肩，用力晃了几下，似乎是要用这种方式叫她清醒："不要管其他人了，我带你走。"

说出这句话后，藤原清志瞬间有些恍惚，他觉得这句话有些熟悉，好像在哪里听过说过似的。他努力回想，这才忆起，这是他在分别这些年里不断幻想的腹稿。他一遍遍幻想着，再见到徐文雨的时候，要对她说出这四个字：我带你走。只是在他的幻想里，这个时刻该是幸福而完满的，绝不是眼下这般场景。

徐文雨起初还奋力反抗，可她仅存的那点力气很快就耗尽了，随后整个人仿佛被抽掉了骨头一样，软软地靠在了藤原清志身上。这个压缩在狭窄空间里的动作，使他们看上去好像在拥抱彼此，可两个人都明白，这样的拥抱与爱意和温情都无关系，它更像是一种只属于他们的、怎么推都无法推开的命运。

他们就那么安静了一会儿，藤原清志忽然感到有些异样，低头一看，才惊讶地发现徐文雨不知道什么时候开始在他怀里哭了起来。她无声地泪流满面，将他胸前的衣服濡湿了一片。正在他惊慌着不知所措的时候，徐文雨轻轻地仰起脸来，一双泪眼百感交集。她看着藤原清志，哽咽着对他说："思年并不是其他人，她是你的女儿，她是你的亲生女儿。"

这是她打算封存一辈子的秘密，原本只想等它在自己的心里溃烂，可是现在情势已经危急到不得不说的地步，她要他去救唐思年，为了救女儿，徐文雨愿意搅动那摊已经日渐平静的死水，并承受它接下来会带给自己的惊涛骇浪。此外，她不知为何隐隐感到了一种完结的临近，好像关于她和藤原清志之间的一切就要落下幕来了，她甚至能想象出这个结局必然伴随着死亡，如果是这样，在故事的最后，藤原清志作为主角之一，是有权利知道真相的。

外面再次响起一阵轰然的炮声，仿佛是要为这个惊天的秘密做些注解，因为它是这样的难以理解。

藤原清志的手一下松开了，瞳孔瞬间放大，整个人陷入一种迷茫和惶惑。这个巨大的秘密无异于另一颗炮弹，轰的一声落在了他的身上，几乎要把他炸得粉碎，他一时根本承受不来，只能本能地一直摇头，不断重复着："不可能，不可能的，为什么？发生了什么？"

他眼里的痛苦和哀切刺痛了徐文雨，她能感到这个消息对他的巨大冲击，她甚至觉得他在这一刻成了一个无助的、被欺骗的孩子。她收了收情绪，回答道："你走之前的那个晚上，我们有了这个孩子。等我知道的时候，你已经回了日本。我不是没有等过你，可是你一去无回，没有一点音讯，所以……"

"所以你就嫁给了唐礼？"藤原清志激动地打断她的话，言语里带着刺激之下不管不顾的愤怒和指责，"既然你爱的是我，既然你怀的是我的孩子，你为什么还要嫁给唐礼？你为什么让我的孩子喊他父亲？你说过等我的，你说过的！"

徐文雨悲从中来："我没有选择。孩子是你的，唐礼只是她名义上的父亲。你不知道那时候中日之间是怎样水火不容的状况吗？我是一个没有结婚的中国女人，怀了日本人的孩子，还能怎么做？如果孩子的父亲是日本人，她还怎么活？就算活下来，也会一辈子被人指着脊梁骨骂。唐礼如果不做她的父亲，她就没有父亲。"

藤原清志无论如何也没有想到，他所认为的徐文雨的"背叛"背后，还有这样无奈的隐情。他依然感到惶然，但在惶然之余，浓重的愧疚感和负罪感同时涌上了心头，为了这莫须有的"罪名"，他对这个自己深爱的无辜女人做了什么？又对她的家族做了什么？

在他还因这个巨大的真相而呆愣着的时候，厅堂那边再一次传来了唐思年的哭声，比方才更加尖锐。时隔不过几分钟，这声音给藤原清志的冲击已彻底不同，它瞬间揪起他的心，叫他无法再坐等片刻。再也没有任何迟疑，他小心地将徐文雨从桌底下移出来，然后弯腰将她抱起，往唐思年——他的女儿的方向拼命跑去。

等他们越过一路障碍来到厅堂，还未循着哭声找到唐思年，便一眼看见了站在废墟上的山崎。他正亮着刺刀，将刀尖对准地面。藤原清志顺着刀尖的方向往下望去，一下看见了唐思年。她正趴在唐礼身边号啕大哭，脸上有一道新鲜的伤口，显然就是她刚才那声尖叫的缘由。靠着藤原清志才勉强站住的徐文雨先是确认唐思年无大碍，随后很快注意到地上的唐礼。唐礼显然受了重伤，嘴里发出阵阵痛苦的呻吟，几乎无法动弹。她顾不得自己摇摇欲坠的身体，从藤原清志身上抽离开来，要过去查看唐礼的伤势，被藤原清志眼疾手快地拦下。

藤原清志将徐文雨护在身后，惊恐地看着一点点将刀尖逼近唐思年的山崎，像怕激怒他一样一动也不敢动，语气中再无一点上级的威严，更像是商量："山崎，你把刀放下。"

僵持之时，院子里又落下一枚新的炸弹。冬日坚硬的广场被炸出一个巨大的坑，一队正准备包抄出去的日军被击中，其中包括他们的领队中野。一时间，土坑旁散布着各种残缺的肢体。

广场上的轰隆声还未过去，又有一颗小炮弹从窗外飞入。在众人有所反应之前，藤原清志飞身朝山崎了冲过去。他看准了炮弹落下的方向，将山崎狠狠地撞向它，随后敏捷地起身，朝炮弹落点的反方向扑去。

山崎离炮弹的位置最近，受到的冲击最大，整个人被炸飞到很远的地方，躺在地上呻吟不止。

随着这次炮击的停歇，屋顶一根横陈的梁木突然断裂开来。藤原清志还未顾及被炮弹波及的伤痛，便注意到那梁木的下方正躺着惊恐不已的唐思年——他的亲生女儿。

徐文雨眼睁睁地看着，疯了一样呼喊着唐思年。

藤原清志没有一刻的犹豫，所有反应都是本能的。他箭一样冲了出去，仿佛身上的伤痛毫不存在一般。他一个飞扑趴在唐思年的身上，下一秒，梁木便重重地砸中了他的背，痛得他号叫出声。

剧痛之际，他仍是首先看向了怀里的唐思年，她的小脑袋一蹭一蹭的，仿佛一只抱在怀里的小动物，让他瞬间心生柔软。这是他的孩子，他和徐文雨的孩子，他可以为她而死。

徐文雨已经完全顾不得藤原清志，她的心思和仅存的一点理智全部集中在了唐思年的身上。此刻，唐思年平安地压在藤原清志的身下，她才终于松了一口气，疯了一样跪爬过去，从藤原清志怀里将唐思年扒了出来。

至于藤原清志，她什么也没问，甚至没有看他一眼。从某种角度来说，她的身体、精神和意志，都已经在反复的摧残之后几乎耗尽，仅剩的那一点只够留给唐思年，不可能再给其他任何人。

藤原清志痛苦地呻吟着，眼睁睁地看着她把唐思年带离，没有一丝对他的留恋。

一片尘土之中，谁也看不清谁，徐文雨顾不上等它散去，探出一只手去够唐礼，摸到他之后，她奋力将覆在他身上的碎石和吊灯残骸清掉，问道："唐礼，你有没有事？"

不，不是全给了唐思年，也留了一点给唐礼——她的丈夫。

唐礼透过白色的烟尘看着她，觉得自己刚才那个梦成真了，那个在枇杷树下和他坐在一起的小姑娘幻化成真，此刻切切实实地出现在了他的面前。他顾不上满身的伤，在遍布血痕的脸上挤出了一个笑容，又颤颤巍巍地握住了徐文雨伸来的那只手。他是真的感到安慰，因为即使是在这样的绝境之中，他们这个小家的三个人至少还活着在一起。

藤原清志看着这一家团圆的温馨场面，生出了一种自己东西被夺走的感觉。他奋力地想要将双腿从废墟下抽出来，可是除了阵阵钻心的疼痛，没有任何效果。他想要呼喊唐思年，可一时竟完全不知道该如何开口。

这时候，一直躲在巨型箱子里的王凤霞，悄悄地开了一条缝，在仔细确认过外面的情况之后，她小心地将箱盖掀开，将已经快闷得不行的徐思国和徐思华抱了出来。

徐文雨惊讶地看到他们安然无恙，赶紧招手叫他们过来。六个人聚在一起，自是高兴了一会儿，但王凤霞很快说："我们必须马上走。"

徐文雨看了一眼唐礼，有些犹豫："现在吗？外面的情况怎么样？"

王凤霞在这时候显出了非凡的沉稳，她一边从满地的废墟里扒出一大块白布，一边解释："我刚才一直在听，每次炮弹落下后，中间总有几分钟间歇，所以我们这会儿出去，大概不会遭遇炮火；这房子里的日本兵现在也死的死伤的伤，闯出去应该没问题；再有，外面肯定是中国人的军队，为了避免他们把我们当成日本人胡乱射杀，我们出去时手上一定要高举着白布。"

王凤霞沉稳冷静地安排各种事宜，让徐文雨感到暗暗佩服。她在王凤霞的帮助下，将唐礼小心搀起，问他能不能走，唐礼极力忍耐着，坚定地点了点头。

因为不知道新一轮炮弹会在什么时候落下，六人以尽可能快的速度朝门口挪去。在他们即将迈出大门时，藤原清志突然喊了一声徐文雨，将一家人的目光都吸引了过来。

唐礼和王凤霞的脸上都露出震撼之色，藤原清志，对他们来说是一个多么熟悉又陌生的名字，他们从未想过会在这样的情境下与他再次相遇。

徐文雨沉默着，并不多做解释。但唐礼王凤霞并不愚钝，此情此景之下，他出现在这里，一切都可串联起来了。

想到徐家曾经对他多么好，他们感到愤怒。

藤原清志嗫嚅着，许久才艰难地吐出三个字："对不起。"

他没有得到任何回应，除了唐思年，几个人都扭头不去看他。唐思年惊惧之下，仍模模糊糊地认出了他，她挥动起一只小手，脆脆的喊了一声"日本叔叔"。

徐文雨神色复杂地看了藤原清志一眼。他被压在那里一时无法动弹，眼里蓄满了泪，遥遥地朝唐思年张开了双手。唐思年询问似的抬头看了一眼母亲，仿佛在等她的首肯。徐文雨心里难过，五脏六腑仿佛都要碎掉一般，兀自挣扎了一番，到底还是忍泪将唐思年扭了回来，对唐礼和王凤霞小声道："走！"

第十八章

日本占领南京后，国民政府的军队在唐生智完全失当的战略指挥下，只短暂地进行了一番抵抗，之后便遭到了日军赶羊式的虐杀。在近十万的国民党士兵被清剿之后，日军的屠刀转向了平民。但与此同时，他们仍继续在全城搜查漏网的国民党残余，那些不时出现的袭击也叫他们警觉。

此时对徐宅发起攻击的这支队伍，就是这张天网漏掉的鱼。在1937年底的保卫战中，这个团因为担任对敌警戒任务而恰巧没有参战，随后南京保卫战失利的消息传来，他们在团长的带领下紧急撤离。

这个大概率能让全团保命的决策，招致了营长武长生的反感。他刚满二十六岁，血液里都是手刃敌寇的怒气和决心，这样未与日寇交手便撤退求生，是他无论如何也无法接受的。撤离途中，他于一个深夜集结约一百名战友，以"王侯将相宁有种乎"的气魄号召他们与自己同行，杀回南京，与日寇血战到底，绝不投降。

"报国敢云天职尽，立身当与古人争。我们是中国军人，身上当有中国军人的傲骨和气魄，宁可被杀头，也绝不屈膝逃走。要我们苟且偷生不战而降，留下万世唾名，你们愿意吗？看着家国沦陷敌寇猖狂，你们甘心吗？"

武长生并不是单纯的一介武夫，他念过书，也有气魄，在这样的关口，他的振臂呼号是极有带动力的。一百多名战士瞬时热血沸腾，几乎要歃血明志。他们知道，在民族危亡之际，他们必须冲锋陷阵，成为这个民族的风骨和脊梁。

当天深夜，他们便脱离了大部队，悄悄潜进了南京。

潜入南京时，他们身上的武器装备只有原来团里配备的汉阳造枪弹以及些许手榴弹，为了以防万一，他们又趁着深夜从武器库里盗走了一些迫击炮。这样的武力自然不可能和日军硬拼，况且南京处处日军，连寻常百姓家都被劫掠一空，在展开袭击之前，如何不让日军发现也成了一个大问题。

但他们所有人都已有了和日寇同归于尽的决心和勇气。当一个人连死都不怕的时候，他的信仰便会成为他的意念，支持他战斗到底。

他们最终躲进一间教堂的墓地。这是间西方人建造和掌管的教堂，日军多有忌惮，没有确凿的理由不能进来搜查。

在发现徐宅是日军谍报机构在南京的据点之前，他们只是一边筹备武器，一边开展了一些小规模的袭击，那次袭击日军步兵的事件就是他们所为。等到清点人员发现少了一人时，他们心中的哀痛大于担忧，因为他们太清楚自己的战友了，即使咬舌自尽，他也不会透漏半点关于他们的消息，只是，这样一来他的死亡便不可避免。

他们不是没有想过营救，甚至为此做过周密的部署，可是日军监牢的铜墙铁壁又岂是他们可以随意潜入的。

但在这部署的过程中，他们发现了主审官山崎，也因此顺藤摸瓜查到了他所在的日本情报部门的据点——徐宅。在经过连续几日的监视之后，他们惊讶地发现，徐宅里的日本兵皆是武器装备不强的情报特务人员。

军人的敏锐让他们迅速将它锁定为下一个目标。

进攻徐家的头一天晚上，武长生清点了一遍武器装备，六十余支步枪，四十枚手榴弹，二十多架迫击炮，十几架他们在夜间从尸体堆里扒出来的机枪，以及几十公斤炸药。仅凭这些，要确保第二天行动的顺畅似乎仍有困难，在大家露出顾虑之色时，武长生拍板道："哪怕全军覆没，也必殊死一战。"

他们只知道徐宅已被日军占领，并不知道里面还有被关押的中国人，因此当徐文雨几人挥舞着手中那块白布，边喊着

"不要开枪，我们是中国人"，边从徐宅里艰难地移出来时，武长生惊诧不已，见有伤员，赶紧将他们接了下来。

他们未能交谈太多，只稍稍询问了对方的身份。徐文雨几人自被抓之后，就再没迈出过徐家半步，再也没有见过南京城，此时四下环顾，全都沉默了下来，南京已经完全不是原来的南京，它几乎成了一座被夷平的死城，再没有一点往日的生机。

武长生伺机问起里面的状况，在得知里面的日本兵已基本无人生还时，终于长松了一口气，因为他们的武器也已经基本耗尽，再攻下去必支撑不了多久。

这口松出的气还未均匀下来，身后不远处便传来隆隆的行进声和枪炮声。他立刻警觉，不难猜测，徐宅的动静已经引起了日军大部队的注意，他们正往这里赶来。若是援军赶到，武器和弹药都已接近清空的武长生一行几乎必死无疑。

徐家六口人和部下上百人齐刷刷地看向武长生，等待他的号令。

武长生攥紧手里的机枪，沉默了一会儿，终于一跺脚，对徐文雨几人说："你们马上走，我们留下来掩护你们！"

见唐礼和徐文雨还在犹豫，武长生发了狠："不想死就走！"

一直瑟缩在徐文雨怀里的唐思年仿佛看懂了眼前的情况

似的，替父母做起了说客，声音脆亮地对武长生说："叔叔，一起走。"

一直满面凝重的武长生听了这话，脸色瞬间缓和了下来。他笑了笑，伸出一只手捏了捏唐思年的脸蛋。然后，他又恢复肃然的神色，转过身去，对着那上百张与他一样肃然的脸，平静地问道："你们要走的，现在就和他们一起走，不走的就留下来和我死守到底。如何选择，我绝不勉强各位。"

队伍里未有一人移动。

徐文雨的眼泪瞬间喷涌而出。在过去几年，过去几个月，她曾无数次流下热泪，但没有一次像这次一样让她动容。此前那些泪水多是关乎个体的情感和家庭的命运，而这一刻，她感到自己被一种全民族的精神气节所围绕，她感到敬佩、震撼，难以言表。

日本援军的声音越发近了，王凤霞急了起来，拽过徐思国和徐思华，几近哀求地看着唐礼和徐文雨说："想想孩子，快走吧。"

话音刚落，日本援军的子弹便飞了过来，几乎是擦着他们打在外墙上。唐思年惊叫了一声，徐文雨赶紧护住她的头。几乎同时，武长生重新抬起手上的枪，号令所有手下蹲下。他顾不上再管徐家的人，开始了新一轮的激战。

徐文雨几人也再顾不上伤感，开始拼命地往另一个方向跑去。因为伤情的拖累，这奔跑显得分外迟缓，与此刻千钧一发的危险情势完全相悖。

他们很快便听到身后密集的枪弹声，各种大大小小的炮弹在离他们不远的地方落下、爆裂，他们紧紧牵着彼此，大人护着小孩，在烽火中拼命地跑着，这样的时刻，谁也不知道他们究竟能不能活下来，可是即使只有一线生机，他们也要拼命，因为这三个孩子是徐家最后的血脉。

他们跌倒了，爬起来；又跌倒了，再次爬起来。

被压在废墟下，眼睁睁地看着徐文雨带着唐思年离开时，藤原清志也想到了死亡的问题，但他不确定的是，如果就这样死去，他会不会感到遗憾。今天之前也许不会，但今天之后一定会，因为就在今天，他确认了他生命中最为美好珍贵的东西，并且得到了一个巨大的惊喜。

因此，当救援的日本兵进来时，他的第一感觉是欣慰，欣慰自己还有机会再一次去追逐生命中失而复得的珍宝。

是的，他在被救的第一时间就是这么想的，但很快他便惊恐地反应过来，这支援军于他是救星，于徐文雨几人却是绝命的追杀。

想到这里，他顾不上那条已经痛得失去知觉的右腿，一下便从担架上翻了下来，跌跌撞撞地往门外跑去。院子里战斗已经结束，此刻横七竖八地倒着许多尸体，他四下观望了一番，似乎里面未见女人和小孩。还来不及感到安慰，他便听见了门外激烈的战斗声，他们的援军正和一支上百人的国民党部队激战。

山崎也在援军的搀扶下从废墟里出来了，他拖着伤腿，持枪出门加入战斗。藤原清志犹豫片刻，也赶紧跟了上去。

徐文雨抱着女儿，疯了一样在熟悉又陌生的南京街头奔跑；王凤霞带着另外两个男孩；唐礼伤得重些，在一旁协助着她们。几人拼命往前逃。

徐文雨觉得很奇怪，明明已经伤得这样重，明明随时都有可能倒下，却好像还是有那么一股力量在支撑着她跑过一条又一条街道。这也许不是求生的意志，而是母爱的本能。

身后的枪战声此起彼伏，子弹嗖嗖地从他们身边擦过，他们必须时不时趴下来，但随之又要很快爬起，继续竭尽全力地往前跑。跑到哪里，跑到什么时候，他们都不知道，只是跑，仿佛跑就是他们此刻无法躲避的命运。

停下便会立刻死去，而跑总有一线生机。对徐文雨、唐礼和王凤霞来说，自己的死也许早就可以接受，可这三个年纪尚幼的孩子，无论如何也要为他们搏一条命。

他们就这样狂奔了许久。有那么一刻，枪声好像不见了，回头望去，确实没看到日本人的身影，于是他们便在街角停了下来。

然而，这样短暂的宁静很快就被打破了。大约几分钟后，身后的枪声再次密集起来，而且，爆竹般的枪声中，开始混进某种沉闷的巨型武器行进的声音，不难分辨那是坦克。在这样的庞然大物面前，武长生那支队伍单薄的肉体和简陋的枪支弹药都显得太过螳臂当车。

武长生的队伍仍在顽强抵抗，但日本援军越来越多，武器装备上也完全碾轧了他们，因此，这样的抵抗并没有持续太久。随着一声巨大的"开炮"号令，武长生他们甚至来不及做任何反击，便仿佛被送入那个巨大炮口的食物一样，以一种惨烈的方式被撕得烂碎。在巨人一般的坦克面前，他们仿佛人桩一个个倒下。

对于他们来说，这也许是完全可预见的事情。但是，一个人如果无法选择自己生的方式，那至少可以选择死的方式。为无辜的平民争取多一点逃离的时间，在搏斗中多干掉一个日寇，在战场上流尽最后一滴血，这就是他们为自己选择的死亡方式。

除了他们，还有千千万万个中国军人甚至平民选择了这样的方式，正是因为这些人，这个国家哪怕此刻千疮百孔，也注定不会灭亡。

而对徐文雨几人来说，少了抵抗军这一层庇护，他们变成了日军直接的目标。

徐文雨没有回头，跟疯子一样拖着唐思年跑，唐礼和王凤霞也加快了脚步。

三个孩子和两个伤员注定他们的逃离之路不会顺畅，经过十几分钟的奔跑，他们已经感到筋疲力尽。他们听着身后的动静，完全不敢回头，三个大人将三个孩子紧紧地箍住，绝望而全力地向前奔跑。

身后坦克的轰隆声越来越大，两条腿是无论如何也跑不赢的。但不知道为何，子弹声却渐渐停了下来，仿佛日本人已经提前确定了结局，因而得意了起来，把这轰隆声当成了唯一的压迫。

徐文雨几人的力气已经渐渐不济，就在这时候，身后的坦克突然朝他们前方一栋已经遭受过一轮空袭的建筑开了一炮。巨大的爆炸声震得他们双耳欲聋，他们几乎是本能地捂耳蹲下，也几乎是本能地将三个小孩护在身下。

被击中的建筑如一副散落的骨架，伴随着巨大的声响和灰尘坍塌了下来，大大小小的残骸一下子全部堆在他们前方的路上，拦住了他们。

前方已无路，后方是日军迫近的坦克，他们还有生还的可能吗？

徐文雨看了一眼唐礼，心生绝望，不禁将怀里的唐思年搂得更紧了些。

　　唐礼却伸出一只手牵过她，目光沉静地朝她点点头，仿佛是要安慰她，也仿佛是要传达他的决心——即便是死，我们也要在一起。

　　他们身后一直轰隆隆的坦克突然停了，那种恐怖的行进声一下子沉寂了下来。

　　但是这样的平静并没有持续太久，细密的脚步声和窸窣声很快传来，因为坦克的沉寂而显得分外鲜明，显然，日军的士兵就持枪跑在他们的身后。

　　紧跟着这些日本兵的正是山崎。他因为受伤而行进得有些缓慢，脸上布满恐怖的怒色，让人觉得，此刻的他无论做出多么疯狂的事都是可能的。

　　唐礼试图做最后的努力，他拉起徐文雨，喊过王凤霞，绕过那堆新鲜的残垣断壁，试图跑向旁边一个半坍塌的门脸，以期在其中找到庇身之所。这时，他们身后的脚步声和枪械声突然再次大作，随后一阵乱枪声响起。因为实在太近了，这枪声一下便骇住了徐文雨和唐礼，让他们本能地顿在了那里，仿佛再往前一步，同样的枪弹就会射在自己背上。

　　他们缓缓地回过头来，看见原本跟在他们身后不远处的王凤霞站住不动了。突然，她右手牵的徐思国软了下去，从她手上滑倒在地，背上多了两个窟窿，开始往外冒血。王凤霞尖叫一声，想伸手把他捞起来，但刚准备弯腰，她也被击中了，开始是一下，很快，更多子弹打在了她和徐思华身上。他们三人同时缓缓地倒下，手甚至还牵在一起。

徐文雨和唐礼眼睁睁地看着这一幕，还来不及叫出声，一个短粗的凶狠男人便从日军的队伍里走了出来，正是山崎。此刻他正气喘吁吁地朝他们举着枪，枪口还冒着一丝白烟。

山崎看着眼前这一家人，脸上又露出了那种意味不明的狞笑，然后，他慢慢地把原本对准徐文雨的枪口一点点往下挪，直到定在了唐思年胸口的位置。

徐文雨在察觉到这个动作的第一刻就猛地拉过唐思年，快速转身挡在了她身前，同时紧紧闭上了眼睛。

枪声如预想的一样响了起来，徐文雨脑子空白了一刻，才发现自己并没有事，等再睁开眼，她发现唐礼不知什么时候站在了她的前面，将她和唐思年挡在了身后。他胸前中了一弹，然后又是一弹，然后是接连的许多弹，最终，唐礼慢慢地倒了下去。

没有了他的遮挡，举着枪的山崎再一次噩梦般出现在她的眼前。

唐思年比徐文雨更早尖叫出声，她们蹲下去扑在唐礼身上，痛哭出声。

此时，一直在后面艰难追赶的藤原清志终于赶了上来。他本就受了伤，又费力地跑了一段，此时已经精疲力竭，在距离山崎大约三十米的地方，他再一次摔倒了。

　　此时的山崎早已杀红了眼，快步朝徐文雨和唐思年走去。在她们做出任何抵抗之前，山崎的刺刀已经疯了一样刺向了唐思年。他陷入了一种癫狂的杀人状态，泄愤一般胡乱地捅着，直到那个千疮百孔的小人儿没有了一点声息。

　　藤原清志眼睁睁地看着这一切，像只困兽一样扭动着，发出一声低沉绝望的嘶吼，声音里全是痛彻心扉的悲愤。

　　这是他在第一次见到时就感到亲切的孩子，这是曾用无邪的眼和纯真的脸涤荡过他的罪孽的孩子，这是他的孩子，他和徐文雨的孩子。他甚至还来不及消化这个自己人生中最大的惊喜，就永远失去了她，就像是命运的一个不怀好意的玩笑。

　　徐文雨已经彻底傻了，她看着被刺得满身窟窿血肉模糊的唐思年，突然觉得眼前一片黑暗。她觉得自己的尖叫已经到了喉头，但她什么声音也没有发出来；她想蹲下去把女儿抱起来，可她定在那里一动也没有动；她觉得自己身上仅剩的那一点力气正一点点地往上涌，最后全部聚集到了喉头那里，然后好像泄洪开闸一般，她从口中喷出了一大口鲜血，伴随着这口鲜血的喷出，她终于失去了身体里的最后一丝精气，薄如纸片的身体再没有挣扎，完全瘫在了地上。

藤原清志开始像只蠕虫一样，在坑洼不平的地上疯狂向前挪动，他的眼泪砸进了泥土里。他不知道自己的喉咙有没有发出自己内心的呼唤，他在一声声地呼唤他这辈子唯一爱过的女人的名字，心里的声音他听得很清楚，可不知道为什么从喉咙冒出来的时候，好像被消了声。

在他到达徐文雨身边之前，山崎再一次举起了沾满鲜血的刺刀，朝徐文雨戳了下去。

徐文雨趴在地上，可她的眼睛还睁着，既没有看向藤原清志，也没有看向唐礼和唐思年，而是投向某个不确切的远方，她就那么看着，看着，仿佛回光返照一般，眼眸里升起了最后一丝光亮。

藤原清志朝徐文雨伸出手去，想要奋力地抓住她，他努力地想再往前移动一些，努力到整个面部都扭曲了起来，却发现自己始终一动不动。他始终够不到徐文雨，他们之间隔着一段固定的、僵死的距离，再也无法靠近。

这时候，他突然想起了许多年前的某一天，他和徐文雨、唐礼、徐文澜四个人趴在徐家前院的草地上，四个脑袋靠在一起，围着一本不知是什么的书。他记得那是初夏的一日，天气很好，洁白的栀子花在他们身旁悄悄地绽放。

他的眼前彻底模糊了起来。

第十九章

　　藤原清志好好地活了下来，当然，这所谓的"好好"只是肉体，他的神经已经近乎崩溃。在中国所经历的一切成了魔障，徐文雨和唐思年成了两个长在他心里的瘤，夜夜叫他疼痛。作为一名日本军官，这些心情自是无法与任何人说明。

　　事实上，他在很多人眼里，是令人羡慕的——在胜利气氛最高涨的时候回到国内，且负了伤，这意味着他会被看成为国奋战的英雄，享受无限的荣光，而且再不用回到炮火连天的战场，从此安心与家人团聚，过上荣耀加身的安逸生活。

　　所有这些美事的代价，不过是一点伤而已。说"不过"，是因为等到八年后日本彻底溃败时，那些和他一样满身伤痛甚至缺手断脚的士兵，已经完全没有这样的优待。战后的混乱和战败的阴影，让政府再无精力来管理和慰问这些士兵，他们在某种程度上被他们曾拼命服务的国家所抛弃了。

那时的藤原还无法预见这些，但出院后，他坚持没有接受日本皇军的勋章和抚恤，也拒绝了所有人的探访。他不知道在他们问起他在中国的"丰功伟绩"时应该说什么，更无法在他们的提醒中，将那段血色往事一遍遍咀嚼，这对他而言太残忍了。

一年之后，他收到了父亲藤原一郎在中国被暗杀的消息，迎回父亲的骨灰后，他辞去军职，搬离东京的住处，在馆山买了一所小房子，和所有同僚都断绝了联系。

那之后，他几乎只做了一件事，就是关注那场战争的每一步进展，并在战争结束后，通过他能触达的所有渠道和人员，收集与那场屠杀以及徐家相关的一切信息。他记录自己的亲身经历，研究报纸上的报道，在图书馆查阅资料，采访回国的士兵，还收集当年在南京的外国记者以及参与过国际安全区工作的国际人士的回忆录。

这场最后以失败告终的战争在日本成了不可说的耻辱，1945年，南京国防部审判战犯军事法庭的审判结束后，日本社会的态度默契地划为两派，要么绝口不提，要么在宣传上用另一个歪曲的版本加以覆盖。可越是这样，藤原清志就越感到痛苦，因为他手中像雪球一样越滚越大的所有资料都表明，日本在刻意回避和否认他们给南京这座城市带来的劫难，而那些罪恶是他曾亲眼见过的。这个他曾引以为傲的民族，在战后却连反省都不愿意。

他始终相信，更多的资料在中国，在屠城后的那些南京剩余人口身上，他多次想回去，但战后中日关系陷入冰点，他作为高级军官直接参与战争的背景，也让他受到了许多限制。这件事一直搁浅，成了日日悬置在他心里的执念。他告诉自己，总有一天他会回去的，带着愧疚，带着自己的残躯，带着自己这些年整理的所有资料，带着对那座城市的记忆，带着对那个女人以及其家族的爱和缅怀……

他会在一个栀子花盛放的时节回到那里，在别人问起他的名字时，告诉他们他叫子稚。

图书在版编目（CIP）数据

栀子花 / 徐国芳，徐焱冰著. -- 北京 : 北京联合
出版公司, 2020.7

ISBN 978-7-5596-4140-3

Ⅰ. ①栀… Ⅱ. ①徐… ②徐… Ⅲ. ①长篇小说—中
国—当代 Ⅳ. ①I247.5

中国版本图书馆CIP数据核字（2020）第057373号

栀子花

作　　者：徐国芳　　徐焱冰
责任编辑：牛炜征
特约编辑：张慧哲
书籍设计：HAMU　　黄　三

北京联合出版公司出版
（北京市西城区德外大街83号楼9层　　100088）
北京联合天畅文化传播公司发行
北京市京东印刷厂印刷　　新华书店经销
字数172千　　880毫米×1230毫米　　1/32　　9.625印张
2020年7月第1版　　2020年7月第1次印刷
ISBN 978-7-5596-4140-3
定价：49.90元